KB273663

체이스

체 이 스

CHASE

최이도 지음

해피북스
투유

차
례

1장

체이스

재희는 저 너머를 응시했다. 해가 뜨거워서 실내가 어둡게 느껴졌다. 피부가 떨릴 정도로 크게 들리던 음악이 점차 잦아들고 행사를 진행하는 누군가가 마이크를 잡았다. 환호 소리는 더 커졌다. 그들도 알고 있었다. 이제 주인공이 나올 차례라는 것을. 재희는 긴 머리를 단정하게 쓸어올리며 속으로 읊조렸다.

달린다. 이길 수 있다. 그러면 갈 수 있다.

재희는 한 손에 가득 차게 휘어잡은 머리카락을 하늘로 향해 높이 묶었다.

"그곳이 어디든."

재희는 짧게 숨을 뱉으며 걸음을 뗐다. 최대한 긴장을 풀려고 노력했지만 빛에 가까워질수록 몸이 덜덜 떨렸다. 입버릇처럼 즐긴다고 말해도 단언컨대 경기 전에 한 번도 떨지 않았던 적이 없었다. 어느 날은 물 한 모금도 넘기지 못해서 경기 중에 탈수로 의식을 잃을 뻔한 적도 있었다. 서킷 트랙에 나서기 직전까지도 간식거리를 주워 먹는 사람이 있다던데, 냄새만 맡아도 입맛이 떨어지는 재희는 그럴 수 있는 비결이 궁금했다. 하지만 부럽진 않았다. 최상의 컨디션이 아니어도 가장 빨리 결승선을 통과하는 건 언제나 재희였으니까.

피트워크*로 나가는 게이트에 가까워질수록 재희의 이름이 담긴 플래카드가 여럿 보였다. 재희의 인영이 선명해질수록 사람들의 표정이 기대에서 환희로 바뀌는 것도 보였다. 누가 먼저라 할 것 없이 사람들은 동시에 그녀의 이름을 연호하기 시작했다.

게이트 끝에 선 재희는 잠시 걸음을 멈추고 숨을 골랐다. 그러다 눈을 질끈 감고 양발을 동시에 밖으로 내디뎠다. 긴장에 절어있던 몸에 햇볕이 닿자, 수분이 증발하듯 떨림이 멈췄다. 긴장에서 해방될 때 느끼는 그 찰나의 전율. 그건 재희가 좋아하는 순간 중 하나였다.

재희의 등장에 터진 사람들의 함성이 서킷을 순식간에 덮었다. 그 모습에 미소를 흘리자, 피트에서 대기하던 카메라가 일제히 재희를 비추며 다가왔다.

* 경주 전후에 관중이 팀의 피트(차고) 구역을 둘러볼 수 있도록 개방하는 행사.

"채재희 선수, 곧 다가올 F1 드라이버의 등용문인 그라비티 아카데미 입단 테스트에 발탁되신 것을 축하드립니다. 오랫동안 꿈꿔왔던 순간이시잖아요. 소감 한 말씀 부탁드립니다."

재희는 싱그럽게 웃으며 대답 대신 팬들과 사진을 찍는 데 집중했다. 재희가 움직이는 쪽을 따라 인파가 요동쳤다. 팬들은 미리 준비한 선물과 편지를 건네주려고 사방에서 손을 뻗었고, 기자들은 재희의 목소리를 담기 위해 점점 더 가까이 거리를 좁혔다. 카메라까지 따라 몰려들자, 이를 막는 안전요원과 그 사이를 비집고 들어오는 사람들까지 뒤엉켜 현장은 순식간에 아수라장이 되었다. 재희는 그 한복판에 서있었다. 여기저기서 밀치고 소리 지르고 흥분한 이들의 중심에는 언제나 그녀가 있었다.

재희의 심장이 다시 떨려왔다. 이번엔 긴장 때문이 아니었다. 이때는 즐긴다는 표현이 맞을 것 같았다. 사람들의 관심이 몰리는 이유가 자신으로 설명되는 상황이 좋았다.

사고 예방 차원으로 안전요원은 피트워크 시간이 다 끝나기도 전에 재희에게만 먼저 길을 터줬다. 재희는 자연스럽게 배정된 피트로 걸음을 옮겼다. 그녀가 지나가는 길목마다 열광하는 사람들이 줄을 이었다. 피트 안으로 들어가자 어제 봤던 크루들조차 신기함이 담긴 시선으로 재희를 힐끔거렸다. 재희는 익숙하다는 듯 숱이 많은 앞머리를 가볍게 털고, 레이싱카에 눈을 고정한 채 걸어 들어갔다.

"컨디션은 좀 어때?"

매니저인 소라가 재희에게 따뜻한 레몬차를 건네며 물었다.

"어제보다 더 떨리네."

재희는 레몬차를 받아 입술만 적신 후, 다시 소라에게 넘겨주고 준비된 레이싱카를 훑었다. 연습 주행 때부터 직접 타고 달리며 차량 상태를 확인했는데 결승에서 보니 또 다른 느낌이 들었다.

"나 어제 4번 코너에서 스핀할 뻔한 건 알고 있지?"

"아, 거기 트랙 만들 때 회전 반경을 설계랑 다르게 공사했나봐. 진입선이 짧아져서 무조건 각을 날카롭게 볼 수밖에 없겠더라고. 그러니까 무리하지 말고 그냥 브레이크를 충분히 잡아."

소라는 서킷에 관한 정보 파악을 끝내고 언제나처럼 자신만의 결론을 내렸다.

"그럼 탈출 속도에서 밀리잖아."

"말했잖아. 결승에서 슬립* 나면 절대 안 돼."

"그건 당연한 건데, 만약 붙으면 밀릴 생각은 없어."

"오늘 같은 경기를 굳이 그렇게 운영해야 돼?"

소라는 신경질 섞인 말투로 쏘아붙였다.

"그게 레이싱이니까."

재희는 대수롭지 않다는 듯이 대답했다.

* 차가 가속이나 제동할 때, 타이어가 미끄러지며 접지력을 잃는 현상.

"그래서 첫 랩부터 리타이어*하게? 하나도 재미없어. 오늘 재희 마지막 경기 보겠다고 팬들 엄청 많이 왔잖아. 아까 라운지에서 보니까 시장에, 도지사에, 지자체 전부가 구경 나왔는데, 이름값은 해야 하지 않겠어?"

재희는 흥분해서 다그치는 소라를 외면하려고 헬멧을 닦았다. 얼마 전에 새로 주문한 거라 이미 깨끗한데도 습관적으로 닦으며 광을 냈다. 재희가 좋아하는 색깔인 검은색을 사선으로 빗겨 칠하고 관자놀이에서 시작해 다시 반대편까지 빨간색 줄로 빙 둘러 포인트를 준 헬멧이다. 검은색은 서킷을 닮았고, 빨간색은 불꽃을 닮았다. 모두 재희와 잘 어울리는 것들이었다. 빨간색 줄 끝에 총알을 넣고 싶었는데, 유해한 그림이라 착용 금지당할 수 있다고 해서 송골매로 바꿨다. 세상에서 가장 빠른 새라고 했다.

재희에게 빠르다는 건 언제나 정답이었다. 그래서 1월 1일 새해가 밝아오자마자 1등으로 세상에 튀어나왔었다. 그렇다고 그녀의 삶에서 1등만이 의미 있는 건 아니었다. 오히려 재희가 좋아하는 건 쫓는 행위에 더 가까웠다. 쫓을 수 있다는 건 그 자체로 빠르다는 방증이기 때문이었다.

재희는 팀원이 준비해 둔 생수를 반 모금만 입에 물고 서킷을 비추는 모니터 앞에 앉았다. 선수들이 하나둘 그리드로 나

* 차량 고장이나 사고 등으로 경주를 완주하지 못하고 중도 포기하는 것.

오는 모습이 보였다. 재희는 몸을 반쯤 돌려 의자 등받이에 기대앉아 심드렁한 표정으로 차고지를 살폈다. 경주를 앞둔 차고지는 분주했다. 차체에 결함이 없는지, 교체할 여분의 타이어는 제대로 준비된 건지, 미캐닉들이 촉박한 시간에 맞춰 빠른 걸음으로 차체 주변을 뛰어다니며 점검했다.

오늘 경주를 보러 온 이들 중 레이싱카 한 대를 굴리는 데 이렇게나 많은 손이 필요하다는 것을 아는 사람은 드물 것이다. 이 가벼운 구조물에는 지금 눈앞에 보이는 사람들뿐만 아니라 더 많은 이들의 노력과 비용이 담겼다. 그러나 서킷에 나가는 순간, 결국 그 차를 책임지는 건 오롯이 재희의 몫이 된다. 땡볕 아래에서 땀을 흘리며 기다리는 관중에게 공유할 정보는 이번에도 재희가 가장 빠르게 결승선을 통과한다는 것 하나면 충분했다.

모터스포츠 세계라는 건 그렇다. 아니, 재희가 생각했을 때는 그냥 삶이라는 게 그런 것이었다. 모든 노력의 값이 그에 맞는 보상으로 치환되지는 않았다. 하지만 재희는 언제나 자신이 원하는 만큼의 몫을 되찾아 오는 사람이었다. 승자가 되는 건 재희가 타고난 운명 같았다.

재희는 머금고 있던 물을 삼키지 않고 뱉었다. 주변 피트가 어수선한 걸 보니 대부분의 선수가 그리드로 나갈 준비를 마친 듯했다. 이제 주인공이 나설 차례였다. 재희는 시간을 확인하고 느긋하게 자리에서 일어났다. 그러자 바쁘게 준비하던 미캐닉들이 일제히 하던 일을 멈추고 재희를 바라보았다. 재희는 그들에게 가볍게 인사를 건넸다. 오늘도 잘 부탁한다는 의미였지만, 동시에 그들의 답인사로 경기의 승기를 부탁받고 싶은 마음도 있었다.

재희가 떠난 피트 내부는 다시 조용해졌고, 재희가 모습을 드러낸 밖은 소란스러워졌다. 그늘 한 점 없는 피트 앞에서 내내 기다리던 기자들의 얼굴이 그사이에 그을려 있었다. 기자들은 재희에게 마이크를 들이대며 계속 질문을 던졌다. 재희는 여느 때처럼 공평하게 무시했다. 트랙을 어떻게 분석했고 코너 공략을 어떻게 세웠는지에 관해 열심히 인터뷰해도 경기가 끝나고 인터넷에 도배되는 건 샴페인 세리머니를 하는 재희의 사진뿐이었다.

"드디어 기다리던 라이벌 매치인데요. 두 분이 어떤 경주를 보여줄지 궁금합니다."

턱 끝까지 들이미는 마이크보다 더 거슬린 기자의 말에 재희는 걸음을 멈춰 세웠다. 라이벌이라니. 가당치도 않았다. 재희는 눈썹을 지그시 누르며 최대한 인상을 쓰지 않으려고 노력했다. 그 모습을 먼저 알아챈 소라가 단호하게 그 기자의 마이크를 밀어냈다. 소라는 최근 들어 재희가 괜한 입방아에 올라 중요한 시기를 망치는 걸 극도로 경계했다. 반박하고 싶었지만, 과민 반응하는 소라를 자극하기 싫어서 말을 얹지 않고 차량에 탑승할 준비에 집중했다.

그 모습에 다른 선수들의 시선까지 재희에게 꽂혔다. 대부분은 기대감이 섞인 경멸이었다. 누구든 가질 수 있는 자연스럽고 당연한 감정이었다. 원래 사람들은 타고난 것을 열망하며 저주했다. 공평하지 않다고 생각하기 때문이었다. 재희는 피트월 너머로 줄줄이 이어져 있는 그리드 중 맨 앞자리인 폴 포지션을 바라보았다. 재희의 관심을 끄는 건 오직 그 자리뿐이었다.

예선전에서 가장 빠르게 트랙을 완주한 사람이 누릴 수 있는 특혜였다. 오늘의 목표는 가장 빠른 랩 시간을 달성해서 당분간 깨기 어려운 기록을 만드는 것이었다. 그러면 이 서킷에서 경주가 있을 때마다 사람들은 재희의 이름을 언급할 것이다.

경기 시간이 다가오자 마지막까지 각각의 레이싱카를 점검하는 크루들의 분주한 움직임으로 피트가 부산스러웠다. 결승선이 보이는 관람석은 빈자리가 없을 정도로 빽빽하게 들어찼다. 관중들은 제멋대로 환호성을 질렀고 해가 수직으로 향할수록 온도가 올라 트랙이 달아올랐다.

재희는 차량에 탑승하기 전, 눈을 감고 다른 감각을 깨우는 데 집중했다. 뇌신경에서 보내는 신호가 손톱 끝까지 닿아있는 상상을 해보았다.

"김주성입니다."

재희의 반경으로 불쑥 손이 넘어왔다.

"예선 때는 제대로 인사를 못 했네요."

그는 경기 전 재희가 눈을 감고 집중하는 루틴이 있다는 것을 알면서도 주변을 얼쩡거리며 신경을 분산시켰다. 주성의 도발에 주변에 있던 사람들의 이목이 집중됐다. 재희는 못 이기는 척 눈을 떴지만, 불쾌한 기분은 숨기지 않았다.

그는 인사를 못 했다고 말했으나 그건 거짓말이었다. 재희 역시 최근 주목받는 드라이버인 주성의 소식을 간간이 듣기는 했지만, 크게 신경 쓰진 않았다. 그가 정말 레이싱 판의 신예라면 재희의 귀가 아닌 눈에 보였어야 했다. 실제로 주성은 두 번째 라운드 때까지만 해도 기록이 나오지 않아 재희 근처에도 다가오지 못했었다. 그러다 저번 라운드에서 3위로 결승선을 통과한 선수에게 주어진 페널티로 운 좋게 순위가 뒤바뀌었고, 덕분에 처음으로 포디움에 오를 수 있었다. 그때만 해도 재희에게 인사할 기회가 충분했지만 주성은 의도적으로 자리를 피했었다. 그리고 한 달이 지난 이번 라운드 예선에서 재희와 큰 차이 없는 기록으로 2위를 차지하고 나서야 비로소 얼굴을 비출 자신감이 생긴 것뿐이었다.

"네, 안녕하세요."

재희는 인사만으로 대화를 정리했다.

"새로 지어진 서킷은 저도 처음이라. 막상 결승 날 되니까 엄청나게 떨리네요."

주성은 묻지도 않은 감상을 늘어놓았다. 재희와 일정한 거리를 두며 말하는 모습은 이제 보니 그녀를 찍고 있는 카메라를 의식하는 모양새였다. 찰칵거리는 셔터 소리가 재희의 귀에 거슬릴 정도로 빈번하게 들려왔다. 자세히 보자면 재희는 카메라를 등지고 있고 키가 큰 주성은 재희를 내려다보고 있는 그림처럼 잡히고 있었다.

재희는 주성의 늘어진 입가 주름이 거슬리기 시작했다. 걸어오는 싸움을 피하고 싶지도 않았다. 소라는 대놓고 걸어오는 싸움에 넘어간다면 똑같은 사람이 되는 거라고 했지만, 재희는 그 말에 동의할 수 없었다. 원래 싸움은 유치하고 치졸한 것이다. 승패를 걸고도 아름다워 보이길 바란다면 그건 욕심이고, 자기를 더럽히지 않고 이기겠다는 마음가짐은 오만이었다. 재희가 아는 한 승부에서 깨끗한 손으로 할 수 있는 건 변명밖에 없었다.

재희는 오른쪽 턱을 비스듬히 틀어 올렸다. 왼쪽보다 오른쪽 얼굴이 화면에 더 잘 받는다는 것을 알고 있었기 때문이다. 최근 들어 시작한 강도 높은 훈련 덕분에 살이 빠져서 턱선이 예전보다 더 날카로워 보일 것이다.

재희는 자동차 범퍼에 한쪽 다리를 기댔다. 경기 시작 전 차량에 하중을 싣는 행동은 자제해 달라는 미캐닉의 주의를 여러 번 들었지만, 차와 함께 있을 때만큼 매력적인 레이싱 드라이버의 모습은 없었다. 카메라는 더 가까이 다가오지 않고 일정한 거리를 유지한 채 재희에게 초점을 맞췄다.

"많이 떠세요. 그래야 빨리 적응하죠."

재희는 주성이 자신보다 훨씬 나이가 많다는 것을 알면서도 어린아이를 달래는 듯한 말투로 조언했다. 기자들 사이에서 작게 웃음소리가 났다. 재희의 오른쪽 보조개가 깊게 드러나자, 기자들도 대놓고 재희를 따라 웃었다.

재희는 그 웃음을 기다렸다는 듯이 머리를 풀었다. 건강하게 기른 검은색의 생머리가 햇살에 반짝이며 흘러내렸다. 차에 올라타기 전 재희가 하는 일종의 루틴이었다. 그 모습이 중계 카메라에 잡히자, 관중들은 소리를 지르며 휘파람까지 불어댔다. 재희는 카메라에 손 인사를 날리며 노골적으로 관심을 끌었다. 환호 소리와 함께 불편한 분위기는 가셨고 재희 옆에 서있던 주성의 존재감은 관심 밖으로 밀려난 지 오래였다. 재희는 개운한 표정으로 이마가 드러나게 앞머리를 쓸어올린 다음 발라클라바를 집어들었다.

"그런 말 있잖아요. 레이스는 끝까지 가봐야 안다고요."

재희가 고개를 돌리자 주성이 달아오른 얼굴색을 감추려 안경을 고쳐쓰며 주절거리는 게 보였다.

"지금 퍼포먼스 좋으신데, 시리즈 중간에 포기하는 거 아깝지 않으세요?"

포기. 재희는 그 단어에 피식 웃음이 터져서 더 해보라는 식으로 주성과 마주 보게 몸을 틀었다.

"솔직히 재희 씨도 아직 그렇다 할 타이틀 없이 여기까지 왔잖아요. 최연소니 여성 최초니 그런 거 말고요. 제가 보기에는 어쩌면 이번 시리즈가 챔피언십 우승에 기웃거릴 수 있는 마지막 기회 같은데, 안 그래요?”

주성이 동의를 구하듯 옆에 서있는 기자의 어깨를 친근하게 터치하며 억지로 소리 내어 웃었다. 조금 전과 다르게 기자들 사이에서는 어색한 침묵만 감돌았다. 재희는 가당찮은 주성의 희망사항을 더 이상 듣고 싶지 않아 최대한 감정을 빼고 담백한 음성으로 말했다.

“폭우가 쏟아지면 그 레이스는 중단 시점에서 최종 순위를 확정하지 않나요? 끝까지 가보지 않아도 결과가 정해진 레이스가 있는 셈이죠.”

발라클라바를 고쳐쓴 재희는 목 보호대를 착용하고 헬멧을 받아 들어 경주차 문을 열었다. 사람들이 자신의 모습을 머리부터 발끝까지 하나도 빠짐없이 지켜봐 주면 좋겠다고 생각했다. 아무리 생각해도 오늘은 예감이 좋은 날이었다.

“그러니까, 내가 그 폭우라고.”

재희는 주성만 들을 수 있게 작게 속삭인 후 헬멧을 깊이 눌러썼다. 진짜 승부는 지금부터라는 것을 알기에 경기가 시작하기 전 집중할 시간이 필요했다. 그런데도 주성은 그 앞을 떠나지 않았다. 주성의 의도적인 방해 공작에 피트레인으로 나가려던 다른 차들도 주춤하며 피트에 정체되어 있었다. 다시 카메라가 둘을 비추기 시작했다. 재희는 주성의 비매너적인 행동에 슬슬 짜증이 났다.

"아저씨, 자신 없으면 연습을 더 하세요. 경기 시작 15분 남 았는데 이게 뭐 하는 짓이에요?"

재희가 신경질적으로 응수하자, 주성은 사람 좋은 미소를 띠 며 재희에게 얼굴을 가까이 들이밀었다.

"재희 씨는 언제까지 1등만 할 것 같아요? 사실 그럴 수는 없 는 거잖아요."

재희만 들리게 악담을 퍼부은 주성은 카메라를 의식한 듯 느 끼하게 윙크를 날렸다. 재희는 토할 것 같은 시늉을 했다. 아저 씨라고 부른 것에 대한 복수치고는 너무 가혹한 것 같았다.

"실패는 원래 승자에게 더 가혹한 법이고, 인정하기 싫어도 내려갈 길은……."

재희는 주성이 말을 끝내기도 전에 어깨를 으쓱하며 차에 올 랐다. 살짝 힘을 줬다고 생각했는데, 방풍창이 쾅 소리를 내며 닫혔다. 주성의 속 보이는 저주를 대수롭지 않게 넘기고 싶었 지만, 머리끝까지 화가 치밀어 올랐다.

재희는 손바닥으로 스티어링 휠*을 쓸었다. 성인 여성보다 큰 재희의 손바닥 덕분에 두꺼운 휠이 손안에 딱 맞게 들어찼다. 재희는 피트레인 쪽으로 차량을 밀어주는 크루들을 멍하니 바 라보며 일정한 박자에 맞춰 스티어링 휠을 두드렸다. 그러다 왼 쪽 관자놀이 부근을 만지작거렸다. 이쯤에 송골매가 그려져 있

---

* 자동차 방향을 조정하는 손잡이.

었다. 재희는 마치 자신이 매가 되어 날아 서킷을 내려다보는 것처럼 어제 달렸던 도로를 기억 속으로 되감아 보았다. 잠깐이었지만 경기장에 아무도 없고 자신과 자동차, 그리고 서킷만이 존재하는 듯한 순간에 머물렀다. 진동하는 부품 하나하나가 재희의 신경에 연결된 듯한 일체감이 들었다. 생각을 거듭할수록 오늘 가장 먼저 통과할 결승선만 선명해졌다. 녹색 등이 점등된 피트 출구로 차량이 하나둘 빠져나가는 소리가 들렸다.

"뭐, 그게 오늘은 아닐 듯."

눈을 뜬 재희는 곧바로 시동을 걸었다. 엔진에서 울부짖는 소리가 폭발적으로 났다. 재희가 카 시트에 몸을 기대자, 차체를 감싸는 진동과 뜨거운 열기가 등을 타고 온몸으로 전해졌다. 아까까지 재희를 불쾌하게 하던 감정이 차가 뿜어내는 기운에 휘몰아치며 증발했다. 재희는 오늘 레이싱 드라이버들 중 가장 어리고 작았다. 하지만 차에 올라탄 순간부터 그런 건 상관없었다. 인간의 한계를 넘어서 극한의 속도로 동등하게 달릴 수 있는 세계가 바로 레이싱이었다.

피트레인을 벗어난 재희는 트랙을 빙 돌아 그리드로 나온 후, 잠시 차량 엔진을 정지했다. 가로막힌 것 하나 없이 뻥 뚫린 트랙이 그녀를 기다리고 있었다. 예선전에서 가장 빠르게 트랙을 완주한 사람만이 누릴 수 있는 특혜였다. 오늘의 목표는 가장 빠른 랩 시간을 달성해서 당분간 깨기 어려운 기록을 만드는 것이었다. 그러면 이 서킷에서 경주가 있을 때마다 사람들은 재희의 이름을 언급할 것이다.

중계 카메라가 출발 직전 마지막으로 재희를 화면 가득 담았다. 재희는 렌즈를 향해 가볍게 목례를 했다. 그사이 경기 시작을 알리는 안내판이 3분에서 1분으로 바뀌었다. 그리드에 나선 차량들의 엔진 소리가 트랙 전체에 휘몰아쳤다. 곧 출발을 알리는 초록색 깃발이 펄럭이며 포메이션 랩이 시작되었다.

재희는 제일 앞선 자리에서 차체를 좌우로 움직여 타이어 온도를 올리는 데 집중하며 차량을 몰았다. 모든 차량이 서킷 트랙 한 바퀴를 돌고 다시 처음처럼 출발선에 도열했다. 정적 속에서 모두의 시선이 한 곳으로 모아졌다.

빨간 등 주변으로 피어오르는 아지랑이를 바라보며 재희는 숨을 골랐다. 1부터 3까지 숫자를 반복해서 셌다. 빨간 등이 전부 꺼지는 순간, 재희는 기어를 뽑듯이 당기고 망설임 없이 액셀을 밟았다. 페달에 무게가 다 실리기도 전에 속도가 100킬로미터를 넘어갔다. 재희가 시트에서 가볍게 등을 떼자 안전벨트가 숨을 조르듯 온몸을 압박하는 게 느껴졌다. 노련하게 오른발에 더 강하게 힘을 준 재희는 첫 번째 코너를 순식간에 통과했다. 빠져나온 후, 바로 직선 주로를 내달리자 어느덧 속도는 220킬로미터에 육박했다.

이때부터가 진짜 경주의 시작이었다. 지면에서 올라오는 열기에 힘차게 연료를 태우는 엔진 열이 더해져 차량 안으로 들어왔다. 차량 내부에는 에어컨도 없어서 가만히 앉아있기만 해도 찜통에 들어가 있는 것처럼 숨 막히게 더웠다. 게다가 코너를 돌기 위해 휠을 꺾으면 중력가속도가 온몸을 짓눌렀다. 안 그래도 헬멧 때문에 무거워진 머리 무게를 온전히 목으로 버텨내야 했다. 어느 날은 목뼈가 부러질 것 같은 통증에 두통이 오기도 했었다. 그런데도 그냥 꺾었다. 트랙 위에서는 달리는 것 이외의 다른 건 생각해 본 적 없었다. 재희를 비롯한 다른 선수들 역시, 어쩌면 이 경기가 마지막이 될지도 모른다는 압박감을 느낄 것이다. 그런데도 밟아 나가야 했다. 다른 선택지는 없었다.

해암 서킷은 출발선을 지나, 연달아 이어지는 경사 급한 코너가 특징인 곳이었다. 얼마나 속도를 잃지 않고 빠르게 빠져나가는지가 승패를 가르는 중요한 요소였다. 그 때문에 브레이크 컨트롤이 강점인 재희를 자극하는 서킷이기도 했다. 그래서 예선 때부터 소라가 귀에 딱지가 앉도록 무리하지 말라고 당부했었다. 재희 역시 그럴 생각이었다. 곧 중요한 입단 테스트를 앞두고 있기도 했고, 예선 때만큼만 달려도 우승과 기록을 재희가 가져가는 건 예견된 수순이었기 때문이다. 그러나 조금 전, 주성과의 신경전을 겪고 생각이 바뀌었다.

사이드미러로 주성이 탄 차가 뒤에 바짝 붙어 달려오는 게 보였다. 재희는 스타의 존재란 증명으로 이루어진다고 생각해왔다. 하이라이트 경주 영상은 시간이 흐를수록 힘을 잃는다. 그래서 재희는 과거에서부터 현재를 넘어 미래까지 언제 어디서든 존재하고 싶었다. 그러기 위해서는 때에 맞는 증명이 필요했다. 관중들이 자신을 원할 때, 그들이 보고 싶어 하는 경주를 보여주는 것이 재희가 레이싱 드라이버로 이 서킷에 존재하는 이유였다.

재희는 잘 달리던 라인에서 벗어나 주성이 공략하고 있던 아웃코스 라인을 가로막았다. 그리고 의도적으로 속도를 늦췄다. 그러자 주성의 뒤에서 인코스 라인을 잡고 있던 선수가 그 기회를 놓치지 않고 주성과 재희를 동시에 추월해서 달려 나갔다. 재희는 방어하지 않고 그냥 보내주었다. 주성은 재희에게 가로막힌 길에서 벗어날 생각인지 트랙의 바깥쪽으로 더 빠졌다. 자칫하면 노면에서 이탈할 수도 있을 텐데 주성은 능숙하게 선을 지키며 달렸다.

두 번째 커브가 나왔다. 이미 바깥으로 밀려난 주성이 속도를 잃지 않고 라인도 지키려면 휠을 크게 조작할 수밖에 없었다. 그러나 재희의 위치는 그대로였다. 재희가 주성과 붙어서 달리는 바람에 하마터면 주성의 차 오른쪽 앞부분과 재희의 차 왼쪽 뒷부분이 충돌할 뻔했다.

주성이 급히 브레이크를 밟았다. 재희가 옆에서 우직하게 버티고 있으니, 주성도 어찌할 도리가 없었다. 그녀가 비켜주지 않는다면, 주성이 할 수 있는 건 불필요하게 속도를 줄여서라도 거리를 벌려 빈틈을 노리는 방법뿐이었다.

하지만 재희 역시 주성의 차에 맞춰 속도를 조절했다. 왼쪽 방향으로 꺾어야 하는 세 번째 코너에서 주성이 추월을 시도할 때마다 재희는 교묘하게 움직여 라인을 틀어막았다.

결국 주성은 신경질적으로 속도를 늦췄다. 이쯤이면 그도 눈치챘을 것이다. 재희가 의도적으로 자신의 주행을 방해하고 있다는 것을.

우승도, 기록도 중요하지 않았다. 재희가 원하는 건 오직 주성이 포인트를 단 한 점도 따지 못해 다음 시리즈 경쟁에서 불리해지는 것뿐이었다. 다른 차들은 둘 사이에 끼여 피해받고 싶지 않았는지 일찌감치 거리를 벌려 방어적으로 주행하고 있었다.

— 주성아, 4번은 경사 때문에 시야가 좁아서 코너 빠져나오기 전까지 속도 내면 안 돼.

주성의 무전기가 시끄러웠다. 피트에서도 현재 상황이 중계되고 있으므로 어떻게 하면 주성이 재희를 따돌릴 수 있을지를 두고 열띤 전략 회의를 진행 중이었다. 주성은 이를 악물고 다시 액셀을 밟았다. 재희는 그녀를 원하는 곳으로 떠나버리면 그만일지 몰라도 주성은 달랐다. 이제 막 만들어 가고 있는 입지를 굳힐 타이틀이 필요했다. 네 번째 코너에서 재희를 따돌리지 않으면 이번 레이싱 내내 그녀에게 휘말릴 것 같은 불길한 기분이 들었다.

— 속도 줄이자. 지금보다 더 줄여야 해.

무전 너머로 팀 매니저의 걱정 어린 간청이 들렸다. 주성은 망설임 끝에 무전기를 꺼버리고 빠른 속도로 재희를 따라붙었다. 헤어핀* 구간이었다. 주성은 옆으로 슬쩍 빠지면서 추월 라인을 타려는 신호를 보냈다. 그러면 재희가 추월을 막기 위해 아웃코스로 크게 붙어서 속도를 미리 죽인 후, 공격적으로 가속해 탈출 속도에서 우위를 점할 것이라고 예상했다. 그러면 예선처럼 4번 코너에서 미끄러질 가능성도 컸다. 주성은 재희가 바깥으로 빠질 때, 안쪽으로 파고들어 자리를 선점해 그녀의 탈출 속도를 최대한 저지하려는 계획을 세웠다. 차가 조금이라도 앞서면 재희 역시 충돌을 피하기 위해 자리를 내어줄 수밖에 없었다.

주성은 아웃코스를 노리는 재희의 뒤에서 슬며시 떨어져 간격을 벌렸다. 재희의 앞바퀴가 연석을 타고 넘어가는 게 보였다. 주성은 조급한 마음을 누르고 부드럽게 휠을 조작했다. 속도가 줄자 뒷바퀴가 노면에 충분히 붙어있지 않는 듯한 느낌이 들었다. 그사이 제멋대로 잠긴 휠 때문에 차체가 휘청거렸지만, 주성은 평정심을 잃지 않았다. 오히려 브레이크 타이밍에 기어를 차근히 맞추며 휠을 붙잡았다. 이제는 오기로라도 재희의 방해를 저지하고 싶었다. 다행히 뒷바퀴는 밀리지 않았다.

상태를 확인한 주성이 휠을 서서히 풀며 시야를 들었을 때, 재희의 차 우측 면이 완전히 눈에 들어왔다. 분명 아웃코스로

* 도로가 머리핀처럼 급격히 꺾이는 구간으로, 속도를 크게 줄여야 하는 코너.

최대한 붙은 채 출발해서 탈출 속도를 올리기 위해 안쪽 자리를 내줬을 것이라 생각했는데, 재희는 브레이크를 깊게 밟아 의도적으로 속도를 버리고 인코스를 차지했다. 주성이 정신을 차렸을 때는 재희의 차와 너무 가깝다는 생각이 들었다. 하지만 이미 때는 늦었다.

재희의 오른쪽 뒷바퀴와 주성의 왼쪽 앞바퀴가 맞닿았다. 여기서 휠을 잘못 풀면 둘 다 위험해진다. 주성이 재희에게 팔을 뻗어 잠시 속도를 높이지 말라는 신호를 보내려는데 왼쪽 바퀴로 불규칙한 충격이 느껴지며 몸이 한쪽으로 급하게 기울었다.

재희는 충돌에도 아랑곳하지 않고 그대로 속도를 올려 주성의 차 앞부분을 강하게 밀고 지나갔다. 그 충격으로 주성의 차량은 순간 옆으로 밀려났다. 주성이 휠을 이미 반쯤 풀어버린 탓에 뒷바퀴가 따라 움직이지 못하면서 차체가 크게 회전했다. 끝내 균형을 잃은 주성의 차가 연석을 넘더니, 트랙 밖 잔디에 처박혔다.

정말 순식간에 벌어진 일이었다. 회전하는 차량 어딘가에 헬멧을 세게 부딪친 탓인지 주성의 머릿속이 하얘졌다. 전광판에는 사고를 알리는 황색 깃발이 떠있었고, 저 멀리서 사고나 위험 상황 시 경기 속도를 통제하기 위해 투입되는 세이프티카가 자신을 향해 다가오고 있었다. 그는 고개를 돌려 멀어져 가는 재희의 경주차를 어이없는 표정으로 바라보았다. 재희의 차도 리어 범퍼가 깨져 파편이 바퀴를 타고 트랙 전면에 흩날렸다.

그런데도 그녀는 아랑곳하지 않고 달려 나갔다. 브레이크라는 걸 모르는 사람 같았다.

전광판에 재희의 모습이 뜨자, 관중들은 이제 막 경주가 시작된 것처럼 열광했다. 주성은 허망하게 자신을 앞질러 가는 레이싱카들을 바라보았다.

이제 남은 것은 재희의 원맨쇼뿐이었다. 재희는 세이프티카 상황이 해제되자마자 황색기가 떠있는 동안 서행하던 차들을 하나씩 추월하기 시작했다. 부서진 범퍼 때문에 뒷바퀴가 드러난 채로도 무섭게 속도를 올려 순위를 되찾아왔다. 다른 차들은 뒤에서 벌어진 둘의 충돌과 주성의 리타이어 소식을 전해 들은 모양인지 재희가 코너를 돌 때 조금이라도 붙을 것 같으면 바로 속도를 떨어트렸다.

— 타이어 괜찮아? 교체해야 할 것 같으면 피트스톱 할 때 준비할게.

침묵을 지키던 소라가 드디어 무전을 걸었다. 재희는 언제나 이런 점에 있어 소라를 대단하게 생각했다. 그녀는 재희가 거친 싸움에 휘말리건, 공격적인 플레이를 하건 내버려두었다. 상황이 정리되고 나서는 재희보다 차부터 살폈다. 어느 날은 재희가 언론의 비난을 살 정도로 치졸하게 플레이했음에도 소라는 언질 한 번 없었다. 그날 재희는 서킷의 기록을 갈아치웠다. 소라에게 중요한 건 얼마나 빨리 결승선을 통과하냐는 것뿐이었다.

"됐어. 급유만 해."

― 무리하지 마. 여기서 1등 해봤자 아무 쓸모 없어.

재희는 건성으로 대답하며 속도를 올렸다. 가장 급한 네 번째 코너를 다시 도는데 오른편으로 아직도 수습 중인 주성의 경주차가 보였다. 주성은 피트에 들어간 건지 보이지 않았다. 아까의 접전에서 아쉬운 점이 하나 있다면, 그를 제대로 약 올리지 못한 것이었다. 방풍창으로 인사라도 건넸어야 하는데, 잔디밭에 나뒹구는 주성의 차를 구경하느라 타이밍을 놓쳤다.

사실 재희의 계획은 두 번째 코너에서 주성을 따돌리는 것이었다. 그런데 주성이 생각보다 늦게 속도를 줄이는 바람에 실패했다. 둘 사이에 공간이 충분히 나지 않아 그의 과실로 몰아갈 충돌 상황을 제대로 연출할 수 없었다. 네 번째 코너는 워낙 경사가 급해 자칫 잘못하면 예선처럼 미끄러질 수도 있었다. 그러나 그냥 지나치기에는 주성의 행동이 괘씸했다. 마치 언제든 재희를 이겨버릴 수 있다는 태도 하며, 재희 또한 반짝 빛났다 사라진 무수한 드라이버 중 한 명이 될 거라는 비방까지 뭐 하나 마음에 드는 게 없었다. 발끈하고 싶지 않았지만, 어떻게든 그를 눌러주고 싶어서 무리한 추돌 상황까지 간 것이다.

예전 같지 않네. 요즘 그런 말을 많이 들은 것도 사실이다. 한계를 모르고 달렸던 우승 경쟁이 조금씩 버거워지기 시작했고, 기초 체력 훈련 강도를 높이지 못한 지도 꽤 됐다. 경쟁자는 계속 늘어나는데 자신만 제자리인 것 같았다. 위기감이란 그런 것이었다. 추월당할 상황이 언제나 존재한다는 걸 늘 염두에 두어야 했다.

재희는 헬멧 너머를 응시했다. 뻥 뚫린 트랙도 좋았고, 눈에 보이지 않지만 느낄 수 있는 바람의 저항이 주는 압박감도 좋았다. 재희는 레이싱을 사랑했다.

터닝포인트가 필요한 시점에 닥치니 못 이기는 척 고백하는 것 같지만, 오랫동안 사랑하고 있었다. 이제는 기억도 나지 않는 시작점부터 현재까지 단 한 번도 변하지 않은 마음이었다. 언제까지고 가장 앞에 서서 달릴 수 있을지 모르겠지만, 너무 먼 미래까지 생각하지 않기로 했다. 지금 중요한 것은 다음 주에 다가올 입단 실기 테스트에 통과하는 것이었다. 그것이 재희 레이싱 인생의 2막을 열어줄 것이다. 지금보다 더 빨리 달리기 위해서는 더 비싸고 좋은 레이싱카가 필요했다.

— 마지막 랩이야.

소라의 무전을 들은 재희가 엑셀에 무게를 실었다. 일단 이 레이싱부터 끝내야 했다. 그라비티 아카데미에 정식으로 입단하게 되면 오늘이 국내에서 하는 마지막 레이싱이 될 것이다. 네 번째 코너는 이제 깨끗이 정리되어 있었다. 재희는 갑자기 기분이 들뜨기 시작했다. 경기 내내 팽팽했던 위기감과의 승부는 재희의 승리로 끝난 듯했다.

재희는 남은 타이어가 다 닳아버릴 때까지 속도를 올려 코너를 돌았다. 오늘을 기억에 남는 레이싱으로 장식하고 싶어졌다. 마지막 바퀴를 앞두고 선보이는 재희의 과감한 코너링에 관중들이 하나둘 일어나서 열광하기 시작했다. 저 멀리 피니시 라인에서 엄지를 세우며 체커기*를 준비하는 게 보였다. 차고에서 나온 팀원들이 체이스라고 써진 보드판을 들고 연호하고 있었다. 재희는 속도를 최고로 올렸다. 엔진에서 내뿜어내는 열기 때문에 차 안은 사우나처럼 뜨거웠고 헬멧 안에서 땀이 흘러내렸지만, 재희는 망설이지 않았다. 체크 깃발이 나부끼는 결승선을 굉음과 함께 질주하는 순간은 우승자만이 누릴 수 있는 특권이었다.

재희는 환호성을 내질렀다. 오늘도 어김없이 해냈다. 성공의 끝이 어디인지, 언제 닿게 될지는 알 수 없었다. 하지만 분명한 건, 그곳이 오늘은 아니라는 사실이었다. 재희는 트랙을 점령한 것처럼 차체를 좌우로 크게 흔들며 관객들의 환호를 유도했다. 도로 위로 아지랑이가 피어오르고, 내리쬐는 햇빛이 반사된 아스팔트는 검은 다이아몬드처럼 빛났다. 재희는 잠시 눈을 감고, 차창을 스치는 바람의 줄기를 하나하나 세어보았다.

그 순간, 재희 몸이 옆으로 기우뚱하더니 차체가 무서울 정도로 빠르게 회전하기 시작했다. 무전기 너머로 소라가 고함을 치며 지시하는 게 들려서 서둘러 휠을 잡았지만, 여전히 눈앞이 뱅뱅 돌았다. 재희는 다급히 기어를 밀어 내렸다. 브레이크

* 경기 종료를 알리는 흑백 체크무늬 깃발.

를 먼저 밟을 것이라는 생각이 끝나기도 전에 피트월이 무너지 듯 다가왔다. 큰 충격이 재희의 왼쪽 어깨를 강타하자 그 반동이 헬멧으로 오면서 목이 끊어질 것처럼 아팠다. 레이싱카끼리 충돌할 때 오는 충격과는 차원이 달랐다. 재희는 휠을 붙잡으려 안간힘을 썼지만, 순간 붕 뜬 몸이 무중력 상태가 되면서 휠을 놓쳤다.

분명 찰나의 순간일 텐데 누군가 배속을 낮춰놓은 것처럼 시간이 느리게 흘러갔다. 몸이 완전히 뒤집히면서 어깨부터 골반까지 동여맨 안전벨트가 뼈를 으스러트릴 것처럼 재희를 쥐어짰다. 그 충격으로 재희의 입에서는 기침이 터져 나왔다. 점점 머리로 피가 몰리면서 시야가 아득해졌다.

어릴 적 고카트*를 처음 탔던 순간이 떠올랐다. 재희는 아직도 그때 아빠가 해줬던 말을 잊지 않고 있었다. 이 차를 타면 원하는 어디든 갈 수 있을 거라고 했다. 종종 어디까지 왔는지 돌아보고 싶었지만, 그럴 때마다 소라는 아직 멀었다고 했다. 재희가 어리기 때문에, 경력이 오래되지 않았기 때문에, 달려야 할 서킷이 더 남았기 때문에, 거머쥐어야 할 타이틀이 있기 때문에. 이유는 끝이 없었다. 그렇다면 도대체 언제 쉴 수 있는 건지.

거기까지 생각이 닿자, 재희는 눈을 질끈 감았다. 처음부터

* 모터스포츠 입문 단계에서 쓰는 차.

끝은 없었다. 그냥 재희가 눈을 감아버리면 그만인 것이었다. 어디선가 쇠가 끓는 냄새가 났다. 기름 냄새 같기도 하고, 타이어가 노면에 강하게 마찰할 때 나는 냄새 같기도 했다. 사방에서 들려오는 함성이 귓가를 맴돌아 재희는 빙그레 웃음을 지었다. 자신과 잘 어울리는 소리였다. 자세히 들어보니 비명 같기도 했다.

점성 있는 무언가가 관자놀이를 타고 흘러내리는 감각에 재희는 힘겹게 눈을 떴다. 입에서 앓는 소리가 새어 나왔다. 목뼈가 바스러진 것처럼 아팠다. 언뜻 보이는 차 안의 풍경은 전부 거꾸로였다. 재희가 보던 뻥 뚫린 시야는 땅에 처박혀 있었고, 휠은 반쯤 분리되어 무릎에 채였다. 머리카락에서 무언가 기어다니는 찝찝한 기분이 들어 헬멧을 벗고 싶었지만, 안전벨트에 묶여 팔을 자유자재로 움직일 수 없었다.

재희는 손끝에 신경을 집중해 손가락부터 움직여 보았다. 따끔하면서 바스락거리는 유리 조각이 만져졌다. 시간이 지날수록 목에서 시작된 통증이 어깨로 내려앉더니, 얼마 머물지도 않고 곧장 골반으로 질러갔다.

재희가 몸을 뒤척이자, 골반 끝과 끝이 창에 관통된 것처럼 양옆이 아려왔다. 재희는 고통을 참지 못하고 서둘러 안전벨트를 풀어보려 했다. 양팔에 피가 몰려 굼떠진 탓인지 움직임이 둔해 몇 번이고 손을 헛디뎠다. 이제 재희는 자신도 모르게 악을 쓰며 몸부림을 쳤다. 어떻게든 이 고통에서 벗어나고 싶었다.

어쩌다 버튼을 눌렀는지도 모른 채, 재희의 몸이 순간 붕 떴다가 유리 잔해 위로 곤두박질쳤다. 숨이 막히는 고통에 입술을 깨물었지만, 결국 애처로운 신음이 터져 나왔다. 바닥을 더듬으며 밖으로 나가려 했으나, 오른발이 페달 사이에 끼어 몸이 움직이지 않았다.

재희는 눈을 질끈 감고 다리를 억지로 뽑아냈다. 번개가 정수리를 내리친 듯 섬광이 스치고, 이어 참을 수 없는 고통이 오른발을 덮쳤다. 이성을 잃은 탓에 참을 수 없는 흐느낌이 입에서 쏟아졌다.

재희는 엉엉 울며 차에서 기어 나왔다. 간신히 몸을 일으켰지만 속에서 구역질이 치밀어 올라, 헬멧을 벗어 바닥에 내던졌다. 갑작스레 쏟아진 빛에 가뜩이나 눈이 부신데, 번쩍이는 플래시가 시야를 가렸다. 정신이 아득해지고, 다리에 힘이 풀려나갔다.

"채재희 선수!"

누군가 부르는 말 한마디에 재희는 다시 정신이 들었다. 재희는 발라클라바를 빼고 유니폼 소매로 서둘러 얼굴을 닦았다. 눈가 주변이 지저분하게 눈물로 번져있었다. 반짝이는 불빛의 정체가 중계 카메라였다는 걸 알고 나니 부끄러움이 밀려왔다.

재희는 서둘러 머리를 정리했다. 흘러내리는 머리카락을 귀 뒤로 넘기니 피가 흥건하게 묻어났다. 아무렇지 않은 듯 땅에 떨어진 헬멧을 집어든 재희가 웃어보였다. 웃음이 나오는 걸 보니 정말 괜찮은 것도 같았다. 새로 산 헬멧은 형체를 알아보기 힘들 정도로 긁히고 깨져있었지만. 재희는 자꾸만 속에서부터 넘어올 것 같은 기분에 반복해서 침을 삼켰다. 카메라 앞에서 추태를 보일 수는 없었다.

"괜찮으세요?"

재희는 구출팀의 질문은 제대로 듣지도 않고 손을 내저었다. 뒤로 전복된 차량의 잔해가 있겠지만, 재희는 험악해진 서킷의 분위기를 최대한 유쾌하게 풀고 싶었다. 전광판에 심각한 사고를 알리는 적색 깃발이 펄럭였고, 세이프티카가 달려오고 있었다.

재희는 서둘러 자리를 옮기려 했다. 코앞에 결승선을 두고, 세이프티카로 옮겨지고 싶지 않았다. 그런데 발을 떼자마자 무언가 단단히 잘못되었다는 생각이 스쳤다.

오른발을 서킷 위에 송곳으로 고정해 둔 것처럼 꼼짝할 수 없었다. 재희는 자신도 모르게 그 자리에 주저앉아 버렸다. 그리 멀지 않은 곳에 모여있는 피트 크루가 보였다. 그 가운데 선소라의 표정에는 걱정보다 당황한 기색이 역력했다. 엔지니어와 미캐닉의 얼굴에는 절망이 서렸다. 이 사고가 재희의 이미지에 좋지 않은 영향을 줄 거라는 것은 누구나 쉽게 예측할 수 있었다. 그래서 팀원들은 재희의 상태를 걱정하면서도 다들 소라의 눈치를 보며 머뭇거렸다.

재희는 이를 악물고 일어났다. 그리고 다리에 힘을 주며 땅을 박차듯 앞으로 걸어 나갔다. 그 모습에 중계 카메라는 재희의 바람대로 머리부터 발끝까지 구석구석 조명했다. 흘긋 본 전광판에는 재희의 모습만이 가득 담겼다. 심각하게 파손된 레이싱카를 뒤로 하고 두 다리로 뚜벅뚜벅 멀쩡하게 걸어가는 모습이었다. 재희는 어깨를 반쯤 돌려 카메라에 대고 가볍게 인사를 해보였다. 입꼬리를 올리는 것도 잊지 않았다. 재희는 역시 자신의 오른쪽 얼굴이 화면에 잘 받는다고 다시 한번 생각했다.

관객들은 차량 사고 현장에서 유유히 빠져나오는 재희에게 기립 박수를 보내주었다. 재희는 빠르지도 느리지도 않은 걸음을 유지하며 피트로 향했다. 마음속으로는 절뚝거리지 않으려고 안간힘을 쓰고 있었다.

가까이에서 본 소라는 표정 관리에 최선을 다하고 있었다. 그녀를 실망시켰다는 생각에 걱정이 됐지만 동시에 안도감이 들어 조심스레 말을 붙였다.

"엄마, 미안해."

서킷에서 소라가 아무리 엄격한 매니저라고 하더라도 재희에게는 엄마이기에 드는 당연한 감정이었다. 순간 소라의 표정이 험악하게 굳었다.

"서킷에서 엄마가 어디 있어?"

맞는 말이었다. 그러나 아까 전복된 차 안에서 애타게 찾은 사람이 소라여서 그런지 재희는 허탈한 기분이 들었다.

"일단 머리에 묻은 피 좀 닦고 있어. 난 가서 재희 기록 어떻게 처리될 건지 브리핑하고 올게. 이따가 연락하면 미디어존*으로 나오면 되는데, 부축은 받지 말고. 이해했지?"

소라는 다시 평소처럼 다정한 말투로 재희를 어르고 달랬다. 그리고 크루를 불러 모아 은밀하게 지시를 내렸다. 전달받은 크루는 재희가 친 사고를 무마하기 위해 분주하게 움직였다. 반파된 재희의 차량부터 지게차에 실어 피트로 들어갔다. 기자들이 그 모습을 찍기 위해 피트 앞으로 끈질기게 모여들었다.

입구는 금세 소란스러워졌다. 재희는 산산조각 난 차량 옆에 덩그러니 서있었다. 이상한 기분이었다. 여긴 언제나 재희의 공간이었는데, 오늘따라 방을 잘못 찾아온 손님처럼 불편한 기분이 들었다.

재희는 지나가는 사람을 붙잡고 손상된 차량에 덮개를 씌워 달라고 부탁했는데, 다들 들은 체도 하지 않았다. 오히려 애매한 위치에 서있는 재희를 걸리적거린다는 눈빛으로 흘겨보았다. 재희도 자리를 옮기고 싶었지만, 말 그대로 발가락 하나 꼼짝할 수 없었다. 피트 안으로 들어오고 긴장이 풀린 건지 서서히 열이 오르고 통증이 심해졌다. 재희는 피딱지에 엉킨 머리를 쓸어넘겼다. 피곤했다. 잠깐 눈을 감고 싶었다. 정말 잠깐이면 될 것 같았다.

* 경기 후 드라이버들이 기자들과 인터뷰하는 공식 구역.

재희는 의자에 눕듯이 기대앉아 핸드폰을 가만히 두지 못하고 만지작거렸다. 혹시나 실수로 쌓인 연락을 보게 될까 봐 차마 잠금을 풀지는 못하고 슬쩍 시간만 확인한 다음, 병원복 주머니에 넣어뒀다. 그러고 몇 초 지나지도 않았는데 다시 습관처럼 핸드폰을 꺼내들었다. 시선은 자연스럽게 깁스를 한 오른쪽 다리로 향했다.

피트에서 기절한 채 병원으로 옮겨졌다고 했다. 정신이 들었을 때는 누가 밟고 지나가기라도 한 것처럼 온몸이 아팠다. 그중 유독 오른쪽 발에만 감각이 없었다. 그런데도 소라의 성화에 응급실은 가지 못했다.

결국 재희는 두 발로 직접 걸어가서 외래 접수를 하고 임시방편으로 깁스를 대고 왔다. 그러는 중에 몇 번을 더 까무러칠 뻔했다. 재희는 서킷에서 있었던 일을 떠올리다 눈을 질끈 감았다. 그때 느꼈던 고통을 곱씹는 것만으로도 버거웠다. 다시는 겪고 싶지 않은 경험이었다. 정말이지 당분간 페달을 밟기 싫을 정도였다. 재희는 순간, 머리를 스치는 불온한 생각을 털어내려 목이 아픈데도 고개를 저었다.

대학 병원 진료실은 평일 오후에도 환자들로 붐볐다. 다들 각자 하고 싶은 말에 열중하느라 부산스러운 분위기가 연출됐다. 대기실 한가운데에 있는 티브이에서 백색소음처럼 뉴스 소리가 흘러나왔다. 처참하게 구겨진 레이싱카 밑으로 재희의 사고 소식을 간추린 헤드라인이 걸렸다.

채 * 희

　재희는 진료실 앞 모니터에 적힌 대기자 이름을 빤히 응시했다. 시간이 지날수록 얼굴이 달아오르는 것을 느꼈다. 자신의 이름 때문에 숨고 싶었던 적은 처음이었다. 때마침 소라가 모자를 들고 다가왔다. 재희는 얼른 모자를 받아서 코끝이 가려질 때까지 눌러썼다. 소라는 여전히 화가 나보였다.
　재희는 본능적으로 오른쪽 다리를 내려다보았다. 불길한 가설이 재희 머릿속에 무겁게 깔렸다. 조금씩 힘을 줘서 발가락을 하나씩 움직여 보려고 했는데, 자꾸만 토할 것처럼 속이 느글거렸다. 소라에게 지금 무슨 일이 일어나고 있는 건지 묻고 싶었지만, 입이 떨어지지 않았다. 어차피 상황을 알더라도 재희가 운전한 차가 전복됐다는 사실은 변하지 않았다.
　"네 번째 발가락이 부러졌대."
　긴 침묵 끝에 소라가 먼저 입을 뗐다.
　"수술받으면 입단 테스트 날짜에 맞춰서 회복할 수 있겠어?"
　소라의 물음에 재희는 오른쪽 다리를 살며시 뻗어보았다. 발가락이라는 말을 듣고 나니 긴장이 풀리면서 그제야 숨이 제대로 쉬어졌다.

이제 뉴스는 끝난 건지 지역 맛집을 소개하는 방송이 흘러나오고 있었다. 식당 사장님이 긴장한 듯 미리 외워둔 소개말만 반복했다. 그 모습에 출연진은 웃으며 긴장을 풀라고 다독여 줬다. 그 실수 덕분인지 분위기는 한결 유쾌해졌다. 티브이 속 사람들도 다들 즐거워 보였다.

"해야지. 뭐 어떡해."

재희는 대답을 끝내고 작게 안도의 숨을 내쉬었다. 발가락이라면 이미 열 개나 있는 건데 한 개 정도는 없어도 훈련에 지장 없을 것 같았다. 그렇게 생각하니 발을 움직이는데도 아까보다 훨씬 덜 아팠다. 발가락 하나에 이렇게 기분이 나아질 줄 몰랐다. 스포츠 선수에게 부상은 치명적이지만 그렇다고 피하기만 할 수 없는 노릇이었다.

재희의 공격적인 드라이빙 덕분에 오늘 경기 흥행은 성공적이었다. 완주를 못 해서 결국 기록은 인정받지 못했지만, 어찌 됐든 재희의 사고는 관객들에게도 하나의 흥미로운 이벤트로 느껴졌을 것이다. 시간이 지나고 재희의 선수 생활을 돌이켜 봤을 때 빠질 수 없는 추억 중 하나가 될지도 모른다.

재희는 잠금 화면을 풀었다. 핸드폰이 뜨거워질 정도로 안부를 묻는 연락이 알림창을 빼곡하게 채웠다. 재희는 전부 밀어 버리고 카메라를 켜 발 사진을 찍었다. 깁스한 부분이 선명하게 나오는 각도를 찾아 발을 이리저리 움직여 보았다. 자신의 소식을 기다릴 팬들과 대중들에게 건재하다는 걸 증명하고 싶었다.

재희는 팀 매니저에게 받은 오늘의 경기 사진을 조합해 SNS에 새 게시글을 작성했다. 덧붙일 멘트를 고민하다 결국 자신이 좋아하는 단어 하나만 적어 넣었다.

Chase.

❖

재희는 시차 때문인지 멍한 표정으로 껌껌한 공항 창문 밖을 응시했다. 3년 전, 그라비티 입단 테스트가 취소되고 도망치듯 떠난 한국으로 다시 돌아왔다.

이게 맞나. 재희는 속으로 자문했다. 언제나 그렇듯 의미 없는 질문에 답도 없었다. 재희는 엄지손가락을 세워 눈물샘 쪽을 비볐다. 시력에는 문제가 없는데 밤만 되면 낮보다 시야가 흐렸다. 심리 치료사는 다 마음먹기에 달려있다고 했다. 마음을 다스리면 모든 문제가 해결될 거라고 말했지만, 재희는 그 마음을 다스리는 방법이 도대체 뭐냐고 되묻고 싶었다.

"곧 도착한다니까 짐 들고 나가있자."

전화를 끊고 걸어오는 소라의 손에는 공항 면세점에서 산 양주 가방이 들려있었다. 재희는 그 모습에 웃음이 나왔다. 소라는 휴가를 다녀온 사람처럼 면세점 쇼핑백을 줄줄이 챙겼다.

그녀는 장거리 비행에도 거뜬한 모습이었다. 반면 재희는 벌써 지친 채로, 운반용 카트를 끌며 힘없이 터덜터덜 소라의 뒤를 따라 걸었다. 출국할 때와는 다르게 짐이 두 배나 늘어있었다. 그렇게 오래 있을 거라고 예상하지 못했던 것도 있겠지만, 영국을 떠날 때 필요 이상으로 많이 싸들고 온 것도 맞았다. 여기에는 소라의 욕심이 대부분이었지만, 재희의 미련도 담았으니 더는 말을 얹지 않고 묵묵히 카트를 밀었다.

게이트를 나오니 찬 바람이 불었다. 비가 와서 그런지 여름답지 않게 서늘한 온도였다. 그토록 오고 싶었던 한국이었지만 그리웠다는 말은 하기 싫었다. 그렇게 말해버리면 정말 오랜 기간 잠적했던 사실을 인정하는 것 같았다. 건널목 앞에는 고급 세단이 비상 깜빡이를 켜고 있었다. 재희와 소라는 가만히 서서 다가올 다른 차를 기다렸다.

"재희야."

낯선 고급 세단 창문이 내려가며 귀에 익은 목소리가 들렸지만, 재희는 자신을 부르는 호칭에 어색함을 느꼈다. 소라는 언제나 이 세상에 재희라는 사람이 딱 한 명만 존재하는 것처럼 고유명사로 이름을 불러왔기 때문이었다.

차에서 서둘러 내린 정수가 멀뚱히 서있는 재희의 카트를 받았다. 재희는 어정쩡하게 서서 정수와 포옹을 나누고 조수석에 올라탔다. 소라는 언제나 그렇듯이 탐탁지 않은 눈치였지만 핀잔을 생략하고 뒷좌석 문을 열어 쇼핑백을 던지듯 넣었다.

“무슨 짐이 이렇게 많아?”

한참을 혼자서 끙끙거리며 캐리어를 옮기던 정수가 운전석에 올라타 땀을 닦으며 물었다.

“옷이 많아서 그래.”

재희는 설명하기 싫어서 대충 둘러댔다. 정수는 오랜만에 본 딸의 얼굴이 아직 실감나지 않는 듯했다. 그러면서도 반가운 마음에 싱글벙글 미소를 지으며 두서없이 말을 붙였다.

“그동안 어떻게, 잘 지냈어?”

안 본 사이 정수는 얼굴 살이 더 빠져있었다. 가죽 냄새가 빠지지 않은 시트며 손때가 묻지 않은 기어 조작 버튼의 값비싼 새 차를 보니 그 이유를 알 것도 같았다.

“그냥 살았어.”

정수는 다른 대답도 듣고 싶다는 눈짓으로 재희를 힐끔거렸다.

“사람 사는 게 다 똑같지 뭐.”

재희는 민망해져서 창밖으로 고개를 돌리며 남은 말을 흘렸다.

“너 있을 때 영국 가보고 싶었는데, 결국 한 번을 못 갔다. 미안해.”

“아빠가 미안할 게 뭐가 있어. 서로 바쁘니까 타이밍이 안 맞았던 건데.”

정수는 한결같이 재희에게 다정했다. 그런데도 재희는 예전

만큼 편안함을 느끼기 어려워 말이 자꾸만 퉁명스럽게 나갔다.

"인사 다 했으면 출발 좀 해."

소라가 건조한 음성으로 둘 사이의 대화에 끼어들었다. 정수를 노골적으로 무시하는 소라의 말투는 어제 일처럼 낯설지 않았다. 재희는 그런 소라를 보며 한결같다는 게 마냥 좋은 것만은 아니라고 생각했다.

정수의 차가 미끄러지듯 공항을 빠져나와 인천대교에 진입했다. 재희는 창문에 머리를 기대고 하늘을 올려다봤다. 어둑한 하늘 위로 먹구름이 떠다니는 게 보였다. 종일 비를 뿌려 가벼워진 구름은 막대에 말리기 전 하늘로 솟아버리는 솜사탕 같았다. 목적 없이 자유로워 보이는 솜사탕.

정수의 안정적인 운행으로 차 안은 고요했다. 백미러로 엿본 소라는 잠을 자는 듯 눈을 감고 있었다. 정수의 시선이 조금씩 옆으로 빠지는 것을 느낀 재희는 서둘러 조는 척을 했다. 정수가 그동안 있었던 일에 대해 이것저것 물어볼까 봐 걱정되었다. 정수에게서 예전 같은 편안함을 느끼지 못하는 이유는 그가 아닌 재희에게 있었다. 정수가 알던 재희는 아마 3년 전 올랐던 영국행 비행기에 두고 왔거나, 애초에 비행기도 타지 못하고 공항을 배회하고 있을 것이다.

한참을 달리던 차는 용산역 근처 호텔 앞에서 멈췄다. 내일 일정을 생각해서 잡은 숙소였다. 정수는 재희에게 한사코 자기 집에서 자고 가라고 권했지만, 재희는 그걸 소라에게 전달하지 않았다. 정수는 공항에서 했던 것처럼 그 많은 짐을 혼자서 내렸다. 재희와 소라는 가만히 서서 그가 짐을 다 내릴 때까지 바라만 보고 있었다. 그는 혼자가 된 지 꽤 오래인데도 아직도 셋이 살 때의 습관을 버리지 못했다.

재희는 그런 상황을 당연하게 대하려고 노력했다. 그게 성씨가 달라지고도 여전히 아빠이고 싶어 하는 정수에게 해줄 수 있는 최소한의 배려라고 생각했다. 정수는 짐을 내려주고 여느 때처럼 살갑게 인사를 건넸다. 그걸 받아주는 건 재희뿐이었지만 그는 익숙하다는 듯 다시 운전석으로 향했다.

어렸을 때 재희는 소라에게 아빠 차가 택시와 다를 게 뭐냐고 물어보기도 했었다. 소라는 아빠 차에는 아빠가 타있는 게 다른 점이라고 했다. 정말 그뿐이었다. 소라가 언제나 정수의 차를 이용하고 나서 비용을 지불했기 때문이었다. 소라가 앉았던 뒷좌석에는 면세점 쇼핑 가방이 놓여있을 것이다. 어쩌면 그게 재희가 정수의 제안을 거절한 이유이기도 했다. 그 양주로 정수의 집에서 숙박까지 하는 건 수지에 맞지 않았다.

재희는 캐리어 더미에 앉아, 체크인하는 소라의 뒷모습을 물끄러미 바라보았다. 20대 딸을 둔 엄마라고 하기에는 너무 젊어보였다. 소라가 알려준 동안의 비결은 사회생활을 하지 않으면 된다는 것이었다. 내키지 않을 때 감사하다고 말하지 않고 사과하기 싫을 때 미안하다 말하지 않으면 모두가 젊게 살 수 있을 거라고 알려줬다. 사회생활을 하지 않는 방법도 같이 귀띔

해 줬는데, 뛰어나거나 모자라거나 둘 중 하나면 된다고 했다.

재희는 소라의 조언을 곱씹다가 짜증스럽게 웃었다. 그땐 아니었겠지만, 지금은 자기에게 모두 해당하는 말 같아서 기분이 나빴다. 동시에 웃기기도 했다. 과거의 제게 가당치도 않는 말을 스스로 대고 있는 게 인정하기 싫은 지금의 현실이었다.

소라는 엘리베이터를 잡고 있으라고 손짓했다. 아무도 없는 새벽에 누가 타겠냐마는 재희는 군말 없이 그녀의 지시를 따랐다. 소라의 말은 대부분 옳았다. 당연히 틀렸던 적도 많았지만, 그녀의 말이 한 치의 오차도 없이 딱 맞아떨어졌을 때면 소라의 확신에 찬 눈빛을 대면해야 했기에 어쩔 수 없었다. 마치 조금 전에 떠올렸던 예언처럼 말이다. 뛰어나거나, 모자라거나.

재희는 순간 삐끗하려는 오른쪽 발목 때문에 보폭을 줄였다. 이럴 때는 그냥 짜증만 났다. 재희는 바닥이 미끄러운 탓이었다고 생각을 전환했다. 오늘은 비가 왔고, 습기가 빠지지 않은 새벽의 로비 바닥은 당연히 미끄럽다. 카펫이었으면 절대 미끄러지지 않았을 텐데. 재희는 다시 웃어보려고 노력했다. 짜증이 나도 웃을 수 있으면 그냥 그럴 수도 있다 생각하고 넘기라고 했었다.

엘리베이터에 탄 소라는 문에 비추는 자기 모습을 몇 번이고 점검했다. 눌린 뒷머리를 띄웠고 어깨선이 뒤집힌 얇은 카디건을 단정하게 여몄다. 재희는 그런 소라의 부지런함이 부러웠다. 일주일에 한 번쯤은 씻지도 않고 누워만 있고 싶다는 재희의 말에 기겁하던 소라였다. 그녀는 재희가 모자를 눌러쓰는 것도 싫어했다. 인상은 머리에서부터 결정되는 건데 그 시작을 모자로 틀어막으면 되겠냐며 핀잔을 주곤 했다.

재희는 고개를 저으며 소라에 관한 생각을 멈추기로 했다. 비행기에서 한숨도 붙이지 못했는데, 굳이 머릿속에 소라를 집어넣어 자신을 더 몰아붙이고 싶지 않았다.

17층에 올라선 엘리베이터가 띵, 하며 멈췄다. 배정된 호실은 엘리베이터에서 그리 멀지 않은 곳이었다. 소라는 호텔 방에 들어가자마자 커튼을 전부 치고 짐을 풀었다. 간편하게 세면도구를 챙긴 소라는 재희에게 먼저 씻겠냐는 물음 없이 곧장 욕실로 직행했다. 재희는 굳게 닫힌 욕실 문을 보고 '유얼 웰컴'이라고 작게 중얼거렸다.

재희는 캐리어 거치대에 짐을 올려두고 창문에 붙어있는 소파에 기대앉아 커튼을 살짝 걷었다. 분명 객실에서 남산타워가 보인다고 했는데, 높은 건물 사이사이에 낀 낮은 건물뿐이었다. 창밖이 시시해진 재희는 침대에 몸을 날렸다. 빳빳한 이불이 재희가 누운 모양대로 구겨졌다. 포근한 매트리스에 몸이 감기자 깜박 잠에 들었다. 1분이 채 지나지도 않았는데 재희는 몸을 움찔하며 눈을 떴다. 이대로 씻지 않고 자버렸다간 종일 소라의 잔소리에 시달릴 것이다.

재희는 녹초가 된 몸을 겨우 일으켜서 짐을 하나둘 풀었다. 닫히지 않은 지퍼에서 엽서 봉투가 튀어나왔다. 작년 여름에 만나 영국을 떠나기 직전까지 재희를 담당했던 심리 치료사 아일라의 편지였다. 체구가 작은 아일라를 똑 닮은 글씨체로 정성스럽게 눌러쓴 티가 났다. 편지에는 재희에 대한 당부가 요리 레시피처럼 적혀있었다. 그래서인지 기대했던 것만큼 감동적이진 않았다. 그냥 좀 실감이 났을 뿐이었다. 다닥다닥 붙은 건물 더미에 가려진 남산타워며, 8평 남짓한 호텔 방에 들어가는 살림살이에, 이젠 만나기 어려워진 그리운 얼굴들까지.

재희는 엽서를 봉투에 담으려다 뒤집어봤다. 아일라가 직접 그린 꼬리가 짧은 흰 도마뱀 일러스트가 있었다. 재희는 그 도마뱀을 단박에 알아보았다. 아일라가 기르는 도마뱀으로, 꼬리가 잘리면 재생되지 않는 종이라고 했었다. 아일라는 상담 전에 종종 재희에게 먹이를 줘보라고 했고, 쓰다듬어 보라고도 했었다.

아마도 아일라는 도마뱀이 잘린 꼬리로도 얼마나 잘 살아가는지 보여주고 싶었던 모양이었지만, 재희는 그럴 때마다 꼬리가 길었을 도마뱀의 모습만 상상했었다. 기다란 꼬리로 얼마나 강하게 중심을 잡고 날렵하게 움직였을지 궁금했다. 재희는 엽서를 던져두고 다시 짐을 정리하는데 욕실 문밖으로 모락모락 연기가 피어오르는 게 보였다. 그사이 씻고 나온 소라가 개운한 기지개를 켰다.

"재희, 씻고 정리해."

소라의 채근에 재희는 군말 없이 일어났다.

“어머, 이게 뭐야. 아일라가 줬어?”

소라는 엽서 봉투 밖으로 삐져나온 실 팔찌를 꺼내 들며 말했다.

“이런 게 있었나? 아, 여기 엄마 것도 있다.”

“너무 귀엽다. 걔는 사람이 진짜 좋았어.”

소라는 흥얼거리며 실 팔찌를 팔목에 둘러보았다. 둘러보기만 할 뿐 착용하진 않았다. 재희는 침대 위에 널브러진 소라의 팔찌를 챙겼다. 소라는 냉장고에 들어있는 맥주를 꺼내 시원하게 따서 마셨다.

“재희도 마실래?”

소라는 머리에 둘러둔 수건을 풀고 머리카락을 가볍게 털며 물었다. 소라는 기분이 좋아보였다. 샤워하는 동안 굳었던 몸이 풀린 건지 양 볼에 가벼운 홍조가 올라왔다. 그녀가 기분이 좋지 않았던 적이 있었나 싶었지만, 오늘처럼 힘든 일정에도 저렇게 높은 컨디션을 유지할 수 있는 건 참 신기했다.

“별로.”

소라는 재희의 대답이 마음에 들었는지 남은 맥주를 한입에 털어넣고 맥주 광고에나 나올 법한 감탄사를 흉내 냈다. 뻔한 질문이었지만 가끔은 헷갈리기도 했다. 소라는 재희가 포디엄에 올라 샴페인 세리머니를 할 때가 아니라면 술을 입에 대지도 못하게 했으면서 매번 뻔한 질문을 던졌다. 그래도 가끔은 헷갈리기도 했다.

만약 재희가 소라였다면 오늘 같은 날은 하루쯤은 모든 것을 다 잊고 맥주 한 캔으로 하루를 마무리하자고 말했을 텐데. 하지만 소라는 절대 재희가 될 수 없으니 이런 건 다 무의미한 가정이었다. 재희는 소라의 표정을 살피며 물었다.

"엄마는 그 섬에 얼마 만에 다시 가보는 거지?"

"글쎄, 한 30년 됐을까? 어머, 이렇게 말하니까 진짜 오래전이네."

소라는 마치 지방 출장을 다녀오는 것처럼 덤덤한 반응이었지만, 30년 전 그녀는 영국으로 떠나기 전 재희와 같은 나이였다. 재희는 소라와 정수의 보살핌 덕분에 보금자리를 떠나고도 피난처를 찾아 정착할 수 있었는데, 소라는 그 나이에 가족과 집을 버려두고 혼자서 상경했다는 게 신기하고 대단했다.

소라의 말을 끝으로 호텔 방에 다시 정적이 찾아왔다. 에어컨 돌아가는 소리가 간간이 났다. 소라는 이미 외울 정도로 검토한 제안서를 다시 한번 훑고 있었다. 재희는 그녀의 학습 상대가 되고 싶지 않아 짐 가방에서 잠옷만 꺼내 조용히 욕실로 들어갔다. 조금 전 소라가 샤워하고 나온 곳인데도 샤워부스 밖으로 물 한 방울 튄 자국 없이 깔끔했다. 꼼꼼한 성격의 소라는 욕실에서도 엄격했다.

재희는 샤워부스에 들어가 가만히 물을 맞았다. 데이기 직전의 온수가 재희의 취향이었다. 욕실 안은 수증기로 금방 가득 찼다. 재희는 물줄기가 얼굴을 타고 내려올 수 있게 고개를 들었다. 뜨거운 막이 재희를 포장하듯 감쌌다.

재희는 문득 울고 싶어졌다. 이렇게 물과 가까이 있을 때면 더더욱 그런 감정이 솟았다. 그렇다고 정말 눈물이 나는 건 아니었지만, 그냥 그런 충동이 들곤 했다. 재희는 서둘러 샤워를 마쳤다. 더 길어지면 소라가 보챌 게 뻔했다. 화장실이 두 개일 때도 그랬는데, 한 개는 오죽할까 싶었다. 재희는 서둘러 욕실을 정리하고 방으로 나왔다. 소라는 재희가 나오기만을 기다렸다는 듯이 말을 걸었다.

"너무 개운하지?"

재희는 긍정의 의미로 머리를 시원하게 틀어올렸다. 소라는 씻고 나서 시간이 꽤 지났는데도 피곤해 보이지 않았다. 어떻게 그게 가능한 건지 궁금했지만, 기초 체력 운동에 집중하면 된다는 식으로 대답할 게 뻔해서 그냥 묻지 않기로 했다. 소라는 매사에 운동선수인 재희보다 더 선수처럼 굴었다.

아까까지 침대 끄트머리에 앉아있던 소라는 침구의 입구만 조심스럽게 벌려서 침대 속으로 안착했다. 침대에 들어가기 전 침대 자락을 전부 빼버리는 재희와 달랐다. 침대 헤드에 허리를 빳빳이 세우고 기대어 있는 것을 보니 할 말이 있는 모양이었다. 재희가 정리하던 짐을 그대로 내버려둔 채 간단히 잘 준비를 마치고 침대로 들어가자, 소라는 기다렸다는 듯이 조명을 전부 밝혔다. 간접 조명을 좋아하는 재희와 또 다른 점이었다. 재희는 빛에 적응할 시간이 필요해 눈을 비비는 시늉을 했지만, 소라는 기다리지 않고 곧바로 본론을 꺼냈다.

"제안서 다시 읽어봤는데 나쁘지 않은 아이디어야. 그렇지?"

언제나 그렇듯 소라는 서론은 없고, 결론은 정해져 있었다. 재희는 그 점이 서론이 길고 결론이 희미한 자신과는 다른 점이라고 생각했다. 재희와 소라가 닮은 구석이라곤 입매밖에 없었다. 소라는 종종 처음 신생아실에 누워있는 재희를 한 번에 알아보지 못해 당황했던 이야기를 유머처럼 말하곤 했었다. 재희는 바로 옆에 켜둔 독서등의 각도를 조절하며 얼버무렸다.

"거기 있는 것 중에서 그나마 낫더라. 내가 신경 쓸 일이 없으니까."

"아니야. 왜 그렇게 생각해? 수업 때 성실하게 출석해야지."

"그냥 시간 때우기용이잖아. 솔직히 진지하게 참여하고 싶은 마음 없어. 그것보다 섬에 들어가면 주행은 어떻게 해?"

"시뮬레이터 트레이닝 할 거야. 그때 못 들었어? 요즘에는 F1 선수들도 다 그걸로 훈련한다더라."

재희는 'F1'이라는 단어에 노골적으로 눈살을 찌푸렸다. 소라는 그런 재희의 반응을 익숙하게 목격했으면서도 언제나 그 단어를 애용했다.

"나는 F1 선수가 아닌데?"

재희는 신경질적으로 소라의 말을 끊었다. 그만 좀 하라는 신호였지만, 소라는 다 알아들으면서도 절대 먼저 멈추는 법이 없었다.

"그게 무슨 상관이야. 같은 모터스포츠 선수잖아. 재희가 복귀만 하면 그런 건 하나도 중요하지 않아."

재희는 얼굴이 화끈거리는 걸 느꼈다. 복귀라니. 얼토당토않은 말이었다. 부상으로 그라비티 입단 테스트 기회를 날리고 잠적해 레이싱을 3년이나 쉰 선수를 반겨줄 후원사는 없었다. 그 사실을 누구보다 더 잘 알면서 순진한 척 핑크빛 미래를 이야기하는 소라 때문에 재희는 머리가 얼얼할 정도로 열이 올랐다. 소라의 눈에 그런 재희가 어떻게 보일지 모르겠지만, 확실한 건 소라는 샤워 후 개운했던 모습 그대로였다. 마치 한국을 떠났던 적 없었던 것처럼 태연했다. 재희는 그런 소라를 마주하고 있으니 답답한 마음이 치밀어 퉁명스럽게 대꾸했다.

"그러다 또 다치면 어떻게 할 건데?"

"병원 다니면서 관리해야지."

소라는 더 들을 것도 없다는 말투로 재희의 염려를 끊어냈다. 평소 같았으면 여기서 대화를 끝냈겠지만, 쓰레기통에 구겨진 맥주캔이 제힘으로 무너지는 소리를 들으니, 오늘만큼은 확실히 하고 싶었다.

"의사가 무리하지 말라고 했었어. 이번에 또 골절되면 뼈 붙는 데 시간 오래 걸릴 거고 재활도……."

"재희가 할 수 있다며."

"그랬지. 그랬는데. 내가 지금 못 하겠다는 게 아니잖아. 솔직히 그 제안서 말고도 다른 기회를 기다리면……."

"우리 내일 새벽 기차 탈 건데, 그거 알고도 계속 말하고 싶은 거지?"

소라의 반문에 재희는 숨이 졸리듯 말문이 막혔다. 그저 다음 말을 잇지 못하고 소라를 뚫어져라 바라보기만 했다. 소라는 그런 재희의 시선을 똑바로 받으며 자신이 밝혀둔 조명을 동의 없이 껐다. 재희는 아직 해야 할 대사가 남았는데, 무대는 암전되고 소라만 퇴장했다.

"알고 있어. 이제 누울 거야."

재희는 암흑 속에서 독백하듯 읊조리고 자리를 정리했다. 언제나 꼬리를 내리는 건 재희였다. 어차피 소라의 계획대로 될 게 뻔한데 여기서 더 입 아프게 논쟁해 봐야 의미가 없었다. 빨리 달리는 게 자신 있던 시절에도 소라를 한 번도 앞지르지 못했다.

"재희, 오늘도 고생 많았어."

소라는 친히 이불 밖으로 나와 재희를 안아서 등을 토닥여주었다. 재희는 시큰둥한 표정으로 소라와 거리를 벌렸지만, 이내 마음이 약해졌다.

한국에 오기까지 정말로 고생한 사람은 소라였다. 재희는 소라의 머리카락 사이로 손가락을 넣어보았다. 왼쪽 뒤통수 주변 머리가 현저하게 가늘고 비어있었다. 영국에서 살던 집을 나올 때, 보증금을 돌려받지 못할 것을 걱정하다 원형 탈모가 온 것이다. 마지막에는 거의 집주인에게 사정하듯 빌어서 보증금의

70퍼센트만 받기로 합의하고 나왔다. 거기서 재희가 할 수 있었던 건 그냥 살아가는 것뿐이었다. 하루하루 최선을 다해 재활하는 모습만이 소라를 행복하게 해줄 수 있는 유일한 방법이었다. 소라 몰래 치료를 빼먹던 날이면 저녁 내내 악몽을 꿀 정도로 죄책감에 시달리곤 했었다.

재희는 손을 내려 소라의 등을 토닥여 주었다. 한국에 돌아온 건 소라에게도 재희에게도 잘된 일이었다. 이건 재희의 다짐이기도 했다. 마음먹는 건 몇 번이라도 할 수 있었다. 그걸 지키는 건 나중 문제였다.

❖

새벽에 또 비가 온 건지 노면이 축축하게 젖어있었다. 구름 낀 하늘과 바닥에서 나는 흙냄새가 잘 어울렸다. 재희는 캐리어를 들고 호텔 정문 앞에 우두커니 서있었다. 물웅덩이에 구름이 빠르게 움직이는 게 반사돼 보였다.

"재희야!"

정차한 차 앞에 서서 핸드폰을 보고 있던 정수가 재희를 발견하자 반갑게 달려왔다.

"잠은 좀 잤어?"

"그냥 적당히."

정수는 재희의 심드렁한 대답에도 아랑곳하지 않고 어제처럼 옆에 쌓여있는 캐리어를 다시 차곡차곡 트렁크로 옮겨 넣었다. 어젯밤에 재희를 호텔에 내려주고 오늘 새벽에 다시 데리러 오기까지 다섯 시간도 채 못 잤을 텐데 피곤한 기색 하나 없었다. 정수의 다정은 때와 날을 가리지 않았다. 캐리어를 다 옮긴 정수는 애정 어린 시선으로 재희를 바라보고 있었다. 피하기만 하는 게 능사는 아니라는 생각이 들어 재희는 억지로 말을 붙였다.

"아빠는 그동안 뭐 하고 살았어?"

"일하고, 밥해 먹고, 주말에는 등산하고. 그러고 살았지."

"내가 어떻게 사는지는 안 궁금했어?"

재희의 볼멘소리에 정수는 가볍게 미소를 지었다. 어제저녁 경기 영상에서 봤던 프로 선수가 맞나 싶었다. 정수의 눈에는 아직도 어릴 적 손을 잡고 데려간 고카트장에서 빠르게 움직이는 자동차에 눈을 반짝이던 영락없는 어린아이였다.

"당연히 궁금했지. 그래서 네 팬카페도 들어갔었는데."

재희는 정수의 대답에 쓴웃음을 삼켰다. 오랫동안 방치된 팬카페에 정수가 다녀갔다는 사실에 민망했다.

"그런 데를 뭐하러 들어가."

"왜. 가끔 와서 댓글 달아주고 그랬잖아."

"그건 영국 처음 갔을 때나 그랬지. 안 들어간 지 꽤 됐어. 나 그 카페 앱도 삭제했다고."

정수는 재희를 다독여 주려고 손을 뻗었다. 재희는 거절의 의사 표시로 양손을 주머니에 넣고 몸을 돌렸다. 정수는 허공에 뜬 손을 머쓱해하다 주먹을 불끈 쥐었다. 어제부터 고민했던 말을 꺼낼 마지막 기회인 것 같았다.

"재희야, 가고 싶지 않으면 여기 그냥 남아도 돼."

"그런 거 아니야."

"아직 재활 치료 중이라며. 서울에 있으면 병원 다니기도 더 편할 거야."

"이제는 검사도 자주 안 하고, 거기 근처에도 병원 있어. 아프면 약만 처방받을 거라 괜찮아."

정수는 재희의 눈치를 살폈다. 어릴 때부터 선수 생활을 시작해서 그런지 언제나 나이보다 더 성숙해 보이던 딸이었다. 그런데 영국에서 3년이 지나 성인이 되어 돌아온 재희는 오히려 에전이랑 달라진 게 하나도 없었다.

"여긴 병원만 있는 게 아니잖아."

"뭐, 훈련받을 때도 더 편하겠지. 굳이 서울 아니어도……."

정수는 평소답지 않게 재희의 말을 단호하게 끊었다.

"아빠가 한 말은 훈련받을 곳이 많다는 게 아니야. 학교도 다닐 수 있고, 배우고 싶은 거 있으면 학원도 다닐 수 있고, 친구들이랑 같이 놀러갈 곳도 많아. 한강도 가보고, 요즘 인기 있는 카페도 갈 수 있다는 뜻이야. 아빠 말 무슨 뜻인지 알겠어?"

서늘한 바람이 재희와 정수 사이로 불어왔다. 재희는 속에서부터 울컥하는 감정이 솟아와 말실수하게 될까 봐 고개를 숙였다.

"내가 왜 그래야 하는데?"

"왜냐니. 아빠는 네가 다시 행복해질 수 있는 방법을 찾아주고 싶고 그게 뭐든 다 지원해 줄 거야."

정수가 돌아온 자신을 어떻게 생각하고 있을지 궁금해 뒤척였던 어젯밤이 허무하게 느껴졌다. 그는 재희에게 보호자가 필요한 것처럼 굴었다. 서킷을 달리기 시작하면서부터 재희에게 보호자 같은 건 없었다. 그저 채재희, 선수 개인으로 존재할 뿐이었다. 재희는 서글퍼졌다. 달리 이 감정을 표현할 길이 없었다.

"내 행복은 서킷에 있어. 거기 두고 왔으니까, 다시 찾으러 갈 거야."

화장실을 다녀온 소라가 손수건에 손을 닦으며 걸어오자, 정수와의 대화가 부자연스럽게 끊겼다. 소라는 정수를 보고도 인사 한마디 없이 차에 올라탔다. 재희도 정수를 두고 조수석에 탔다. 정수는 한참을 밖에 서있다 소라가 창문을 내려 보채는 손짓에 마지못해 따라 올랐다.

라디오도 노래도 틀지 않는 정수의 차 안은 어색한 기류로 가득했다. 재희는 이런 분위기에 익숙해지는 게 싫었지만, 동시에 정수와 더 대화하지 않아도 돼서 다행이라는 생각이 들었다.

기차역에 도착한 정수가 주차장으로 들어가려고 신호를 넣자, 소라가 곧바로 저지했다. 정수는 어쩔 수 없이 기차역 앞

버스정류장에 비상 깜빡이를 켜고 차를 정차했다.

"당신은 이제 가도 돼."

"기차 시간 남았으면 같이 들어가서 밥이라도 먹자."

재희는 눈동자를 굴리며 정수의 시선을 피했다. 소라는 헛웃음을 치며 어이없다는 듯이 받아쳤다.

"무슨. 재희 밖에서 식사 안 할 거야. 식단 조절 시작했어."

무거운 정적이 셋의 발밑으로 낮게 깔렸다. 여느 때라면 정수가 실없이 웃으며 자리를 피해줬겠지만 오늘은 달랐다. 그는 의연한 표정으로 소라에게 대화를 걸었다.

"너도 그만할 때 되지 않았어?"

"무슨 헛소리야. 이제 시작했는데."

"너 재희 생각은 하니? 애가 부담 느끼는 건 안 보여? 투자한 시간 아깝다는 핑계 못 들어주겠으니까, 이쯤에서 그만해."

평소에도 화를 잘 못 내는 편인 정수는 그 몇 마디를 맺는 데 식은땀을 흘렸다. 소라는 누구보다 그런 정수를 잘 알고 있었기에 봐주는 법이 없었다.

"내가 너한테 돈을 달라고 했니, 아빠 노릇을 해달라고 했니? 차 한 번 태워주는 걸로 이렇게 유세 떨 거면 그냥 오지 마."

소라는 입가에 조소를 머금은 채 눈을 치켜떴다. 정수가 기분 상해할 단어만 엄선해서 고른 게 제대로 먹힌 것 같아 의기양양해 보였다.

"아빠, 밥은 다음에 먹자."

재희는 다급한 음성으로 둘의 대화를 차단했다. 어차피 여기까지 와서 더 돌아갈 곳도 없었다. 정수는 몇 번 더 망설이다 한숨으로 할 말을 대신 뱉어냈다.

"그래, 오늘만 날이 아니잖아."

소라는 경쾌한 음성으로 대화의 승리를 자축했다.

정수는 그런 소라를 노려보다 트렁크로 걸음을 옮겼다. 거기에는 캐리어에 눌려 어질러진 등산화와 배낭뿐이었지만 그는 짐을 정리하는 척 시간을 끌며 다음 할 말을 준비하는 것처럼 보였다. 정수는 자신을 닮은 재희의 눈매에서 유독 감정이 잘 읽히는 게 항상 안타까웠다.

"재희 용돈이라도 주고 가."

반면 재희를 닮은 소라의 입매에서 항상 매서운 말이 나오는 것 또한 아쉬운 점이었다. 그 반대가 맞는 말이겠지만, 어느 순간부터 정수는 소라를 볼 때마다 그녀에게서 재희와 닮은 점을 찾으려고 노력해야 했다.

"무슨 일 있으면 전화해."

정수가 재희를 포근하게 안아주며 인사를 건넸다.

"없어도 할게."

재희도 평소와 다르게 정수의 품에 오래 안겨있었다. 물리적 거리는 더 가까워졌지만, 예전만큼 정수를 만나는 게 쉽지 않을 것 같다는 예감이 들었기 때문이었다. 정수는 그런 딸의 마음을 읽은 건지 그녀를 더욱 세게 끌어안으며 속삭였다.

“변하는 건 좋은 거야.”

재희는 하고 싶은 말이 있었지만, 굳이 입 밖으로 꺼내지 않았다. 정수는 잠시 떨어져서 그런 재희를 물끄러미 바라보다 가벼운 미소로 인사를 건넸다. 떠오르는 아침의 햇살이 재희의 이마를 따사로이 어루만져 주는 것 같았다.

정수가 떠나자, 소라는 조심성 없이 캐리어를 끌고 에스컬레이터로 향했다. 재희는 멀어지는 정수의 차와 소라의 뒷모습을 번갈아 바라보았다.

“재희, 뭐 해? 안 갈 거야?”

소라는 에스컬레이터 앞을 가로막고 서서 재희를 기다렸다. 재희는 다시 한번 정수가 떠난 자리를 돌아보았다. 신호를 받아 떠난 차는 점이 되어보이지 않게 되었다. 재희는 정수가 했던 마지막 말을 곱씹어 보았다. 변한 건 없었다. 그냥 시간이 재희를 두고 흘러가 버린 거였다.

“나 팔 아파. 빨리 가자.”

소라는 핸드백을 흔들며 엄살을 피웠다. 소라 역시 재희에게 한결같은 사람이었다. 재희는 캐리어를 챙겨 소라가 있는 곳으로 발길을 돌렸다. 그러다 마지막으로 한 번 더 뒤를 돌아보았다. 이번에는 정수 때문이 아니었다. 그냥 그러고 싶었다. 아무 것도 없는 걸 알면서도 한 번쯤은 그냥 돌아보고 싶었다.

2
장

꿈의 유통기한

가로도에 들어온 지 어느덧 2주가 지났지만, 아직도 내일 떠날 사람처럼 낯설었다. 금방 적응될 거라던 소라조차 변해버린 고향에 낯을 가리며 집 밖으로 나서기를 꺼렸다. 재희는 평상에 앉아 저물어 가는 해를 보며 바다가 타고난 거짓말쟁이 같다고 생각했다.

오늘 들어오기로 한 배가 또 결항했다. 넘실거리며 밀려오는 파도는 방파제에 스며들듯 자취를 감췄다. 이렇게 잔잔한 바다에 풍랑주의보라니. 알다가도 모를 자연의 변덕이었다. 재희는 지난주에 주문한 택배를 아직도 받지 못했다. 육지에 살 때보다 택배비를 두 배나 더 내는데 왜 이런 불편을 감수해야 하는 건지 억울한 마음도 들었다.

재희는 은은하게 피어오르는 분노를 꺼트리고 싶어 평소보다 더 일찍 집을 나섰다. 해가 길어져서 이젠 6시가 넘어도 밖이 환했다. 재희는 무릎 보호대를 착용하고 오른쪽 발목에 보호대를 덧댔다. 그래도 불안해서 두꺼운 양말까지 신었다. 아침에 경사로를 뛰어오르다 헛디딘 발목이 걱정이었지만 그렇다고 오후 루틴을 거를 순 없었다.

재희는 대문 소리가 나지 않게 반만 닫고 나왔다. 이마를 전부 덮을 정도로 모자를 눌러쓰고, 숨을 깊게 들이마시면서 달리기를 시작했다. 눅눅한 공기가 코를 타고 폐에 가득 찼다. 물을 먹은 듯 무거운 몸 상태가 싫어 숨을 강하게 뱉으며 속도를 올렸다.

소라의 집 주변으로 좁고 굽은 골목이 거미줄처럼 이어졌다. 재희는 한달음에 골목 사이를 헤치고 올라 큰길로 빠져나온 다음, 다시 그 길을 따라 아래로 내려갔다. 가로도에서 재희의 집보다 높이 있는 건 가로고등학교뿐이었다. 평상에 앉아도 등대가 훤히 내려다보일 정도로 높은 고도인 재희의 집에서 시계 반대 방향으로 달리면 선착장이 나온다. 시계 방향으로 달려도 다를 건 없지만, 학교 앞으로 지나가기 싫어서 항상 같은 길로만 다녔다.

국숫집 주인이 내일 장사 준비를 끝내고 문을 닫고 나오는 게 보였다. 재희는 서둘러 헤드셋을 착용하고 소리를 높였다. 섬사람들은 100미터 밖에서도 외지인을 쉽게 알아보았기 때문이다. 예상대로 국숫집 주인이 재희를 발견하고 화색을 띠었다. 그녀는 여느 때처럼 재희가 가게 앞을 지나가자 말을 걸고 싶은 시늉을 했다. 그러나 재희가 몸을 웅크리고 재빨리 시야에서 사라지는 바람에 아쉬운 듯 입맛만 다셔야 했다.

선착장 앞은 이른 저녁을 먹고 나온 사람들로 붐볐다. 킥보드를 타고 돌아다니는 초등학생 둘, 광명슈퍼에서 일하는 남자 직원 하나, 정자에 앉아 담배를 태우는 할아버지 둘. 많아봤자 손가락으로 셀 수 있는 인원이었지만, 아침에 비하면 인파처럼 느껴진다. 그래서 재희는 오후에 광명슈퍼 앞을 지날 때가 제일 긴장됐다. 재희는 자신을 힐끗거리는 할아버지들의 관심에서 벗어나고 싶어 모자를 만지는 척 시선을 먼 곳으로 흘렸다.

안내소 주변에 가로고 교복을 입은 학생들이 뭉쳐있는 게 보였다. 이 시간에 선착장 주변까지 가로도 애들이 나오는 건 처음이었다. 낯선 이들의 등장에 재희는 다시 경계 태세를 갖췄다. 정작 학생들은 재희의 존재에 관심도 없다는 듯 자기들끼리 웃으며 시끄럽게 떠들어대느라 바빴지만, 재희는 웃음소리가 들리지 않을 때까지 호흡을 조절하지 않고 달렸다.

선착장에서 멀어지니 만오봉으로 오르는 산책로가 보였다. 산책로에 진입하지 않고 길을 벗어나 더 달리면, 버려진 해변이 나온다. 짙은 회색빛의 모래 사변이 넓게 펼쳐져 있지만, 만조 때는 모래사장 끝까지 물이 들어온다. 파도가 심한 날에는 절벽으로 오르는 길이 끊길 정도로 물이 차기도 해서 가로도민들도 기피하는 해변이었다.

해변 왼편으로 깎아진 절벽이 절경을 이뤘다. 가로도를 잘 모르는 방문객이 절벽 안까지 구경하러 들어갔다 갑자기 밀려오는 파도에 꼼짝없이 갇힌 적도 있고, 절벽 꼭대기에 서서 낚시하던 도민이 갑자기 몰아친 파도에 실종되기도 해서 날씨와 상관없이 인적이 드문 곳이었다.

그래서 재희가 가로도에서 가장 좋아하는 장소이기도 했다. 가로도에 들어오고 난 후로 하루도 빠짐없이 이 해변을 찾았다. 날이 흐려 걱정했는데 저무는 일몰이 구름 사이를 헤쳐 나와 선명한 빛을 냈다.

재희는 절벽으로 올라가는 길 입구에 주차된 차 문을 열었다. 3년 전, 벌트클래스 챔피언십 드라이버로 선정됐을 때 광고를 찍고 제공받은 차였다. 가로도에 들어오자마자 맞은 생일 선물이라며 정수가 탁송해 주었다. 소라가 노발대발하며 당장 돌려보내겠다고 했지만, 재희가 겨우 사정해서 지킨 녀석이었다. 후륜 구동이라 지면이 고르지 않고 경사가 높은 섬 지형에서 운전하기에 취약인 차였지만, 핸들 무게감이 좋고 브레이크 강약 조절로 제어가 쉬운 편인 데다가 수동 변속기까지 달아 재희의 취향을 반영한 차였기 때문이었다.

재희는 빠르게 자리를 잡고 차 문을 닫았다. 시트에 몸을 기대 중립 기어를 확인하고 시동 버튼을 누르자 규칙적인 신호음이 나면서 계기판에 불이 들어왔다. 이번에 재희는 클러치와 브레이크를 밟고 다시 시동을 켰다. 자고 있던 엔진이 깨어나며 위협적인 소리를 냈다.

그래, 알겠어. 재희는 달래듯 중얼거리며 핸들을 잡았다. 다른 사람보다 손이 커서 커버를 끼고도 핸들이 손안으로 넉넉하게 들어왔다. 재희는 손바닥으로 가볍게 밀듯 핸들을 왼쪽으로 돌렸다. 오늘은 절벽 안까지 들어가 볼 계획이었다. 다시 클러치를 밟고 기어봉을 조정하면서 액셀을 지그시 밟았다. 엔진 회전수가 높아지며 듣기 좋은 배기음을 냈다.

엑셀과 클러치를 밟는 발끝에 조금씩 힘을 분산하면서 재희는 기어를 조작했다. 동시에 핸들을 왼쪽으로 더 꺾었다. 기어 단이 바뀌는 찰나에 핸들을 돌리면 속도를 잃지 않고도 균형 있게 방향을 조정할 수 있었다.

주행하다 보면 미세한 톱니바퀴 이가 맞물리면서 내는 소리가 들리는 순간이 있다. 타이밍이 딱 맞아떨어진다는 느낌. 재희는 그걸 누구보다 기민하게 감지하는 사람이었다. 올라가는 속도만큼 무거워지는 배기음 소리가 심장을 간지럽혔다.

재희는 눈을 빛내며 거침없이 모래 사변을 가로질러 질주했다. 가는 모래가 바퀴에 끼여 헛도는 소리가 들렸지만, 속도를 줄이지 않았다. 커다란 파도가 보폭을 넓히며 다가왔다. 재희는 저 파도에 삼켜지는 상상을 하며 잡힐 듯 잡히지 않게 바닷가 쪽으로 아슬아슬하게 붙었다. 부서지는 파도 조각이 타이어를 적셨다. 모래와 바닷물에 엉킨 바퀴는 움푹 팬 진창에 갇혀 재희의 통제에서 벗어났다. 재희는 그저 내버려두었다.

빠르게 밀려오는 파도에 네 바퀴가 온전히 잠기자 재희는 그제야 핸들을 왼쪽으로 짧게 끊어서 꺾으며 클러치를 밟아 후진 기어로 변속했다. 갑자기 오른쪽으로 차가 치우치면서 바다에 전복될 것처럼 크게 휘청거렸다. 동시에 액셀을 밟아 바퀴를 빠르게 회전시켜 파고든 모래를 털어내듯 모래 늪에서 빠져나왔다.

재희는 유영하듯 절벽 앞까지 다가갔다. 매일 오는 장소였지만, 볼 때마다 느낌이 달랐다. 어젯밤 다녀간 파도 때문이겠지. 재희는 파도가 치는 쪽으로 고개를 돌렸다. 태양이 바닷속으로 침몰하고 있었다. 지평선에서 시작된 붉은빛이 재희가 서있는 곳까지 퍼졌다. 강렬하게 꺼져가는 빛에 재희는 가만히 눈을 감았다. 하루의 마지막을 목도하는 건 여전히 어려웠다.

해가 완전히 지고 얼마 지나지 않아 세상이 파랗게 변했다. 밤이 오기 전 찰나지만 재희가 가장 좋아하는 순간이기도 했다. 재희는 잠깐의 자유를 만끽하다 다시 눈을 떴다. 깎아내린 절벽도, 집채만 한 파도도 사라지고 없었다. 내리지 못한 사이드 브레이크만 빳빳하게 고개를 들고 있을 뿐이었다. 재희는 곁눈질로 흘겨보았다. 이것만 내리면 이 지루한 바다에서 벗어나 멀리 가버릴 수도 있다. 여기가 아닌 어디든, 바다를 등지고 섬의 가장 높고 깊은 곳까지 달아나 버릴 수도 있는 것이었다.

그렇게 어려운 일도 아닌 것 같은데, 왜 안 되는 걸까. 재희는 다시 한번 강하게 액셀을 밟았다. 페달이 바닥에 닿을 정도로 깊게 밀어넣었다. 엔진이 공회전하는 소리가 강하게 나면서 멀리까지 뻗어나갔다. 뻗어나가기만 했다. 재희는 여전히 그대로였다.

재희는 핸들에서 손을 떨어트렸다. 마음 깊숙한 곳에서 무언가 같이 떨어져 나가는 듯한 기분이 들었다. 희망이라고 부르기엔 애매한 것이었다. 희망은 절망 속에서 피어나는 것 아니었나. 그냥 잠깐 쉬고 있는 것뿐인데, 왜 이렇게 깊은 무력감이 재희를 쥐고 흔드는지 알 수 없는 노릇이었다.

재희는 시동을 끄고 차에서 내려 주변을 둘러보았다. 여전히 같은 곳에 주차된 차였다. 어제도 그랬고 오늘도 그랬으며 내일도 그럴 것이다. 재희는 괜한 미안함에 보닛을 어루만지며 말했다.

"내일은 더 노력해 볼게."

재희는 가만히 창문에 등을 기댔다. 차가 반동에 작게 흔들렸다. 다시 시작하기에는 너무 늦은 게 아닌지 묻고 싶었다. 재희는 이제 자신의 레이싱이 기억나지 않았다. 과거 경기 영상을 볼 때면 운전석에 앉아있는 사람이 누구였는지 궁금할 정도로 낯설었다. 그런데도 정말 복귀를 할 수 있는 걸까. 고개를 들이미는 불온한 의문에 순간 재희의 심장이 철렁 내려앉았다. 레이싱이 없으면 재희의 인생은 어떤 의미도 찾을 수 없었다.

그러나 재희는 복귀를 준비하라는 소라에게도, 그만두라는 정수에게도 어떤 대답을 줄 수 없었다. 왜 망설이는지 모르겠지만 재희는 그저 기다릴 뿐이었다. 자신을 멀리 밀고 나가줄 어떤 파도를 기다리고 있었다.

어느새 짙은 어둠이 바다를 덮었다. 간간이 들리는 파도 소리만이 이곳이 바다임을 짐작하게 했다. 재희는 우두커니 서서 철썩거리는 소리에 귀를 기울였다. 밀고 당기는 힘이 팽팽하게 겨루기하는 것처럼 균등하게 들려왔다. 재희는 그 소리가 좋았다. 재희의 속에서 시끄럽게 부딪히는 소음이 들리지 않을 정도로 커다란 소리였기 때문이었다.

아침 체력 훈련을 끝내고 광명슈퍼에 들른 재희는 선착장 앞에 펼쳐진 바다에 시선을 빼앗겼다. 날은 여전히 흐렸다. 오늘도 배가 뜨는 건 무리일 거라 생각했는데, 거짓말처럼 선착장에 정박해 있었다. 배의 운항 여부는 하늘보다 바다의 기복에 달려있다는 말이 실감 났다. 흐리고 비가 와도 파도가 높지 않으면 바다는 기꺼이 자신을 내어주는 법이라고 했다. 바다는 자신의 한계를 알고 있는 듯했다. 재희는 눈을 가늘게 떠 지평선 끝자락을 응시했다. 그 깊은 속내를 조금이나마 이해해 보려는 노력이었다.

재희는 집으로 돌아가려다 어제 차에 두고 내린 텀블러가 생각나 차를 주차해 둔 곳으로 방향을 돌렸다.

버려진 절벽에 가까워지자, 재희는 우뚝 걸음을 멈췄다. 평온을 깨는 대화가 그즈음에서 들려왔기 때문이었다.

"이 차는 왜 이렇게 낮냐?"

"속도 때문에 그런 거 아닐까? 스포츠카들은 다 이런 식으로 생겼던데."

"그럼 이건 어디 회사 거야?"

"잘 모르겠네. 유명한 브랜드는 아닌 것 같아."

"그랬다면 눈에 보이는 곳에 떡하니 붙어있었겠지. 페라리, 람보르기니 이렇게."

앳된 목소리 세 개가 속도감 있게 섞여 들려왔다. 낯설지 않은 무리의 모습이었다. 자연스럽게 얼마 전 선착장 옆 정자에 모여서 낄낄거리던 가로고등학교 학생들이 떠올랐다. 재희는 어떻게 해야 할지 고민하다 점차 차를 에워싸는 그들의 모습에 어쩔 수 없이 바닷가로 걸음을 재촉했다.

멀리서 봤을 때는 성별을 알아보기 힘들었는데, 남자 둘에 여자 한 명이었다. 여학생보다 비슷하거나 조금 더 큰 남자아이가 유독 출싹거리며 운전석 주변을 누볐다. 그의 손에는 철사 옷걸이가 들려있었다.

재희는 저걸로 차 문을 딸 생각이었다면 그냥 내버려둘 걸 그랬다고 생각했다. 인터넷에서 본 방법을 따라 해볼 작정인 것 같은데, 재희의 차는 창문이 작아서 철사 끼울 공간을 찾는

데만 한 세월이 걸릴 것이다.

"다 됐어?"

"야, 여기는 틈이 없는데."

"뭐야. 금방 열 수 있다며."

"아니, 아까 너도 봤잖아. 그 동영상에서는 꽂고 밀기만 하면 바로 열렸다고."

호리호리한 체격의 키가 큰 다른 남학생은 둘의 대화를 불안한 시선으로 지켜보았다.

"아이씨, 줘봐."

결국 참다못한 여자애가 옷걸이를 빼앗아 운전석 창문 사이에 막무가내로 찔러넣었다. 여자애는 마음처럼 잘 되지 않는지 같은 곳에 몇 번이고 반복적으로 힘을 실었다. 곧 창문에 흡착된 고무 패킹이 찢길 것 같았다. 보다 못한 재희가 스마트키 열림 버튼을 눌렀다. 그러자 경쾌한 소리와 함께 철컥거리는 기계음이 났다. 세 명은 누가 먼저라 할 것도 없이 황급히 차에서 멀어졌다.

그들은 당황한 얼굴로 주변을 살피다 유유히 걸어오는 재희를 발견하고 아까의 만행이 민망한 듯 머리를 정돈하거나 가방을 고쳐 메며 딴청을 부렸다. 재희는 그들이 그곳에 없는 것처럼 시선을 운전석 쪽으로 고정해 걸어갔다. 서로의 거리가 좁혀지자, 학생들은 몸을 웅크리며 재희가 충분히 지나갈 수 있게 길을 터줬다. 재희는 태연하게 운전석 문을 열었다.

"타볼래?"

재희의 물음으로 침묵이 깨지자, 그들은 경직됐던 몸을 다시 부산스럽게 움직였다. 그중 제일 먼저 정신을 차린 여학생이 황급히 변명을 늘어놓았다.

"주인 없는 차인 줄 알았어요."

"그럴 리가."

재희는 대답과 동시에 차 문을 가차 없이 닫았다. 여학생은 재희의 빈정거리는 말투에 질세라 쏘아붙였다.

"2주 동안 같은 곳에 세워져 있고 한 번도 움직인 적 없었잖아요. 그럼 오해할 만도 하죠."

재희는 인상을 찌푸렸다 풀며 억지로 미소를 띠었다. 그러고는 다시 차 문을 잠그는 것으로 대답을 대신했다.

"아닌 거 알았으니까, 그만 가자. 죄송합니다. 김영서, 너도 빨리 사과해."

키가 큰 남학생이 둘의 신경전이 고조되는 것을 눈치채고 그 사이에 유연하게 끼어들었다. 그런데도 재희는 영서에게서 시선을 떼지 않았다. 아예 차에 기대 짝다리를 짚고 상대보다 더 큰 신장으로 누르듯 내려보았다. 영서도 재희의 눈빛에 담긴 의미를 읽고 물러서지 않고 받아쳤다.

"사과할 것까진 없지. 솔직히 그쪽이 방치해 둔 것도 맞잖아요."

재희는 뭉쳐있는 학생 세 명의 가슴팍을 지그시 노려봤다.

되바라지게 달려들던 성질머리와는 다르게 다들 착실하게 명찰을 차고 있었다. 재희는 나이 차이가 얼마 나지 않더라도 고등학생과 성인 사이에는 분명한 경계가 존재한다고 생각했다. 심지어 재희는 치열한 경쟁 사회에 일찍부터 뛰어든 탓에 또래보다 성숙하다는 말을 자주 들어 기분이 썩 유쾌하진 않았다.

이번에는 무례한 반응을 억지 미소로 넘기기 싫었다. 재희는 잠깐 고민하다 싶더니 영서의 명찰을 낚아챘다. 영서는 갑작스러운 재희의 행동에 깜짝 놀라며 악 소리를 질렀다.

"가로고, 김영서. 몇 학년 몇 반?"

재희의 눈이 아까와는 다르게 생기가 돌았다. 그녀는 무슨 재미있는 걸 발견한 사람처럼 영서의 명찰을 이리저리 돌려보며 다시 물었다.

"말 안 해? 어차피 학교 찾아가면 다 알 수 있는데."

재희를 바라보는 영서의 얼굴이 벌겋게 달아올랐다. 영서와 키가 비슷한 호윤이라는 남학생이 재희에게 애원하듯 말했다.

"저기, 잠시만요. 저희 말 좀 들어보세요. 멋대로 만진 건 죄송해요. 근데 차 훔치려고 그런 건 절대 아니거든요."

"야, 뭐 해. 그냥 뺏어."

영서는 재희의 손에 든 명찰을 낚아채려 했다. 그러나 재희가 팔을 뒤로 빼자, 영서의 손톱이 팔뚝에 걸리는 느낌이 들면서 그대로 붉은 선을 남겼다. 선명한 자국 사이로 살갗이 벌겋게 달아오르며 피가 몽글몽글 솟구치는 것이 보였다. 짜증이

치민 재희는 다가오는 영서를 뿌리쳤다. 영서는 힘 한 번 제대로 써보지 못하고 그대로 뒤로 밀려났다. 예상보다 쉽게 밀려난 탓인지 영서의 얼굴에는 당혹스러움이 고스란히 드러났다. 그 순간, 호윤은 방법을 바꿔서 반대편으로 달려가 재희의 왼쪽 팔을 움켜쥐었다.

"김영서, 내가 잡고 있을게!"

그 모습을 보던 태오가 그만하라는 신호로 호윤의 가방을 잡아끌었다. 호윤이 끝까지 재희를 놔주지 않자, 줄다리기하는 것처럼 한쪽으로 힘이 확 쏠렸다. 균형이 무너지면서 재희의 몸이 옆으로 기우뚱했다. 영서는 그 틈을 타 재희의 손에 들린 명찰을 다시 한번 빼앗으려 했고, 재희는 팔을 휘저어 몸을 지탱할 무언가를 붙잡으려 했다. 그게 영서의 머리카락이든 뭐든 넘어지지만 않으면 아무거나 상관없었다.

재희와 영서의 몸이 뒤엉키자, 호윤은 둘의 무게를 감당하지 못하고 결국 뒤로 나자빠졌다. 영서가 넘어지기 직전에 재희의 옷자락을 끌어당기는 바람에 재희의 몸이 바닥에서 붕 떴다. 오른발에 저항이 사라지자, 눈앞이 아찔해졌다. 태오가 영서를 받치러 달려왔다가 함께 몸이 엉켰다. 바닥이 너무 가깝다는 생각이 들자마자 곧바로 큰 충격이 재희의 온몸으로 전해졌다.

재희는 서둘러 오른쪽 발을 확인했다. 그러다 자기 위에서 팔로 무게를 지탱하고 있는 태오와 눈이 마주쳤다. 태오는 순간 좁혀진 간격에 당황한 듯 얼굴을 붉혔다. 버텨주지 않았다면 태오의 하중이 그대로 재희를 눌러버렸을 것이다. 장난인 줄 알았는데, 하마터면 심하게 다칠 뻔했다. 재희가 어깨를 거칠게 밀자, 태오는 손을 써보지도 못하고 나가떨어졌다.

생각보다 더 세게 넘어진 건지 살이 드러난 부분이 죄다 쓰라렸다. 재희가 바로 일어서려 했는데, 네 명의 팔과 다리가 서로 엉켜서 한 번에 일어설 수도 없었다. 여기저기서 앓는 소리가 들려왔다.

재희는 더 발버둥 치는 대신 몸에 힘을 빼 드러누웠다. 구름 밖으로 나온 햇살이 모래 먼지를 뒤집어쓴 채 바닥에 널브러진 네 명 위로 쏟아졌다. 제일 먼저 몸을 일으켜 세운 태오가 바닥에 웅크리고 있는 영서의 상태를 달래듯 살폈다.

"김영서, 괜찮아?"

영서는 대답 대신 훌쩍거리기만 했다. 맨 밑에 깔려있던 호윤이 대짜로 뻗은 채 볼멘소리로 투덜거렸다.

"나한테도 물어봐 줄래?"

"엄살떨지 말고 일어나."

손바닥이 바닥에 쓸린 듯 까슬한 느낌이 들자, 재희도 짜증스럽게 몸을 털고 일어났다. 그러다 영서와 눈이 마주쳤다. 영서 역시 재희에게 뜯긴 머리카락을 움켜쥐고 눈물을 그렁그렁 달며 그녀를 쏘아보고 있었다. 재희는 더 해보라는 식으로 눈썹을 추켜세웠다.

"사이드 브레이크 내려서 차 뒤로 밀어두려고 했어요. 여긴 태풍 오면 물에 잠기는 자리란 말이에요!"

영서가 투정 부리듯 소리 지르다 눈물을 터트렸다. 그녀는 울고 있는 자신이 싫은 듯 거칠게 눈가를 훔쳤지만, 닦는 속도보다 떨어지는 게 더 빨라서 얼굴이 물기로 범벅되었다.

"차를 훔치려 했든 빼려 했든 그건 내가 판단할 일이지. 왜 남의 걸 함부로 만져?"

재희는 경계를 풀지 않은 말투로 물었다.

"아, 몇 번을 말해요. 주인 없는 차인 줄 알았다고 했잖아요!"

영서는 답답함을 호소하며 발을 굴렀다. 태오가 재희를 향한 영서의 호전적인 시선을 차단하며 말리자, 그녀는 억울한 건지 가슴을 치며 한숨을 푹푹 내쉬었다. 호윤은 아직도 바닥에 누워 영서의 눈치만 보고 있었다. 재희는 손에 쥐고 있는 영서의 명찰을 그녀의 앞에 툭 던지듯 내려놨다.

"자기도 남의 거 마음대로 만졌으면서."

영서는 명찰을 집으며 재희에게 다 들으라는 식으로 투덜거렸다. 옷에 묻은 흙먼지를 털던 재희는 민망해졌다. 고등학생과 성인은 다르다고 했으면서 그들과 똑같이, 아니 그것보다 더 유치하게 대처한 것 같았기 때문이었다. 처음에는 차에 얼씬도 못 하게 겁만 주려고 한 건데, 같이 한데 엉켜서 바닥을 나뒹구는 꼴이라니.

재희는 영서를 흘깃 내려다봤다. 영서의 무릎팍은 아까의 소동으로 찢어져 벌겋게 부어올라 있었다. 사과해야 하나. 재희는 잠깐 고민하다 매몰차게 걸음을 돌렸다. 그러다 자신의 등 뒤에서 고개를 길게 빼고 들여다보던 누군가와 그대로 부딪힐 뻔했다. 재희는 황급히 몸을 뒤로 뺐다.

제일 먼저 눈에 들어온 건 헤어라인을 겨우 덮을 듯 짧게 자른 앞머리에, 브랜드 로고가 그려진 하얀 반소매 티셔츠를 입은 여자였다. 귓불에 닿을 듯 말 듯 칼같이 자른 단발머리 때문에 다른 사람보다 큰 귀가 도드라져 보였다. 여자는 신기하다는 눈을 하고서 재희에게 다가와 말을 붙였다.

"저기……."

재희는 여자의 반짝이는 눈빛을 곁눈질로 외면하고서 자리를 피했다.

"채재희 선수 맞으시죠?"

재희는 선수라는 호칭에 우뚝 걸음을 멈췄다.

"우리 전에 만난 적 있는데, 기억하세요? 저 완전 선수님 팬이에요. 가로도에서 이렇게 다시 만날 거라고 꿈에도 생각 못 했어요."

재희는 합의 없이 가까워진 거리에 걸음을 뒤로 물렀다. 여자는 그런 반응을 예상하기라도 한 사람처럼 팔을 더 길게 뻗어 재희를 붙잡아 당겼다. 재희는 오랜만에 강한 압박감을 느꼈다. 여자는 맞잡은 손을 제멋대로 흔들며 계속 말을 이었다.

"이제 발 다친 건 괜찮아졌어요?"

"네. 뭐, 그런 것 같아요."

재희는 멋쩍은 미소로 둘러댔다. 여자는 재희의 얼어붙은 반응에도 아랑곳하지 않고 재희 주변을 맴돌며 종알거렸다.

"다행이다. 저도 그때 경기장에 있었거든요. 얼마나 놀랐는데요."

재희는 자신의 치욕스러운 과거를 기억하는 사람이 가로도에 있다는 사실에 순간 부끄러움이 밀려와 얼굴이 화끈해졌다. 당사자의 기억은 희미해졌는데도, 여자는 마치 어제 일처럼 생생하게 그날의 상황을 읊어댔다.

"그날 선수님이 피트까지 걸어서 갔잖아요. 병원도 팀 매니저 통해서가 아니라 개인적으로 가셨다고 해서 금방 복귀하실 줄 알았는데……."

신나게 떠들어대던 여자는 재희의 싸늘한 표정에 말끝을 흐렸다. 재희는 자신이 어떤 표정을 짓고 있는지 알고 있었다. 그걸 숨길 만큼의 노련함을 갖추기에는 아직 시간이 더 필요했다. 여자는 재희의 눈치를 살피다 주머니에서 명함을 꺼내 내밀었다.

"아, 참. 제 소개가 늦었네요."

두께감이 있는 흰 종이에는 검은색으로 양각된 이름 두 글자와 핸드폰 번호가 담백하게 쓰여있었다.

이닭

재희는 속으로 여자의 이름을 읊조리다 홀린 듯 그녀가 준 명함의 가장자리로 시선을 흘렸다. 거기에는 모터스포츠의 주요 후원사이자 자동차 엔진의 핵심부품 생산 기업인 벌트의 회사 로고가 박혀있었다.

재희는 정신이 번쩍 들었다. 잔잔하던 마음에 거센 파도가 쳤다. 어쩌면 거의 다 왔을지도 모른다. 멀지 않은 곳에 가려진 코너만 돌면 결승선에 닿을 것만 같았다. 이번이 레이싱에 복귀할 수 있는 마지막 기회라면 일단 밟아보고 싶었다.

"처음 뵙겠습니다."

재희는 아까와 다르게 고개를 깊이 숙이며 깍듯하게 인사했다. 닮은 그런 재희의 변화를 흥미롭다는 눈빛으로 바라보았다. 재희는 그 안에 담긴 의미를 읽어냈지만, 뻔뻔하게 더 친근한 어조로 말을 이었다.

"오후에 인사드리러 가려고 했는데, 여기서 이렇게 뵙네요. 가로고등학교 드론부에서 자원봉사자로 활동하게 됐습니다. 앞으로 잘 부탁드립니다."

"아유, 제가 더 잘 부탁드려야죠."

닮은 재희의 말랑해진 태도에 아까보다 표정이 더 밝아졌다.

"쌤, 아는 사람이에요?"

호윤이 둘의 인사가 끝나길 기다렸다는 듯 능청스럽게 물어보았다. 재희는 자신의 등 뒤로 다가오는 학생들의 인기척을 느끼며 잠시 눈을 감았다 떴다. 재희는 머릿속으로 아까의 상황을 빠르게 복기해 보았다. 닭이 재희와 학생들과의 다툼을 어디서부터 관전했을지 예상하다 명함을 움켜쥐었다. 사과할 걸 그랬다며 후회해 봤자 이미 늦었다.

"아까 못 들었냐. 우리 수업 도와줄 자원봉사자라잖아."

영서가 언제 울었냐는 듯 냉랭한 목소리로 호윤에게 면박을 줬다. 그러고는 재희의 어깨를 치고 지나가 닭에게 팔짱을 꼈다. 경쾌하게 웃던 호윤도 재희의 반대편 어깨를 장난스럽게 스치고 닭의 왼편에 섰다. 둘의 시선이 짜맞추기라도 한 듯 재희에게 쏟아졌다. 그들은 재희에게 듣고 싶은 말이 있어보였다. 닭은 자신의 양쪽 편에 서있는 영서와 호윤을 번갈아 보며 장난스럽게 물었다.

"애들이랑 미리 인사하셨나 봐요?"

재희는 닭의 명함에 적힌 회사 로고를 만지작거렸다. 이 명함은 재희가 그토록 기다렸던 파도가 되어줄 것이다. 그것도 이 비루한 섬 구석에서 다시 재희를 밀어 올려줄 커다랗고 강력한 파도였다. 재희는 보란 듯이 벗겨진 팔꿈치와 팔등을 들어보이며 대답했다.

"네, 진하게요."

팔 안쪽으로는 영서의 손톱에 긁힌 부분이 수직으로 선명하게 자국을 남겼다. 닦지 않은 피가 굳어서 상처가 심각해 보였지만 재희는 미소를 띠었다. 그 모습을 본 영서가 호윤과 난처하다는 눈빛을 공유했다. 어차피 여기서 더 밀려날 곳도 없었다. 그렇게 생각을 정리하자 재희는 오히려 마음이 가벼워졌다. 재희는 닭을 똑바로 바라보며 물었다.

"드론부 수업은 언제부터 나가면 될까요?"

❖

"소라 누나!"

소라는 자신을 부르는 우렁찬 음성에 들고 있던 핸드폰을 바닥에 떨어트렸다. 소라는 핸드폰을 주워 주는 남자의 얼굴을 아리송하다는 표정으로 뜯어보다 이내 함박웃음을 지었다.

"어, 성환횟집?"

"그래, 나 맞아. 김성환. 무화과 집 딸 채소라 씨! 이게 얼마만이세요. 누나 하나도 안 변했네. 어렸을 때 얼굴 그대로인데?"

"그건 좀 과하다. 너는 아저씨 다 됐는데 나만 그대로라고?"

"아저씨는 오바지. 나 아직도 바다 나가면 누님들이 아가라고 불러."

성환은 얼마 전까지 소라와 안부를 묻던 사람처럼 친근하게 너스레를 떨었다.

"가로도는 언제 들어왔어? 근데 이런 건 좀 변해도 되잖아. 나갈 때도 인사 한 번 없이 사라지더니, 들어와서도 먼저 아는 척을 안 하냐."

"얼마 안 됐어. 그리고 이렇게 왔잖아."

"얼씨구. 이것 때문에 온 걸 누가 모를 줄 알고?"

성환은 비닐에 싼 곡괭이와 호스를 소라에게 건네주며 말했다.

"이거면 돼?"

"충분해. 고마워."

소라는 바퀴가 달린 이동식 장바구니에 농기구를 담고 떨어지지 않게 고정했다. 성환은 삐쩍 마른 소라의 손목을 걱정 어린 시선으로 바라보며 말했다.

"안 될 것 같은데……. 다 너무 오래됐어. 날도 안 좋고, 손잡이도 헐거워. 누나 잘못하다 손목 다 나간다니까."

"내일모레 장날이잖아. 그때까지만 쓰고 월포 나가서 전부 다 새걸로 살 거야."

"그럼, 그때부터 시작하면 안 되나? 왜 이렇게 급해? 아니면 이따 저녁에 장사 마무리하고 내가 가볼 테니까 좀 기다리든가."

소라는 장바구니 주변을 맴돌며 툴툴거리는 성환의 등을 밀어내 돌려보냈다.

"그 전에 잡초들은 정리해야 될 거 아니야. 야, 저기 손님 온다. 빨리 들어가. 너 부르잖아."

성환은 식당으로 들어가다 말고 몇 번이고 등을 돌려 소라의 가는 모습을 확인했다. 소라는 그럴 때마다 손짓으로 들어가라고 재촉했다. 두어 번의 실랑이 끝에 성환은 고무장갑을 들고 터덜거리며 횟집 안으로 들어갔다.

소라는 언덕을 오르다 말고 **영서횟집**을 바라보았다. 소라가 가로도를 떠나기 전에는 **성환횟집**이라는 간판이 붙어있었던 곳이었다. 그의 딸인 영서가 태어나면서 상호를 바꿨다고 했다. 소라는 비어있는 영서의 엄마 자리를 묻지 않았다. 성환도 혼자 온 소라의 근황을 궁금해하지 않았기 때문이었다.

소라는 힘을 줘서 장바구니를 끌었다. 도로포장이 엉망이라 경사를 오르던 바퀴가 제멋대로 헛돌았다. 가로도는 30년 전이나 지금이나 변한 게 없었다. 딱 하나 보건소 뒤편으로 나있는 가로대교를 빼고 말이다. 완공은 지난달로 마쳤고 곧 개통을 앞두고 있어서 이 길도 포장 공사를 한다고 했다. 대교를 건너올 외지인들이 다니기 편하게 도로를 만들 계획이었다.

소라는 1년만 더 늦게 들어올 걸 그랬다며 후회했다. 떠나버린 자신과 남겨진 섬 중 하나라도 달라져 있었다면 이렇게 괴롭지 않았겠다는 생각이 들었다.

지나간 상념들이 무슨 의미인가 싶겠지만, 소라에게는 언제나 중요했다. 소라는 바닥까지 후회해야 다시 올라설 수 있는 사람이었다. 소라는 시간을 확인하다 잠시 걸음을 멈춰 선착장 쪽을 바라보았다. 체력 훈련을 끝내고 집에 돌아왔을 재희 생각이 나 핸드폰을 집어들었다가 다시 넣었다. 재희는 언제나 그렇듯이 약속대로 잘하고 있을 것이다. 소라는 재희의 근성을 믿기로 했다. 얼마나 뒤처져 있든 쉽게 추월하던 재희의 모습이 아직도 눈에 선했다. 소라는 차오르는 눈물을 빠르게 훔쳤다. 재희에 관한 후회의 바닥은 아직도 아득하게만 느껴졌다.

소라는 덜거덕거리는 소리에 맞춰 걸음을 빨리했다. 해야 할 일은 산더미인데 날이 더워져서 예전처럼 일을 많이 할 수 없었다. 오늘 목표는 밭에 자란 잡초를 제거하고 제초제를 치는 것이었다. 오랫동안 방치했던 땅이라 인부를 써야 하나 고민했었는데, 종종 성환이 옛정을 생각해서 밭을 정리해 준 덕분에 생각했던 것보다 상태가 좋았다. 소라는 가로도에 들어온 다음 날부터 차근차근 밭 주변에 버려진 쓰레기를 정리하고 썩은 나뭇잎을 치웠다. 이번 주부터 밭을 갈고 나무를 심으려고 했는데, 하필 장날에 배가 안 뜨는 바람에 계획이 틀어졌다.

소라는 곡괭이와 호스를 꺼내 호미 옆에 던져두었다. 얼마 움직이지 않은 것 같은데, 이마에 땀이 송골송골 맺혔다. 소라는 잠시 더위를 피하려고 팽나무 그늘 아래로 올라갔다. 다음 달이면 이 커다란 팽나무를 베어버리고 도로를 낸다고 했다. 소라는 고개를 들어 팽나무 너머로 하늘에 닿을 듯 높이 뻗어 있는 만오봉을 바라보았다. 만오봉 깊은 산속 어딘가에 아버지가 묻혀있다.

다시 오지 않겠다며 저주를 퍼붓고 떠난 땅에 염치도 없이 돌아왔다. 독한 영감은 죽어서도 소라를 이겨먹었다. 빈털터리로 가로도에 돌아온 그녀는 아버지가 남긴 땅 덕에 겨우 숨통을 틀 수 있었다. 가로대교가 개통되면서 대교로부터 이어진 땅이 전부 개발 구역에 들어가 소라에게 큰 보상금이 떨어졌다. 아버지는 알고 있었을지도 모른다. 그래서 농기구가 삭을 때까지 이 큰 땅을 처분하지 않으셨다. 아니면 그의 성질대로 포기하는 법을 몰라서 죽어서도 움켜쥐고 있었던 걸 수도 있다.

소라는 가로도에서 있었던 일을 생각하며 쓴웃음을 삼켰다. 다 옛날 일이었다.

소라는 다시 언덕을 내려 밭으로 돌아갔다. 수도관에 호스를 연결해 물을 흠뻑 주었다. 호스 입구를 좁게 해 물을 흩뿌리니 조그마한 무지개가 생겼다. 이렇게 해가 강할 때면 아스팔트에서 피어나는 아지랑이가 그리워졌다. 타이어 닳는 냄새와 함께 심장이 철렁할 정도의 굉음이 소라의 곁을 스치고 지나간다. 이 또한 형체도 없이 사라져 버렸다. 이제 소라에게 남은 것은 불어오는 바람에 힘없이 나부끼는 팽나무 잎사귀와 밀려오기만 하는 멍청한 파도뿐이었다.

소라는 호스를 저 멀리 던져버리고 곡괭이를 움켜쥐었다. 부드러운 땅에서부터 구덩이를 파기 시작하자, 거친 곡괭이질에 흙이 셔츠에 튀었다. 맺힌 땀이 관자놀이를 타고 볼까지 흘러내렸다. 소라는 한숨에 땀을 닦아내면서도 곡괭이질을 멈추지 않았다. 내일모레 이 자리에는 무화과나무가 심길 것이다. 수확철이면 집안 곳곳에 단내가 퍼져 코가 마비될 것 같던, 그 무화과나무다. 하루만 밖에 내놓아도 초파리가 꼬이고, 껍질을 벗기면 끈적거리는 진이 여기저기 묻어나는 지긋지긋한 열매.

하지만 이제 소라는 무화과나무를 키워서 재희를 먹여 살려야 했다. 소라는 다시 한번 세차게 땅을 내리찍었다.

❖

재희의 오후 루틴에 가로고등학교 드론부 자원봉사자 활동이 포함된 지 사흘이 지났다. 재희는 오전 체력 훈련을 끝내고 소라가 준비한 간식 도시락과 함께 가로고등학교로 향했다.

재희가 하는 업무는 교실 환경 정비가 다였다. 수업 시작하기 전 다목적실에 들어가 컴퓨터와 전자칠판을 켠 다음, 책상과 의자를 세 개씩 준비하고 사물함 문을 열어 드론을 책상 밖으로 빼내면 되는 일이었다. 수업이 없는 날은 청소기를 돌리는 시늉만 하면 되어서 더 편했다.

첫 인사가 유쾌하지 않았던 학생들, 특히 영서의 노골적인 시선을 받는 건 여전히 불편한 일이었다. 하지만 시간이 지나니 그마저도 익숙해졌다. 반복되는 단순 작업에 환기와 문단속만 신경 쓰면 돼서 이보다 편할 수 없었다. 자원봉사자 활동비는 한 시간에 만 원이었다. 오후 4시부터 6시까지 두 시간을 5일씩 나오면 한 달에 대략 40에서 50만 원 정도를 받을 수 있었다. 돈 때문에 시작한 일은 아니었지만, 집과 바다를 제외한 다른 공간이 생긴 거로 생각하면 긍정적인 변화이기도 했다.

재희는 의자에 기대앉아 닭의 명함을 다시 한번 꺼내보았다.

그러다 오른쪽에 선명하게 각인된 벌트 회사의 로고를 유심히 살펴보며 짧게 인상을 구겼다. 닮은 가로고에서 드론부 방과후 수업 강사로 일하고 있었다. 드론 대회에 나가서 수상한 경력이 있다고 하던데, 프로 경기라고 하기에는 규모가 작았다. 대회에 관해 논하기 전에 벌트가 스폰서십을 맺은 선수의 명함까지 파주는 기업이었나 싶기도 했고, 명함 어디에도 그녀의 직책이 쓰여있지 않았다. 이걸 명함이라고 불러도 되는지 긴가민가할 정도로 중요한 정보가 공란이었지만, 벌트와 관계된 것이라 쉽게 버릴 수도 없었다.

재희는 어젯밤 소라가 건네준 제안서를 다시 한번 유심히 읽어보았다. 그 안에는 재희의 복귀 시나리오에 관한 여러 안들이 들어있었는데, 그중 소라가 고른 것은 가로대교 준공식 시승 행사였다. 행사라는 단어를 본 순간, 재희의 기분이 급격히 가라앉았다. 3년을 쉰 선수가 시승 행사로 복귀하는 사례가 있었던가. 적어도 재희가 아는 한은 없었다. 그게 자신이 될 거라고 상상하는 것만으로도 민망한 기분이 들었다. 재희는 그게 조금 쪽팔리는 일이라고 생각했었다. 한물간 선수가 자신의 처지를 받아들이지 못하고 외부적인 유명세에 힘입어 그 판에 억지로 발을 들이미는 것 같았기 때문이었다.

재희는 명함 모서리가 뭉툭해질 때까지 만지작거리다 다시 주머니에 넣었다. 어차피 소라의 결정이라면 받아들일 수밖에 없으면서 미련하게 생각을 거듭하고 있었다.

재희는 고개를 들어 교실 내부를 빙 둘러보았다. 그러다 검은색 드론 네 대가 나란히 놓인 책상이 눈에 들어왔다. 재희는 슬며시 손을 뻗어 가까이에 있는 드론 하나를 조심스럽게 들어올렸다. 장난감 같을 줄 알았는데, 의외로 무게감이 있고 전문적인 구성을 갖춘 기계였다. 드론을 이리저리 살피던 재희는 문득 생각했다. 자신이 왜 이 시기에 갑자기 한국에 들어오게 되었는지, 그것도 서울이 아닌 조그마한 섬마을 가로도였는지, 또 왜 하필 가로고등학교였는지를 명확히 정의하려고 말이다.

"그거 김영서 거예요."

재희는 인기척도 없이 교실 안까지 들어온 태오와 눈이 마주치고는 놀라서 그대로 몸이 굳었다. 태오는 재희에게 작게 고갯짓하며 인사를 하고 책상에 놓인 다른 드론을 가져오며 말했다.

"이건 제 거고요."

태오는 드론 날개 밑에 붙여진 이름을 보여주며 말했다. 재희가 그게 무슨 상관이냐며 고개를 갸웃거리자, 태오는 작게 한숨을 내쉬더니 손에 있던 드론을 가져갔다. 재희는 텅 빈 양손이 민망해져서 사물함에 있는 먼지닦이를 꺼내 말을 붙였다.

"먼지 털어줄까?"

"괜찮아요. 날리면 알아서 떨어져요."

태오는 드론 두 대를 들고 그대로 교실 밖으로 나갔다 다시 반쯤 몸을 걸쳤다. 그러고는 수업 준비를 끝낸 교실 안을 빙 둘러보다 다시 말을 이었다.

"오늘 실습 날이에요."

재희는 여전히 같은 자리에 앉아 멀뚱히 태오를 바라보기만 했다. 태오의 한숨 소리는 멀리 떨어질수록 크게 들리는 것 같았다.

"밖에서 수업한다고요. 그리고…… 아까처럼 들면 프로펠러 고장 날 수도 있어요. 여긴 부품 구하는 게 일이라. 정 궁금하시면 제 걸로 보세요."

태오는 자기 할 말만 끝내고 유유히 자리를 떴다. 재희는 멍하니 열린 뒷문을 바라보다 이마를 긁적였다. 자신이 알고 그런 것도 아닌데 사람을 이렇게까지 무안 줄 일인가 싶었다.

"김영서 드론, 얼마 전에 수리 맡겼던 거라 조심하시라는 말이었어요."

떠난 줄 알았던 태오가 이번에는 앞문 쪽에서 몸을 불쑥 내밀며 말을 건넸다. 재희는 순간 자기 마음속 소리가 입 밖으로 새어나온 건 아닌지 얼떨떨했다. 그러나 태오는 또 순식간에 사라져 버렸다. 멋쩍어진 재희는 머리카락을 쓸어넘기고, 교실에 들어올 때 했던 일을 거꾸로 반복했다. 가지런히 줄을 맞춰 둔 책상을 뒤로 밀어놓고 전자칠판과 컴퓨터를 끈 뒤 문단속을 마쳤다.

정문을 나서자, 운동장에서 시끌벅적 떠드는 소리가 들렸다. 오늘따라 수업이 일찍 끝난 건지 교정이 부산스러웠다. 재희는 팔에 대충 낀 도시락 가방을 흔들며 느긋하게 걸었다. 드론부에서 재희의 역할은 관찰자 정도가 다였다. 안에서든 밖에서든 그건 변함없는 사실이었다.

"채재희 선수님!"

평화를 깬 건 닮이었다. 싱그럽게 웃고 있는 닮이 재희에게 손을 흔들어 내려오라고 소리쳤다. 재희는 그녀가 말끝마다 붙이는 선수라는 단어가 거슬렸지만, 티 내지 않으려고 노력했다. 틀린 말은 아니지만 듣기 불편했다. 영서는 그 옆에 짝다리를 짚고 서서 재희를 탐탁지 않은 시선으로 훑어보았다. 재희는 가볍게 무시하고 운동장 전경을 살폈다. 삼각콘이 S자 모양으로 넓게 세워져 있었다.

"오늘은 선수님이 특별히 도와주셔야 할 일이 있어요."

재희는 들고 있던 도시락 가방과 어깨에 걸쳐둔 얇은 셔츠를 운동장 구석에 던져두고 닮을 따라나섰다. 나란히 걷던 닮은 어느새 재희를 앞질러 운동장 중앙으로 달려갔다.

"저기 끝에 보이는 삼각콘 쪽으로 가서 애들이 드론 날리는 영상 좀 찍어주세요."

자세한 설명을 생략한 닮이 무작정 캠코더를 건넸다. 엉겁결에 받아든 재희는 군말 없이 그녀가 말한 지점으로 걸어갔다. 그곳은 작열하는 한낮의 태양이 그대로 떨어지는 곳이었다. 재희는 눈이 부신 듯 손으로 가림막을 하고 닮의 다음 지시를 기다렸다. 드론부 애들은 각자 자신의 드론을 들고 재희의 반대편에 섰다.

재희가 캠코더 전원을 어떻게 켜야 할지 몰라 버벅거리는 동안 호윤은 드론을 공중에 띄웠다. 벌이 떼거리로 나는 듯 윙윙거리는 소리가 났다. 닮이 멀리서 두 팔을 번쩍 들어 동그라미 표시하면서 촬영을 시작하라고 신호를 보내자, 재희는 어떻게든 캠코더를 켜보려고 눈에 보이는 버튼을 한 번씩 눌러보았다. 운 좋게 LCD 화면을 밀어 열었지만, 아직도 전원 버튼은 찾지 못했다. 재희는 자신을 향해 해맑게 손을 흔들어 대는 닮에게 어색하게 웃으며 호윤이 날린 드론을 찍는 척 캠코더를 움직였다.

그사이 호윤의 드론은 재희의 시야에서 벗어날 정도로 높이 솟구쳤다가 곧장 바닥에 닿을 것처럼 급하강했다. 예상보다 더 빠른 드론 속도에 당황한 재희는 꺼진 캠코더를 갖다 대는 데 급급했다. 반대편에서 웃음소리가 터졌다. 자신을 향한 웃음이 아닌 걸 알면서도 캠코더 하나 제대로 다루지 못하는 모습이 들킬 것 같아 재희는 괜스레 신경이 쓰였다.

캠코더를 이리저리 만지다 우연히 전원 버튼을 건드렸는지 갑자기 화면이 켜졌다. 재희는 서둘러 캠코더 렌즈를 고정하고 하늘을 훑기 시작했다. 얼마 안 가 렌즈에 호윤의 드론이 담겼다. 곧 드론의 날갯짓 소리가 커지더니 호윤의 기체가 재희 곁을 빠르게 지나쳐 갔다. 재희는 흩날리는 머리카락을 느끼며 그의 비행에 담긴 의도를 어렴풋이 읽어냈다.

재희는 아랑곳하지 않고 어깨 너머로 사라진 호윤의 드론을 찾아냈다. 곧 드론이 위협적인 소리를 내며 재희의 주변을 맴돌았지만 몸 한 번 굽히지 않고 제자리를 지켰다. 캠코더를 다루는 것에 비하면 같은 자리에 오래 있거나 빠르게 지나가는 물체를 잡아내는 일은 재희에게 그다지 어려운 일이 아니었다. 반응 없는 재희의 태도에 흥이 식은 듯, 호윤은 삼각콘 라인으로 돌아갔다. 재희 역시 놓치지 않고 여유롭게 뒤를 따랐다.

호윤의 차례가 끝나고 태오가 출발선에 섰다. 그는 멀찍이 떨어진 재희를 힐긋거리더니 호윤과 확연히 차이가 날 정도로 천천히 드론을 움직였다. 거슬릴 정도로 울어대던 날갯짓 소리가 잠잠해지자, 재희도 안정을 찾고 태오의 비행을 아까보다는 더 자세히 담을 수 있었다. 태오는 재희가 서있는 반환점 근처에도 오지 않고 급하게 드론을 돌려 출발선으로 가져왔다. 호윤과 영서가 태오의 주변을 얼쩡거리며 한마디씩 말을 얹는 것 같았지만 그는 귀찮다는 듯 손을 휘젓고 다목적 강당 벽 쪽으로 물러났다.

학생들이 물 마시는 틈을 타 재희도 잠시 하늘을 올려다보았다. 강렬하게 내리쬐는 태양 때문에 연속해서 재채기했다. 재희는 이마에서부터 흐르는 땀을 닦고 다시 출발선을 바라보았다. 영서의 차례가 되자, 자신도 모르게 긴장이 됐다. 영서는 아까 느꼈던 적대심이 착각이 아니라는 듯 거칠게 드론을 몰기 시작했다. 드론은 눈 깜짝할 사이에 재희가 서있는 곳까지 질주했다.

"영서야, 잠깐만……."

닭의 다급한 부름에 싸늘한 느낌이 들어 재희는 몸을 옆으로 비틀어 피했다. 조금만 더 늦었다면 드론과 정면으로 부딪쳤을지도 몰랐다. 닭이 영서를 말리며 재희에게 손짓으로 괜찮냐고 물었다. 재희는 순간 욱하고 올라오는 감정을 호흡으로 참아내고 손을 들어 계속 진행해도 된다고 수신호했다.

그 찰나의 순간, 기분 나쁠 정도로 빠르게 날갯짓 치는 소리가 들리더니 재희의 손을 빠르게 치고 지나갔다. 처음에는 종이에 베인 것처럼 싸한 느낌이 들었는데, 시간이 지나자 얼얼한 통증과 함께 손등이 부어올랐다. 드론은 재희의 손을 맞고 굴절되어 자기 멋대로 바닥에 고꾸라졌다. 영서가 어떻게든 다시 끌어올리려고 조종하는 것 같았지만, 뒤집힌 드론은 발버둥 치기만 할 뿐 다시 날아오를 수는 없었다.

재희는 홀린 듯 바닥에 처박힌 드론에 시선이 꽂혔다. 뒤집힌 채 버둥거리는 드론의 바닥 면을 보고 있으니, 등줄기에서 식은땀이 흘러 황급히 고개를 돌렸다. 기억하고 싶지 않던 어떤 순간이 떠오를 것 같은, 기분 나쁜 느낌이 들었다.

멀리서 닭이 재희를 부르는 소리가 났다. 재희는 고개를 휘저어 잡념을 떨어트리고 뒤집힌 드론을 주워 그늘진 쪽으로 달려갔다. 영서는 태연하게 다가오는 재희를 지켜보았다. 태오가 사과하라는 시늉을 하며 어깨를 재희 쪽으로 밀었지만, 영서는 오히려 그 반동으로 몸을 돌려 발랄하게 학교 출입문 쪽으로 달려갔다. 호윤은 재희의 눈을 피해 영서의 드론을 챙겨 허둥거리며 따라갔다. 학생들이 먹다 버린 과자 봉지와 페트병이 잔디 위를 나뒹굴었다. 태오는 재희의 표정을 살피다 쓰레기만 슬쩍 줍고 자리를 떴다.

닭은 수업이 끝나지도 않았는데 떠나는 학생들을 그저 기특하다는 표정으로 바라보고 있었다. 영서에게 사과를 받아낼 참이었는데, 말을 꺼내볼 기회조차 없었다. 재희는 이런 상황에서 아픈 티를 내는 게 시간 낭비라는 결론을 내렸다. 닭은 그런 재희의 마음은 읽지 못한 듯 자연스럽게 캠코더와 드론을 건네받으며 말했다.

"오늘 고생 많았어요. 덕분에 드디어 영상 찍었네요. 아, 아까 손 부딪힌 데는 괜찮아요?"

"알아서 잘 피했어요."

재희는 부풀어 오른 오른쪽 손등이 보이지 않게 손바닥만 내보이며 말했다. 닭은 그 말에 안심한 듯 해맑게 웃었다.

"그러실 것 같았어요. 반응속도가 남다르시잖아요."

재희는 습관적으로 비행기를 태우는 닭의 화법에 동의하기 싫어서 어색하게 웃었다.

"덥죠? 물 드세요."

닭은 500밀리리터 생수 한 병을 재희에게 건넸다. 원래 미지근한 물은 마시지 않는 편이지만, 재희는 더위를 먹기라도 한 듯 갈증을 느껴 단번에 들이켰다.

"진짜 더웠나 보네. 말을 하지 그랬어요. 겉으로 볼 때는 티가 안 나서 몰랐는데."

"참을 수 있는 정도였어요."

재희는 다 마신 페트병을 구기다 말고 욱신거리는 손목을 감싸 쥐었다. 아까 드론에 맞으면서 오른손 전체에 충격이 간 것 같았다. 재희의 기분이 급격히 나빠졌다. 작은 고통에 짓눌릴 때 느껴지는 무력감을 알기에 신중하게 손목 상태를 체크했다. 골절 위험은 없고 긴장된 근육도 무리 없이 풀렸다. 재희는 그제야 안심이 되어 괜찮다는 말을 되뇌며 억지로 웃었다. 닭은 재희가 촬영한 캠코더에만 정신이 팔려있었다. 재희는 그녀의 어깨 너머로 녹화된 화면을 물끄러미 바라보며 물었다.

"동영상은 잘 찍혔나요?"

그 물음에 닭은 빙그레 웃기만 했다. 닭의 대답이 늦어지자, 재희는 자신이 촬영한 영상에 문제가 있다고 확신했다. 멋쩍게 서성이던 재희는 시간을 확인하고서 운동장에 팽개쳐 둔 도시락 가방과 셔츠를 집었다. 다시 찍을 수도 없는 노릇이고, 사전에 계약된 시간도 끝났으니, 닭이 삼각콘을 치우라고 지시하기 전에 빨리 자리를 뜨고 싶었다.

"애들은 어떻던가요?"

닭은 없는 동영상으로 재희를 나무라는 대신 뜬금없는 질문을 던졌다.

"뭐…… 다들 착해보여요."

"그게 아니라, 드론 날리는 거 어때보이냐고요."

재희는 잠깐 인상을 찌푸렸다. 드론이 날아다니는 걸 이렇게 가까이에서 본 것도 오늘이 처음이었는데 비행에 관해 자기가 없는 말이 무슨 전문성이 있을까 싶었다.

"잘하는 것 같은데요. 이런 대답을 원한 건 아니시죠?"

닭은 또 말없이 웃기만 했다. 재희는 빙빙 도는 듯한 대화에 답답함을 느꼈지만, 닭의 정체를 파악하지 못해 그녀를 대하는 게 조심스러웠다. 재희는 잠깐 고민하고 아까 봤던 드론의 움직임을 하나씩 머릿속에 떠올리며 말했다.

"처음 남자애는……."

"호윤이요?"

닭이 끼어들어 호윤의 호칭을 정정해 줬다. 재희는 눈을 반짝이며 대답을 기다리는 닭의 시선이 부담스러워 다시 머릿속으로 생각을 정리하고 말을 이었다.

"그 학생은 능숙한 척은 하는데 솔직하게 말하면 방향 감각이 떨어져요. 지금이야 코스가 단순해서 티가 안 나겠지만, 트랙 난이도가 조금만 높아져도 금방 뒤처질 겁니다."

닭은 계속 말해보란 식으로 재희가 뱉는 단어 사이사이에 고개를 끄덕이며 호응했다.

"두 번째 학생은, 이름이 태우인가……."

닭이 손가락을 펼쳐보이며 입 모양으로 '오' 자를 반복하자 재희는 급하게 말을 바꿨다.

"태오 학생은 성격이 신중한 편이면 그나마 낫고요. 그게 아니라면, 연습이 많이 필요해 보여요. 셋 중 가장 반응속도가 느렸거든요. 비슷한 시기에 시작했다면 조작이 미숙하다는 뜻이겠죠. 그리고 영서라는 애는 잘해요. 잘하는 게 다는 아니지만, 의미는 있으니까요. 일단 잘합니다. 여기서 보낼 만큼 오래 본 건 아니라 더 할 말은 없네요."

"선수님은 이기는 거 좋아하시죠?"

닭은 재희가 나름대로 신경 써서 남긴 후기와 전혀 어울리지 않는 질문을 했다. 재희는 그 안에 담긴 의도를 가늠해 보려고 되물었다.

"싫어하는 사람도 있나요?"

"좋아한다고 다 이길 수 있는 건 아니니까요."

닭은 생글거리며 웃었다. 그녀의 표정은 신기할 정도로 구김이 없었다. 재희는 속없이 맑은 눈동자를 들여다보고 있으니 미묘하게 속이 뒤틀려 퉁명스럽게 맞받아쳤다.

"하고 싶은 말이 뭐예요?"

"벌트에서 가로대교 준공식 시승 행사에 선수님을 앉혀주기로 했다고 들었어요. 근데 그 시승 행사 때문에 가로도에 들어왔다고 하면 선수님 체면이 뭐가 되겠나 싶어서요. 이런 거 싫어하셨잖아요. 그래서 제안 거절하실 줄 알았어요."

닭은 노래를 부르듯 벌트에 관한 이야기를 술술 늘어놓았다.

분명 벌트에서 대외비로 해달라고 주의를 들었던 내용이었다. 재희는 자연스럽게 벌트의 로고를 업은 닭의 명함을 떠올리며 신중하게 대답했다.

"그만큼 간절했나 보죠."

"그러니까요. 그 간절함을 티 내지 않는 좋은 방법이 있을 것 같은데 말이죠."

닭은 할 말을 다 끝냈다는 신호로 박수를 두어 번 치더니 혼자 씩씩하게 삼각콘을 들어 다목적 강당 앞에 있는 바스켓에 옮겨 담았다. 재희는 닭의 마지막 말에 민망함을 느꼈지만, 자리를 뜨지 않고 기다리기로 했다. 닭의 목적이 무엇인지 알아내려면 불편하다는 감정만으로 대화를 피하지 말아야 했다. 바스켓을 정리하던 닭은 제자리에 그대로 서있는 재희를 발견하고는 아직 안 갔냐는 식으로 눈짓했다. 재희는 다시 삼각콘으로 돌아가려는 닭의 주의를 붙잡으며 말했다.

"선생님 학생들 이기게 해드릴 수 있어요."

벌트의 제안서에 드론부 자원봉사자 활동 조건이 있다는 건 닭이 분명하게 원하는 그림이 있다는 뜻이기도 했다. 닭은 재희의 제안에 싱겁게 웃으며 말했다.

"근데 선수님은 드론에 관심 없으시잖아요."

"그래도 괜찮다면, 해볼게요. 어차피 이기는 방법은 명확하니까요."

재희는 닭의 속내를 알고 나니 오히려 그녀를 대하는 게 편해졌다. 닭은 재희의 단호한 입장 표명에 생각에 잠긴 듯 턱을 쓰다듬었다. 그러다 바스켓에 담긴 파일철 안에서 A4 크기의 안내문을 재희에게 건넸다. 맨 위 표제에서부터 드론 레이싱이라는 단어가 강조되어 보였다.

"8월 말에 월포에서 교육장기 드론 레이싱이 있어요. 선수님이 엄마의 고향을 방문했다가 우연히 가로고 학생들을 알게 되었고 또 우연히 함께 드론 레이싱에 나갔는데, 그 우연이 겹치고 겹쳐 애들이 우승까지 하는 건 어떻게 생각하세요?"

"좋은 방법이네요."

재희는 닭의 말이 끝나기만을 기다렸다 곧바로 대답했다. 망설일 이유가 없었다. 가로도에 들어온 목적은 레이싱에 복귀하는 것이었다. 벌트가 후원사가 되어준다면, 내년 봄에 있을 벌트클래스 대회에 참가할 수 있을 것이다.

닭은 재희의 대답에 웃기만 했다. 그녀의 눈가에 유독 그늘이 없어보이던 이유는 닭은 진짜로 웃고 싶을 때만 웃기 때문이라는 생각이 들었다.

재희도 그녀를 따라 웃어보았다. 못 할 것도 없었다.

3장

어떤 바다

재희는 운동장을 힐끔거리며 집에서 챙겨온 노트에 의미 없
는 선 긋기를 반복했다. 닭의 제안으로 자원봉사자에서 드론부
코치로 자리바꿈이 되었지만, 그렇다 할 교수법이 없었다. 선
수 생활을 한 경력으로 일단 밀어붙이려 했는데 막상 하늘 위
를 나풀거리는 드론을 보고 있자니 학생들보다 부족한 지식으
로 실전을 가르친다는 게 쉽지 않았다.

물을 마시러 온 영서는 재희의 노트를 몰래 훔쳐보다 작게
비웃었다. 재희가 황급히 몸쪽으로 당겨서 가렸지만, 이미 영
서는 고개를 절레절레 저으며 호윤에게 가서 자기가 본 내용을
떠들어댔다. 영서는 수업 시작 전부터 재희를 코치로 채용했다
는 닭의 말에 탄성을 질러 민망하게 했고, 수업을 시작하자마

자 아예 재희라는 사람의 존재를 지운 것처럼 못 본 척했다.

재희는 그런 영서의 속이 훤히 들여다보이는 듯했다. 감정을 숨기지 않는다는 것은 본인에게 자신감이 있다는 뜻이기도 했다. 그런 성격이 사적으로는 어떨지 몰라도, 대회에서는 꽤 쓸모가 있었다. 재희에게는 어쨌건 드론 레이싱에서 우승할 만한 선수가 필요했다.

문제는 재희 자신에게 있었다. 어젯밤 초보자를 위한 드론 레이싱을 동영상으로 공부하고 왔는데, 막상 수업하는 걸 보니 운동장에 삼각콘으로 그어둔 트랙을 구분하는 데부터 어려움을 겪었다. 드론이 어디에서 시작해서 어디까지 가는 건지 따라잡기도 어려웠다. 재희는 노트를 덮고 우선 학생들의 성향을 파악하기로 했다.

평소에도 산만해 보이는 호윤은 드론을 날리는 행위보다 그걸 조작하는 자신에게 더 집중하는 것처럼 보였다. 그래서인지 드론 비행이 고르지 못했고 특히나 코너를 돌 때 무리해서 속도를 올렸다. 빠른 속도로 질주하는 드론에 바람 소리가 더해지니 그럴싸해 보일 수도 있겠지만, 호윤은 단 한 번도 라인 안에서 비행을 해내지 못했다.

태오는 매사에 신중한 편인 것 같다는 점이 그나마 긍정적이었다. 신중하다는 것은 학습할 가능성이 높다는 뜻이기도 했다. 그러나 그런 성격은 단점 또한 많았다. 태오는 드론을 조작할 때마다 닮을 찾아가 확인받았다. 이런 식이면 단기간에 실력을 끌어올리는 데는 무리가 있었다.

마지막으로 재희는 영서의 드론을 유심히 살폈다. 속도가 빠른데도 기체가 안정적이었다. 집중력이 좋았고 운동신경도 타고났을 것이다. 가만히 서서 조종기로 드론을 조작하면 되기 때문에 운동신경과 상관없다고 생각할 수도 있지만 모든 스포츠는 감각이 지배하는 활동이었다. 그 감각은 대회에서 탁월한 상황 판단을 가능하게 해준다. 영서라면 그다음까지 갈 재능은 충분해 보였다.

앞으로 갈고닦는 건 노력의 영역이겠지만, 역시나 셋 중 레이싱 우승 가능성이 가장 높은 건 영서였다.

재희는 바지를 털고 일어나 닮과 이야기하는 영서의 곁으로 슬그머니 자리를 옮겼다. 닮은 장애물을 피해 방향을 바꿀 때 어떻게 조작하면 속도를 효율적으로 줄일 수 있을지에 관해 설명해 주고 있었다. 영서는 무언가 마음이 들지 않는지 울상인 표정을 지었다. 닮은 의아하다는 표정으로 달래듯 물었다.

"지금도 충분히 잘하고 있는데 왜?"

"어제랑 똑같이 하는데 오늘은 왜 이렇게 기록이 안 나오는지 모르겠어요."

"지금은 같은 높이를 유지하는 게 가장 중요하다고 했잖아. 전진하겠다는 마음보다는 같은 위치에 떠있다는 감각에 집중해 봐."

영서는 입을 삐죽이며 말처럼 쉽지 않다고 투덜거렸다. 재희는 그런 영서와 눈이 마주치자 어색하게 입꼬리를 늘려 미소를 지었다. 영서는 언제 칭얼거렸냐는 듯 표정을 바꾸고 다시 출발선 지점으로 달려갔다. 닭은 한결같이 밝은 미소로 학생들을 격려했다. 재희는 일정한 거리를 유지한 채 닭의 수업 방식을 지켜보다 물었다.

"우승을 원하시면서 충분하다는 단어를 쓰시네요."

"애들이잖아요."

닭의 눈동자는 드론보다는 그걸 조종하는 학생들에게 꽂혀 있었다. 그녀는 학생들이 모여서 수다 떠는 모습을 보고도 입꼬리를 올리느라 바빴다. 재희는 그 모습에 김이 빠졌다. 운동장에 있는 사람 중 우승을 신경 쓰는 사람이 자신뿐인 것 같아 불만스러웠다.

"레이싱 경기에 참여하는 경쟁자도 다 같은 애들 아닌가요?"

"음, 그게 우리 애들은 좀 다르거든요."

닭은 대수롭지 않다는 듯 웃어넘기더니 재희가 들고 있는 노트를 보고 싶다는 시늉을 했다. 당황한 재희는 황급히 노트를 품에 숨기려다 말고 어제 필기한 부분을 보여주며 털어놨다.

"솔직히 저 드론 관련해서 아는 게 하나도 없습니다. 선수라는 호칭은 저보다 선생님이 더 어울려요."

"선수님은 프로잖아요. 전 아직 도전하는 단계라 턱없이 부족해요."

재희는 말끝마다 붙는 선수라는 호칭에 민망해져서 이마를 짚었다. 계속 이런 식으로 선수 타령을 한다면 다른 학생들에게도 자신의 처지를 변명해야 하는 상황이 머지않았다는 생각이 들었다.

"일부러 선수라고 강조해서 부르지 않아도 돼요. 아시다시피 경기 쉰 지도 오래됐고 이 섬에서 저 아는 사람 선생님 말고 없어요."

"에이, 그런 게 뭐가 중요해요. 선수님이니까 선수님이라고 하죠. 그럼, 뭐라고 불러요?"

닭은 재희의 부탁에 펄쩍 뛰며 호들갑을 떨었다.

"호칭으로 부르면 서로 헷갈리니까 선생님만 괜찮으시면, 그냥 이름으로 불러주는 게 좋을 것 같아요."

재희는 안 부르는 게 제일 좋다고 덧붙이려다 참았다.

"아, 그러네요. 그럼, 재희 님. 이렇게요?"

닭은 친근하게 이름을 부르더니 크게 소리 내서 웃었다. 재희는 닭이 과하게 즐거워하는 것 같아 예감이 좋지 않았지만, 선수 소리를 듣지 않아도 돼서 만족하기로 했다.

"이름으로 부르니까 친해진 것 같고 좋네요. 진작 이렇게 할걸."

닭은 기다렸다는 듯이 말을 편하게 했다. 호칭을 바꿔서인지 재희를 대하는 데 순식간에 거리낌이 없어졌다. 재희는 조금 전에 했던 생각을 곧바로 후회했다. 그사이 호윤은 심각한 표정으로 닭을 부르더니, 급식 재료 수급에 관한 소식을 들려줬다. 엊그제 배가 안 뜬 탓에 마라탕이 다음 주 메뉴로 밀렸다는 이야기였다. 재희는 생산성 없는 대화에 에너지를 낭비하는 게 신기했다. 음식 메뉴로 이렇게나 오랫동안 이야기하는 건 이해할 수 없었지만, 조건 없이 시간을 축낼 수 있다는 게 부럽기도 했다.

재희는 한가로이 떠다니는 구름으로 시선을 돌렸다. 학교 뒤로 이어진 만오봉 때문인지 여긴 참 공기가 좋았다. 뜨겁게 내리쬐는 햇살 사이로 흘러오는 바람 한 점이 재희의 뺨을 스치고 지나갔다.

이런 삶이 있다는 걸 여태 모르고 살았었다. 미리 알았다면 자신의 인생이 어떤 식으로 달라졌을지 궁금하던 찰나, 재희의 바지 주머니에서 미세한 진동이 느껴졌다. 재희는 발신자에 찍힌 소라의 이름을 보고 황급히 전화를 받았다.

— 재희, 아직도 학교야?

싸늘하게 가라앉은 소라의 음성에 재희는 정신이 번뜩 들어 시간을 확인했다. 재희는 바람에 엎어진 도시락 가방을 챙기며 둘러댔다.

"가는 중이야."

한쪽에서는 소라의 한숨 소리가 났고 다른 한쪽에서는 닭의 신이 난 목소리가 겹쳐서 들려왔다.

"조금만 더 기다렸다가 같이 급식 먹으러 가요."

재희는 손을 휘저어 단칼에 거절했다. 닭은 아쉬운지 보챘다.

"왜요? 우리 급식실 가로도 맛집인데."

"먼저 가보겠습니다. 시간이 다 돼서."

재희는 다시 한번 단호하게 거절 의사를 표했다. 닭과 필요 이상으로 가까워지는 걸 경계하고 싶었다.

"그래요, 재희 님. 내일 또 봐요, 우리!"

닭은 운동장이 쩌렁쩌렁 울리게 재희의 이름을 부르며 손을 크게 흔들었다. 그 소리를 들은 호윤이 방방 뛰며 닭을 따라했고, 태오는 평소처럼 고개만 작게 숙였다. 영서는 어디 간 건지 보이지 않았다. 재희는 대충 인사하고 헝클어진 앞머리를 정리해 교문 밖으로 나섰다.

소라의 집과 가까워질수록 마음이 초조했다. 별로 한 것도 없는데 시간이 벌써 30분을 초과했다. 저녁 훈련 시간을 맞추기에 빠듯했다. 재희의 발걸음이 뛰듯이 빨라졌다. 재희는 조심스럽게 문을 밀고 마당으로 들어갔다. 댓돌 밑에 소라가 자주 신는 로퍼가 가지런히 놓여있고 어울리지 않게 진흙 묻은 장화가 그 옆에 누워있었다. 재희는 평상 옆에 던져둔 호미의 정체를 궁금해하며 물끄러미 바라보았다.

"재희, 과일 깎아뒀어. 손 씻고 와."

소라의 손에는 요리할 때 쓰는 니트릴 장갑이 끼워져 있었고 언제 보챘냐는 듯 밝은 목소리로 말을 걸었다. 소라는 저녁 식사 준비로 한창이었다. 재희는 거실에 붙은 시계를 확인하고 손만 씻고 나왔다. 체력 훈련 시간이 임박했다. 그사이 식탁 위에는 정갈하게 깎은 복숭아가 접시에 담겨있었다. 재희는 부엌에서 땀을 흘리며 요리하는 소라의 뒷모습을 바라보다 과일 접시를 들고 말없이 방으로 들어갔다.

암막 커튼이 쳐진 방은 항상 깜깜한 암흑이었다. 조금씩 어둠에 익숙해지자, 방 한편에 널브러진 캐리어가 눈에 들어왔다. 가로도에 도착한 당일 밤, 짐을 전부 정리한 소라와 다르게 재희는 여전히 방구석에 캐리어를 펼쳐두고 필요한 것만 꺼내 쓰고 있었다. 이 가방을 정리하면 가로도에서 영영 나가지 못할 것 같은 기분이 들었기 때문이었다.

재희는 방문에 기대서서 복숭아를 한입 베어 물었다. 오늘 아침에 따온 것처럼 싱싱한 과즙이 입안 가득 퍼졌다. 복숭아 조각이 잘못 넘어간 건지 순간 기침이 터져 나왔다. 재희는 연달아 기침하다 힘겹게 숨을 내쉬었다. 소라의 다정은 재희를 숨 막히게 했다.

그러나 재희를 먹여 살리는 것도 언제나 그 다정이었다. 재희의 역할은 영국에서도 가로도에서도 소라가 정해준 일상을 살아내는 것뿐이었다. 소라는 그것만큼 쉬운 일도 없다고 몇 번이나 강조했었다. 재희는 남은 복숭아를 억지로 삼켰다. 목 안이 쓸린 건지 거친 감촉이 느껴졌다. 방이 고요해질수록 초침 소리가 선명하게 났다.

재희는 바닥에 던져둔 운동복으로 갈아입으며 속으로 조용히 읊조렸다. 달린다. 이길 수 있다. 그러면 갈 수 있다. 재희는 팔을 한쪽만 끼운 채 그대로 멈췄다. 다음에 나올 말이 생각나지 않았다. 재희는 한참을 멍하니 같은 자리에 서있었다.

❖

다음 날, 손을 씻고 들어온 재희는 세 명의 눈동자가 전부 자신을 향하고 있다는 걸 깨닫고 어색하게 멈춰 서서 물을 닦았다. 수업 시작 시각인 4시가 넘었는데도 닮은 모습을 드러내지 않았다.

"시작 안 해요?"

기다리다 못한 영서가 퉁명스러운 말투로 물었다. 재희는 혹시나 연락이 왔을까 싶어 핸드폰을 확인하며 대답했다.

"선생님이 좀 늦으시나 봐. 화장실 다녀올 사람은 지금 갔다 와."

재희의 말이 끝나기도 전에 호윤이 부산스럽게 의자를 흔들거리며 말했다.

"오늘 쌤 못 오신다고 했잖아요."

재희는 다시 한번 메시지 창을 열어 밀린 연락을 하나씩 열어봤지만, 닮의 것은 없었다.

"선생님이 따로 연락했어?"

"네, 단톡방에서요."

영서는 드론부 단톡방이라는 단어를 강조하며 말했다. 재희는 태오가 건네준 단톡방 대화 내역을 빠르게 훑었다. 대회 참가로 잠시 서울에 다녀와야 하니 오늘 수업은 재희가 진행할 거라는 공지와 함께 시답잖은 농담 글과 이모티콘이 줄을 이었다. 재희는 태오에게 핸드폰을 건네주고 다시 메신저 창을 살펴보았다. 자신은 초대받지 못한 단톡방이었다.

"그럼, 수업 시작해야지."

재희는 전자칠판과 연결된 컴퓨터 화면에 어제 자기 전까지 보다 만 동영상을 찾아 재생했다. 강사는 8자를 그리는 연습을 하라는 말과 함께 드론 조종기 조작법을 느린 배속으로 여러 번 반복해서 설명해 주었다.

"이게 그…… 8자 그리기라고 방향 감각을 익히는 데 좋은 훈련법인데……."

"네? 이건 첫 수업 때 이미 다 배운 건데요?"

호윤이 어리둥절한 표정으로 닭이 나눠준 듯한 책자의 앞장을 펴보이며 물었다. 그걸 보던 영서가 태오의 팔을 잡아끌며 짜증스럽게 말했다.

"야, 그냥 가자."

"아직 수업 안 끝났잖아."

"드론이 뭔지도 모르는 사람한테 무슨 수업을 받아."

"뭐야. 너희 가? 그럼 나도 같이 가!"

호윤은 가방을 챙겨 급히 일어서려다 드론을 올려둔 책상에 몸이 걸려 넘어졌다. 그 충격으로 끄트머리에 걸쳐있던 태오의 드론이 바닥으로 곤두박질쳤다. 그걸 인지하기도 전에 재희가 반사적으로 몸을 던졌다. 다행히 떨어지기 직전에 드론을 낚아챘지만 무리하게 움직인 발가락이 시큰거렸다. 오랜만에 찾아온 통증에 재희는 짜증이 솟구쳤다.

재희는 다시 드론을 책상 위에 올려두고 이마를 덮는 앞머리가 답답하게 느껴져 뒤로 쓸어넘겼다.

싸늘해진 재희의 표정에 자리를 뜨려던 영서도 눈치를 보며 움직임을 멈췄다. 재희는 최대한 평정심을 찾기 위해 숨을 고르게 쉬었다. 학생들에게 화풀이하듯 말하고 싶지 않았다.

"할 말이 있어. 다들 자리 정리해서 앉아봐."

재희는 전자칠판 전원 버튼을 길게 눌러 끄고, 그 앞에 의자를 끌고 앉아 최대한 부드러운 목소리를 유지하며 물었다.

"영서야, 레이싱 준비하면서 가장 어려운 부분이 뭐야?"

영서는 갑작스러운 질문에 당황한 듯 대답을 피하며 태오에게 시선을 보냈다. 태오가 재희의 표정을 살피며 대신 대답하려 하자 재희는 한 번 더 영서를 지목해서 물었다.

"어려운 부분이 생각 안 나면 네가 잘하는 부분을 말해도 되고."

영서의 표정은 여전히 뾰로통했지만, 이번에는 고민 없이 대답했다.

"전 못하는 게 없어요. 빨리 배우고 금방 익히거든요."

재희의 입에서 의도하지 않은 웃음이 터졌다. 저렇게 순순하게 자신감에 차있는 타인의 모습을 보는 게 즐거웠다. 재희는 영서가 오해하기 전에 서둘러 부연 설명했다.

"그래. 빨리 배운다는 건 장점이지. 그런데 배움이 빠른 사람들은 배울 때 들인 시행착오가 적어서 위기 상황에 닥쳤을 때 의외로 쉽게 빠져나오지 못해. 그러니까 넌 같은 동작을 배울 때 의식해서 다양한 방법으로 시도하는 연습을 해야 해."

처음 들어보는 조언에 영서의 눈에도 혼란스러운 빛이 역력했다. 그 틈에 호윤이 자리를 박차고 일어나 손을 번쩍 들며 말했다.

"쌤, 저는요?"

"넌 속도부터 줄여."

"빨리 가는 게 레이싱인데요?"

재희는 의자를 끌어 멀찍이 밀어둔 다음, 에어컨 리모컨을 손에 들고 일직선으로 걸어갔다.

"이건 전진하는 힘이야. 앞으로 가는 건 누구나 할 수 있겠지. 직선 주로의 속도를 결정하는 건 순전히 이 드론의 성능에 달렸어. 먼저 그걸 인정해야 해."

재희는 다시 컴퓨터 쪽으로 다가갔다.

"하지만 출발선에서 누가 먼저 나가는지는 드론이 하는 게 아니라 조종기를 든 너희가 결정할 수 있는 일이야."

재희는 다시 리모컨을 들고 의자 쪽으로 달려갔다.

"너희가 할 수 있는 게 또 하나 있어. 바로 여기. 코너를 돌

건데, 호윤이 너라면 어떻게 할 거야?"

"그거야 진입하기 전에 속도를 줄이고 조종기 휠을 오른쪽으로 감은 다음, 다시 속도를 올리면서 동시에 휠을 풀겠죠?"

"태오는?"

"저도 그렇게 해요."

"영서도 그럴 거야. 그러니까 원리는 똑같아. 코너를 돌기 전에 반드시 속도를 줄여야 하는데, 왜 누구는 여기를 빨리 빠져나오고 또 누구는 늦게 나오는 것 같아?"

"휠을 늦게 풀어서요?"

"직선 주로에서 일찍 멈춘 건 아닐까요?"

호윤과 태오가 동시에 대답했다. 재희는 영서와 눈을 마주치며 말했다.

"타이밍이야. 그 감각에 얼마나 빠르게 반응할 수 있을 것 같아?"

재희는 자기 말에 어리둥절해하는 학생들을 보고 있으니 웃음이 나왔다. 처음 레이싱을 시작할 때 느꼈던 까마득한 옛날 기억이 떠올랐기 때문이었다. 재희는 리모컨을 다시 책상 위에 올려두었다. 아까까지만 해도 어수선했던 분위기가 온전히 재희에게 집중되었다. 재희는 흐름이 끊어지지 않게 빠른 속도로 영서를 몰아붙였다.

"영서가 빨리 배웠다는 건 이 코너를 빠져나오는 원리였을 거야. 그런데 만약에 경기장의 코너가 지금 운동장에 설정해

둔 것보다 가파르다면, 평상시에 자주 쓰던 라인 앞에 다른 드론이 막고 있다면, 코너를 돌고 나서 경험해 보지 못한 장애물이 이어져 있다면 그땐 어떻게 할 거야?"

재희의 질문이 연달아 자신을 향하자, 영서의 몸이 의자로 말려들어 갔다. 그걸 의식한 영서는 일부러 목소리를 키워서 받아쳤다.

"당연히 피해서 빠져나오죠."

"아니, 넌 100퍼센트 부딪힐 거야."

재희의 단호한 대답에 영서는 말문이 막힌 듯 순간 숨을 참았다. 그러면서 다른 반박할 거리를 생각하는지 동그랗게 커진 눈을 빠르게 굴렸다. 재희는 문득 자신의 말투가 소라와 닮았다는 생각이 들었다. 다그치려고 한 말은 아니었는데, 필요 이상으로 힘이 들어간 것 같아 목소리를 누그러트리고 덧붙였다.

"지금 상태라면 그렇다는 말이고, 앞으로 그 가능성을 줄여 보자고. 그 말을 하고 싶었어."

재희의 말을 끝으로 어색한 침묵이 찾아왔다. 재희는 아까 자신이 했던 말을 곱씹어 보다 고개를 저었다. 충동적으로 뱉은 말은 없었다. 지금이 아니었어도 언젠가는 들려주고 싶은 말이었고 그게 현재의 스스로가 할 수 있는 유일한 역할이라는 생각도 들었다.

"더 궁금한 건 없어?"

그 말에 호윤이 기다렸다는 듯이 손을 번쩍 들며 말했다.

"쌤, 진짜 레이싱 선수였어요?

재희는 선수라는 단어에 비밀을 들킨 사람처럼 얼굴이 달아올랐지만, 멋대로 반응하는 감정에 지고 싶지 않아 꾸밈없이 대답했다.

"어, 맞아."

"근데 왜 지금은 선수 안 해요? 은퇴했어요?"

호윤의 거침없는 단어 선택 때문인지, 아까 오른 열 때문인지 재희는 에어컨 아래에서도 자꾸만 식은땀이 났다.

"잠깐 쉬었어. 복귀할 거야."

재희는 속으로 거짓말을 하는 게 아니라고 반복해서 되뇌었지만, 입이 바싹 말랐다. 본관동에서 교시의 끝을 알리는 종소리가 울렸다. 재희의 차분한 말투를 눈치챈 태오가 더 캐물으려는 호윤을 저지했다. 재희는 굳은 입매를 늘어뜨리며 말했다.

"오늘은 한 시간 일찍 끝내줄게. 그만 정리해."

재희의 말을 끝으로 언제 조용해졌냐는 듯 다시 왁자지껄 떠들어댔다. 대화 속에서 자신의 이름이 나오는 걸 들었지만 재희는 평소보다 더 빠르게 문단속을 끝냈다.

태오의 인사를 끝으로 다목적실이 텅 비었다. 아까 학생들에게 신이 나서 늘어놓았던 조언이 재희의 머리 위로 형체를 갖추고 떠다녔다. 재희는 잡념을 떨어뜨리듯 바닥으로 고개를 처박았다. 그러다 오른쪽 발을 내려다보았다. 걸음을 떼면 금방이라도 꺾일 것처럼 위태로워 보였다. 재희는 그렇게 한참을 바라만 보았다.

재희는 평소보다 이르게 저녁 기초 체력 훈련을 위해 밖으로 나섰다. 안 좋은 기분에 사로잡히고 싶지 않아서 시뮬레이터 훈련을 끝내고 남는 시간을 활용해 그동안 미뤄둔 짐을 정리하려 했다. 재희는 선착장으로 향하려다 충동적으로 우체국 가는 길에서 우회전해 오르막길을 올랐다. 어차피 체력 훈련만 하면 되니 굳이 장소까지 소라가 정해준 대로 하고 싶지 않은 반항심이 들었다.

재희는 우체국을 지나쳐 더 걸어갔다. 얼마 지나지 않아 외벽 도색이 벗겨진 보건소가 나왔다. 유리문에 붙어있던 스티커는 바닷바람에 삭은 건지 운영 시간을 알아보기 힘들었다. 망설이던 재희는 내부에서 새어 나오는 희미한 형광등을 보고 조심스럽게 문을 밀었다.

문틈 사이로 오래된 콘크리트 건물 냄새가 났다. 눅눅한 나무 아니면 곰팡이 냄새 둘 중 하나일 것이다. 보건소 로비는, 로비라고 말하기 민망할 정도로 작았다. 접수실 바로 앞에 의자가 두 줄로 나란히 배치되어 있었지만, 앞줄 의자는 가죽이 듬성듬성 벗겨져서 실상 앉을 수 있는 자리가 몇 개 없었다. 들어올 때 난 종소리가 손님이 왔음을 알려도 반겨주는 사람이 없었다. 텔레비전이 꺼져있는데, 어디선가 노랫소리가 났다. 재희는 소리를 따라 접수실 안으로 고개를 빼꼼히 내밀었다.

"저기요."

불러도 봤지만, 어디에서도 인기척이 느껴지지 않았다. 접수실 한편에 있는 오래된 카세트에서 라디오 소리만 듣기 좋게 흘러나왔다. 재희는 복도를 따라 진료실로 조심스럽게 걸음을 옮겼다.

"어떻게 오셨어요?"

뒤에서 뚝 하고 굵직한 목소리가 떨어졌다. 재희는 깜짝 놀라 뒤를 돌아보았다.

"오늘 원장님 휴진이에요. 밖에 안내문 붙여뒀는데 못 보셨어요?"

재희 앞까지 성큼성큼 다가온 태오가 굳게 닫힌 진료실 문을 가리키며 말했다. 재희는 어색하게 웃으며 아는 척을 했지만, 태오는 처음 만난 사람처럼 데면데면하게 재희를 대했다. 재희는 민망한 마음에 고개를 뒤로 빼 유리문을 확인해 보았다.

"아, 그새 또 날아갔네."

태오는 심드렁한 말투로 중얼거리다 접수실 프린터 위에 무더기로 뽑힌 안내문과 테이프를 집어들고 밖에 나갔다 다시 들어왔다. 그러는 사이 유리문에 **원장님 휴진, 사유 낚시**라고 적힌 A4 안내문이 붙었다. 문이 닫히면서 나부끼는 종이를 보니 저것도 얼마 지나지 않아 사라지겠다는 생각이 들 정도로 헐렁하게 붙여놨다. 태오의 눈에는 느슨한 테이프 자국이 보이지 않는지 건들거리며 돌아와 다시 재희에게 같은 질문을 던졌다.

"어떻게 오셨어요?"

태오는 접수실 주변을 정리하며 건성으로 물었다.

"그냥…… 화장실 좀 쓸 수 있을까 해서."

재희는 뭐라 둘러댈 말이 없어서 화장실 핑계를 댔다.

"화장실 사용료 내셔야 해요."

"사용료가 있어?"

예상외의 대답에 당황한 재희가 반문하자 태오는 대답 대신 손가락으로 접수실 벽면을 가리켰다. 거기에는 정말 **화장실 사용료 500원**이라는 안내문이 붙어있었다. 재희는 얼떨떨한 표정으로 주머니를 뒤졌다. 애초에 달릴 때 입은 운동복이라 언제 적에 썼는지도 모를, 손을 닦은 휴지 조각과 사탕 봉지만 나왔다.

"다음에 와서 주세요. 저기 복도 끝으로 가서 왼쪽이 여자 화장실이요."

태오는 이어폰을 낀 채 건성으로 길을 안내했다. 딱히 볼일이 급한 건 아니었는데, 외상까지 달리고 나니 목적 없이 들어왔다고 솔직하게 털어놓기가 곤란했다. 재희는 어쩔 수 없이 화장실에 들어가 간단히 손만 씻고 나왔다.

태오는 접수실 의자에 눕듯이 앉아있었고, 선풍기 바람에 날리는 정수리 끝만 겨우 보였다. 재희는 잠깐 망설이다 접수

실 옆 카트에 가득 쌓인 찜질팩을 가리키며 조심스럽게 말을
붙였다.

"이걸로 잠깐 찜질하고 가도 되나? 치료비는 계좌이체 할게.
화장실 사용료도 같이 포함해서."

"됐어요. 사용료는 원래 가로도 방문객한테만 받아요. 앞에
있는 접수증 작성해 주세요."

태오는 들릴 듯 말 듯 작은 목소리로 대답하고는 손바닥을
펴서 흔들었다. 재희가 머뭇거리는 사이 태오가 자리에서 일어
섰다. 바닷가에서 만난 이후, 처음으로 눈이 마주쳤다. 수업 때
는 매번 시선이 어긋나서 몰랐는데, 태오의 눈동자는 다른 사
람들보다 밝은 편이었다.

"신분증이요."

태오의 단호한 음성에 재희가 먼저 눈을 피해 서둘러 주머니
에 손을 넣었다. 아까 뺐다 다시 넣어둔 낡은 휴지가 이번에는
먼지처럼 뭉쳐있었다. 재희는 핸드폰 화면을 깨워 갤러리에 저
장된 신분증 사진을 내밀었다. 신분증을 유심히 내려다보던 태
오가 인상을 구기며 고개를 갸웃했다.

"이걸로 안 될까? 그냥 찜질만 하고 갈 건데……."

"생각보다 어리시네요."

"뭐?"

태오는 왼쪽 눈썹을 끌어올린 채 여전히 의아하다는 표정으
로 재희가 서있는 쪽을 힐긋 돌아보며 찜질팩을 챙겼다.

"2층으로 올라가 계세요."

재희는 태오의 반응에 어리둥절해하며 2층으로 향하는 계단을 올랐다. 2층 바로 앞에 물리치료실이 마련되어 있었다. 역시나 오래된 흔적이 물씬 풍기는 공간이었다. 촌스러운 꽃무늬 이불과 조악한 캐릭터가 그려진 커버로 둘러싼 베개가 하나씩 올라가 있는 베드가 각각 두 개씩 나란히 마주 보며 놓여있었다. 물리치료실 안에 있는 기구들도 다소 낡았지만, 매일 정돈을 하는 건지 전체적으로 깔끔한 느낌이었다.

태오는 문 앞에서 서성이는 재희를 지나쳐 제일 안쪽에 있는 베드로 향했다. 창문 너머로 울창하게 자란 팽나무가 보였다. 재희는 벽에 등을 기대앉았다. 태오는 눕지 않는 재희를 별말 없이 내버려뒀다. 그리고 아무 말도 하지 않았는데, 재희의 오른쪽 발목 밑에 받침대를 댔다. 재희는 그제야 태오가 순순히 찜질팩을 내어준 이유를 알 수 있었다. 태오는 다시 재희의 발목을 이리저리 돌려보다 방향을 고정해 그 위에 찜질팩을 얹고 천으로 고정했다.

"20분 있다 뺄게요."

태오가 커튼을 치고 사라지자 고요한 적막이 재희를 포근하게 감쌌다. 창문 너머로 팽나무가 바람에 흔들리는 게 보였다. 팽나무가 흔들리는 방향을 따라 나뭇잎이 그림자를 드리웠다. 그 사이로 길어진 햇빛이 낮에 깔렸고 찜질팩을 올려둔 발목은 따뜻했다. 재희는 찜질팩에서 나는 잘 마른 빨래 냄새를 맡으며 몸을 더 뒤로 기댔다.

반쯤 열린 창문 사이로 불어오는 바람에 민트색 커튼이 하늘거리며 날려 평화로운 분위기를 자아냈다. 재희는 가만히 벽에 머리를 붙였다. 아무것도 하지 않고 있으려니 20분이 참 더디게 갔다.

재희는 고개를 오른쪽으로 돌려 팽나무를 바라보았다. 나뭇가지가 흔들리면서 거기에 달린 나뭇잎이 제각각 박자에 맞춰 춤을 췄다. 반짝이는 잎이 꼭 쓰다듬어 주는 것 같았다. 재희는 살며시 눈을 감았다. 팽나무가 바람에 흔들리며 파도 소리가 났다.

파도. 재희는 다시 눈을 떴다. 절벽 근처 바닷가에 세워둔 자동차가 생각났기 때문이었다. 드론부를 핑계로 바닷가를 찾지 않은 지 벌써 3일이나 됐다. 멈춰있는 자동차를 생각하면 마음이 좋지 않았다. 그렇게 방치될 차가 아니었다.

오늘 수업 시간에 늘어놨던 조언은 재희가 선수 시절에 체득한 방법들이었다. 빠르게 달리기 위해서는 과감하게 속도를 줄일 줄 알아야 했고, 많이 배우기 위해서는 더 많이 실수해야 했다. 현재의 재희는 그렇게 하고 있는 건지 스스로 묻고 싶었다. 재희는 멍하니 찜질팩을 올려둔 오른발을 바라보았다. 무슨 말이든 내뱉고 싶었는데, 어딘가 얹힌 것처럼 가슴이 답답했다.

재희는 찜질팩이 식을 때까지 멍하니 앉아있었다. 재희는 갑자기 울고 싶어졌다. 차라리 울면 속이 편해질 것 같은데 야속하게 글썽이던 눈물도 회전하는 선풍기 바람에 금방 말라버렸다. 재희는 눈을 비비는데, 하필 커튼을 젖히는 태오와 눈이 마주쳤다.

"울었어요?"

줄이 달린 이어폰을 왼쪽 귀에만 꽂고 있던 태오가 황급히 이어폰을 빼며 물었다.

"아니, 선풍기 바람."

재희는 눈이 건조해서 그런 거라고 손가락으로 가리키며 신호를 보냈다. 태오는 못 믿겠는지 표정이 심각해졌다.

"정호윤이 하는 말 신경 쓰지 마요. 걘 원래 궁금한 건 다 물어봐요. 그러고는 자기가 무슨 말 했는지 기억도 못 한다니까요."

"안 울었다니까. 여기 건조해서 눈물도 안 나."

재희는 억울하다는 말투로 토로했다. 태오는 그마저도 못 믿겠다는 눈짓으로 찜질팩을 정리하며 재희의 눈가를 몇 번이고 살폈다. 재희는 신발을 갈아신고 커튼을 완전히 젖혔다. 조명을 반만 밝힌 물리치료실은 밖보다 더 어둑했다. 재희는 난간을 잡고 계단을 내려갔다. 뒤로 태오의 느리고 조심스러운 발소리가 들렸다. 로비 중앙에 달린 시계가 이제 막 6시를 넘겼다. 출입문으로 걸음을 재촉한 재희가 뒤도 돌아보지 않고 인사를 건넸다.

"찜질팩 고마웠어. 학교에서 보자."

"저기요."

재희는 태오의 부름에 유리문을 반쯤 열고 고개를 돌렸다. 용건만 간단히 말하라는 무언의 신호였다. 태오가 물끄러미 재희를 바라보며 정돈된 목소리로 물었다.

"좋아하는 게 있다는 건 어떤 기분인가요?"

뜬금없는 태오의 질문에 재희는 미간을 작게 구기며 반문했다.

"무슨 의미로 하는 말이야?"

"저도 그런 걸 찾고 싶어서요. 생각만 해도 눈물이 날 것 같은 거요."

눈물이라는 단어에 재희가 마른 눈가를 닦는 시늉을 하며 어이없다는 표정을 지었다. 정작 태오는 용기 낸 질문이 쑥스러운 건지 찜질팩 정리에 열중인 척했다. 재희는 그런 태오를 유심히 바라보았다. 다른 애들보다 더 그을린 피부 때문에 강한 인상을 풍겼지만, 그의 밝은 눈동자에는 어린 빛이 스쳤다. 태오는 재희의 노골적인 시선을 눈치채고 하던 일을 멈추었다. 재희는 잠시 고민하는 듯싶더니 단호한 어조로 말했다.

"그럼, 드론부부터 그만둬."

태오는 생각지도 못한 대답에 당혹스러운 표정을 지었다. 가끔은 눈에 보이는 걸 그대로 솔직하게 말해주는 것이 선택을 돕는 건지, 선택지를 없애버리는 건지 헷갈릴 때가 많아 망설이곤 했었다. 그러나 재희는 이번에도 솔직한 쪽을 택했다.

"드론 날리기 싫잖아. 관심도 없잖아. 그런데 왜 하는 거야."

태오는 재희의 말에 짐짓 동의하지 않는 척했지만, 충격을 받은 듯 몸이 굳었다. 재희는 예상보다 강한 반응에 자신이 뱉은 말을 곱씹다 순간 부끄러움이 밀려왔다.

자신에게는 그런 말을 할 자격이 없었다. 포기가 안 되는 것들을 이렇게나 오래 쥐고 있으면서, 아직 열아홉 살인 태오에게 시간 낭비하지 말라고 다그치는 꼴이라니. 정작 자신은 이미 무수한 신호를 위반하고 더 빠른 속도로 가로도에 기어들어오지 않았나.

재희는 붙잡는 태오의 목소리를 뒤로 하고 도망치듯 보건소를 빠져나왔다. 재희는 선착장까지 쉬지 않고 달렸다. 여름의 6시는 대낮처럼 밝았다. 재희는 습관처럼 차를 정차한 바닷가로 향하려던 걸음을 의식적으로 멈춰세웠다.

원하는 것은 분명했다. 어떻게 가져야 하는지도 알겠다. 그런데 내키지 않았다. 철썩이는 파도에 등을 떠밀리는 게 싫어 무작정 자리에 주저앉았다. 재희는 그렇게 한참을 같은 곳에서 파도 소리를 들었다.

❖

집으로 들어가기 전, 재희는 낮은 담벼락 너머로 보이는 등

대를 바라보았다. 아직 밖이 어두워지지 않았는데, 벌써 불을 밝혔다. 한 게 없는 것 같은데 또 하루가 가버렸다. 재희는 같은 자리에 한참을 서서 조금 전 태오에게 했던 말을 몇 번이고 반복해서 떠올리다 집 안으로 들어갔다. 미닫이문을 열면 바로 거실과 이어진 부엌이 있어서 음식 냄새로 그날의 메뉴를 판단할 수 있었다. 오늘은 생선 구운 냄새가 났다. 재희는 식탁으로 시선을 돌렸다. 정성스럽게 차려진 밥상이 재희를 기다리고 있었다.

"재희, 이제 밥만 뜨면 되거든. 손 씻고 와."

"밥은 내가 뜰게. 그릇만 꺼내줘."

"다 했다니까 그러네. 얼른 손 씻고 오세요."

소라는 손등으로 재희의 볼을 살며시 어루만지고 다시 팬에 담긴 생선에 집중했다. 재희가 자연스럽게 손을 씻고 나오면, 그사이 김이 모락모락 나는 농어구이가 식탁 중앙에 가지런히 자리 잡고 있었다. 소라는 부드러운 손짓으로 재희를 불렀다. 귀리를 넣은 밥이 밥풀 하나 묻지 않고 밥그릇에 알맞게 들어가 있었다. 그 옆에는 재희가 좋아하는 된장국이 구수한 냄새를 풍겼다.

소라는 창가를 등지고 앉았다. 거실 창문 너머로 근사한 노을이 보였다. 창밖을 보며 앉는 걸 좋아하는 재희에게 맞춰 배치된 식탁이었다.

재희는 된장국을 한술 떠서 먹었다. 언제나 그렇듯이 맛있었다. 재희는 다시 창문을 바라보았다. 노을이 점점 짙어지면서 보랏빛을 띤 하늘이 그림처럼 걸렸다. 소라는 생선 가시를 발라 재희의 밥그릇에 올려주었다. 다른 반찬도 전부 한입에 먹기 편한 크기로 잘라두었다.

"엄마, 나 레이싱을 왜 시작했더라?"

분주하게 움직이던 소라의 손이 허공에서 우뚝 멈췄다.

"오늘 가로고에서 학생들 코칭했는데, 문득 그런 생각이 들더라고."

재희의 덧붙이는 말까지 듣고 나서야 다시 소라가 숟가락을 움직이며 말했다.

"왜는 왜야. 재희가 잘해서지."

"그랬나."

재희는 가볍게 웃으며 젓가락을 농어구이 쪽으로 움직였다. 젓가락이 그릇에 닿기도 전에 소라가 뼈를 바른 생선 살을 숟가락 가득 담아 밥그릇으로 옮겨주었다. 재희는 자연스럽게 받아먹으려다 말고 다시 말을 이었다.

"이제는 잘 못하는데 계속 해도 되나?"

"기록이 말해주는데 무슨 소리야. 당연히 해야지."

재희는 젓가락질을 멈추고 물끄러미 반찬이 담긴 그릇을 바라보았다. 용기 내서 꺼낸 말은 소라에게 닿기도 전에 가로막혔다. 그사이 노을이 훑고 간 하늘이 순식간에 어두워졌다. 섬의 밤은 도시보다 더 짙고 고요했다.

"그러네."

재희의 허탈한 대답을 끝으로 대화는 단절됐다. 소라는 분명 묻고 싶은 게 많아 보였는데, 입을 열지 않았다. 재희는 잘 먹었다는 말을 끝으로 식사를 마치고 먼저 일어나 그릇을 설거지통에 넣었다. 소라는 방으로 들어가는 재희를 끝까지 붙잡지 않았다. 곧 시뮬레이터 훈련 시간이 다가오기 때문일 것이다.

방문을 닫은 재희는 핸드폰으로 시간을 확인했다. 역시나 어김없었다. 재희는 방 조명을 켜지 않고 컴퓨터 전원만 켰다. 어차피 30분 후에 소라가 과일을 들고 오면서 눈에 좋지 않다 잔소리하며 불을 켤 것이다.

모니터에서 나온 푸른 빛이 방을 환하게 밝혔다. 재희는 시트에 눌러앉아 멍하니 모니터를 바라보았다. 49인치 모니터 세 대를 아치형으로 연결해서 시트를 당겨 앉으면 실제로 레이싱카에 들어있는 듯한 착각이 들 정도로 생생하게 재연된 구조였다.

재희는 안전벨트를 착용하고 레이싱 시뮬레이터 프로그램을 시작했다. 재희는 평소에 타는 기종과 다른 차를 고르고 싶었다. 오늘은 정말 레이싱 할 기분이 아니었다.

트랙을 선택하는 창이 뜨자, 재희는 급하게 프로그램을 종료하고 다시 재부팅했다. 기분은 감정이고 그 감정은 조금 전 거실 식탁에 두고 왔다. 시뮬레이터 앞에 앉은 재희는 레이싱 드라이버였다. 휠을 잡고 페달을 밟아 기어로 변속하는 프로 선수. 이걸 가능하게 하는 건 감정이 아니라 감각이었다. 재희는 손에 익은 조작으로 차종과 트랙 고르기를 몇 초 만에 끝냈다.

눈앞으로 뻥 뚫린 트랙이 보이자, 재희는 서둘러 헤드셋을 끼고 장갑을 착용했다. 이제 곧 경주가 시작될 것이다. 그 생각이 뇌에 입력되기도 전에 재희는 출발 신호를 따라 기어를 조작하고 페달을 밟았다. 계기판의 속도는 금방 180킬로미터에 육박하고 재희가 휠을 감는 방향에 따라 모션 시트가 움직이며 안전벨트를 압박했다. 귀를 강타하는 굉음 덕분에 트랙 위를 달리는 것처럼 심장이 뛰었다.

재희는 순식간에 경기에 몰입했다. 직선 구간이 끝나자마자 이어지는 코너에 차를 연석 가까이 붙였다. 그리고 인코스로 바로 파고들어 자리를 선점했다. 반복해서 이어지는 코너를 빠르게 빠져나오려면 라인 선점이 중요했다. 재희가 잘하는 것이기도 했다.

첫 코너에 진입할 때 휠을 생각보다 과하게 조향한 건지 연석을 넘을 때 앞바퀴가 미끄러지며 차가 바깥으로 밀려났다. 뒤에서 기회를 노리던 차가 그 틈을 타 재희를 앞질러 갔다. 재희는 순간, 치밀어 오르는 화를 참지 못하고 페달을 강하게 밟으며 기어를 빠르게 변속해 앞 차를 압박했다. 재희는 선두에 선 차 뒤에 가까이 붙어 추월을 노렸다. 이번 코스에서 따라잡지 못하면 직선 주로에서는 승부가 더 어려워질 것이다.

재희는 다시 한번 인코스를 노리고 선두 차량이 아웃코스로 빠지는 타이밍을 기다렸다. 앞 차와 나란히 달릴 때까지 올라온 재희는 브레이크를 최대한 느리게 밟아 가속을 유지한 채로 안쪽을 찔러 들어갔다. 아슬한 간격으로 충돌을 피한 재희는 빠르게 차체를 안정화시키고 급가속해 선두를 탈환했다. 재희는 이 기세를 이어 트랙이 끝날 때까지 자리를 유지하며 체커기를 받아냈다.

지난주에 세운 구간 기록을 0.2초나 앞당기며 결승선을 통과했다. 사람들의 환호 소리가 헤드셋을 타고 재희의 귓가에 울렸다. 고통 끝에 오는 환희는 승자의 특권이라고 배웠다. 재희는 소리를 더 키웠다. 귀가 아플 정도로 시끄러웠지만, 재희는 눈을 찡그리며 버텼다.

❖

가로등 하나가 고장 났는지 선착장으로 향하는 길이 평소보다 더 어둑했다. 재희는 집으로 돌아가기 직전 문 앞에서 발길을 돌렸다. 소라가 있는 집으로 들어가기 싫었다. 어제 시뮬레이터를 세 시간이나 넘게 타고 쓰러지듯 잠들었다.

소라의 말처럼 시뮬레이터를 타면 탈수록 기록이 좋아졌다. 그리고 어김없이 새벽에 깼다. 레이싱의 기억이 마치 악몽처럼 되풀이되어 잠을 자도 잔 것 같지 않았다.

아직 아침 식사까지는 시간이 남아 재희는 오전 체력 훈련을 일찍 끝내고 바닷가에 세워둔 차를 점검하기로 했다.

"채재희 선수님!"

잔잔한 바다를 헤치고 울리는 어색한 호칭에 재희는 순간 몸이 굳었다. 주변을 둘러보니, 선착장 옆 정자에서 눈에 띄는 형광 글자가 크게 프린팅된 샛노란 티셔츠와 흰색 반바지를 입은 여자가 손을 하늘에 닿을 때까지 뻗어 흔들고 있었다. 닭이었다. 재희는 주변을 둘러보며 머뭇거리다 못 이기는 척 정자 쪽으로 걸음을 옮겼다.

"이제 오셨어요?"

"어제 저녁 배로 들어왔는데, 가방을 전부 여기 두고 와서 다시 가지러 왔어요."

닭은 새벽에도 에너지가 넘치는 듯 입을 쉬지 않고 조잘거렸다. 닭의 말을 들어보니, 어제 오후 5시 15분에 도착하는 배를 타고 가로도에 들어왔지만, 힘이 없어서 정자에 짐을 올려두고 잠시 쉬다 갈 생각이었다고 했다. 그런데 장마가 온다는 예보가 생각나서 하늘을 봤더니 거짓말처럼 날이 개어있었고, 얼마 지나지 않아 근사한 노을이 펼쳐져서 그걸 밤이 어둑해질 때까지 감상하다 그냥 집으로 와버렸다고 했다.

재희는 듣는 내내 무의식적으로 인상을 썼다. 처음부터 차를 선착장 근처에 주차했으면 됐을 일이었다. 그것도 힘들면 짐을 조금씩 옮기든가, 아니면 주변 사람이나 하물며 자신을 그렇게 따르는 학생들에게 도움을 청하면 쉽게 해결될 일이었는데, 그

많은 시간을 선착장 옆에서 허비했다는 게 재희의 상식선에서
도무지 이해하기 어려웠다. 소라가 들었다면, 아니 애초에 소
라는 들을 시도조차 하지 않았을 것이다.

"재희 님은 왜 이렇게 일찍 일어났어요?"

닭은 답답해하는 재희의 표정을 읽지 못한 건지 여전히 생글
생글 웃으며 친근하게 말을 붙였다.

"그냥 눈 떠지면 나오는 거고, 아니면 더 자고 그래요. 가방
들어드려요?"

재희는 닭과 빨리 헤어지고 싶어 무작정 캐리어 핸들을 세
웠다.

"그래주면 너무 고마운데. 발은 괜찮으실까요?"

재희는 불편한 주제가 시작되기 전에 캐리어 손잡이를 들어
올린 채로 걸음을 옮겼다.

얼마 걷지도 않았는데, 뒤에서 거칠게 숨을 몰아쉬는 소리가
들렸다. 재희는 걸어가다 말고 휙 하고 등을 돌려 말없이 닭을
바라보았다. 닭은 허리도 제대로 펴지 못한 채 허공에 손짓하
며 재희를 불러세웠다. 어깨에 메던 보조 가방은 이미 땅에 끌
린 지 오래였다.

재희가 다시 보폭을 넓히려 하자 닭은 남은 힘을 쥐어짜며
잰걸음을 해 겨우 거리를 좁혔다. 그러고는 일부러 크게 땀을
닦는 척하며 숨을 고르고, 재희를 향해 해맑게 엄지를 치켜세
우며 말했다.

"재희 님, 역시 운동선수는 다르네요."

재희는 민망한 듯 등을 돌렸다. 닭은 좋은 쪽이든, 나쁜 쪽이든 다른 사람을 자극하는 방법을 본능적으로 알고 있는 듯했다. 재희는 새벽부터 날을 세우고 싶지 않아 차분하게 응대했다.

"지금은 운동 안 해요."

닭은 재희의 말에 잠시 고개를 갸우뚱하더니 이내 다시 환하게 웃으며 말했다.

"매일 달리기도 하고 시뮬레이터도 탄다면서요. 꼭 트랙에서만 레이싱 하라는 법 있나."

재희는 닭의 주장에 반박할 말이 있었지만, 굳이 입 밖으로 꺼내고 싶지 않아 화제를 돌렸다.

"경기는 잘 끝내셨어요?"

닭은 경기라는 말에 눈을 빛내며 재희에게 더 가까이 다가왔다. 재희가 의식적으로 거리를 벌렸지만, 신이 난 닭은 보조 가방에서 태블릿을 꺼내더니 더 가까이 몸을 붙였다.

"짜잔, 경기 영상이요. 저 이번에는 완주했습니다."

닭은 어지럽게 움직이는 드론 사이에서 가장 화려하게 치장한 드론을 가리키며 자랑스럽게 말했다. 그러나 재희 눈에는 드론의 외관보다 경기가 진행될수록 뒤처지는 순위가 더 신경 쓰였다. 굳은 표정으로 닭이 마지막으로 들어오는 장면을 확인한 재희는 태블릿을 돌려줬다. 닭은 장난기가 묻은 얼굴로 재희의 호응을 기다리고 있었다. 재희는 저번에 닭이 배워가는 단계라고 말했던 게 떠올랐다. 이 정도일 줄 몰랐는데. 이제야 학생들에게 무디게 굴면서, 우승했으면 좋겠다는 닭의 입버릇의 원인을 알 것 같았다.

"드론은 취미로 하시는 거예요?"

재희의 물음에 닭은 아리송하다는 표정으로 고개를 갸웃거렸다.

"별로 이기고 싶은 마음이 없어보여서요. 중간부터 추월은 아예 포기하셨던데, 이런 식으로 애들 지도하시면 우승 힘든 건 알고 계시죠?"

재희의 말에 닭은 눈을 동그랗게 뜨더니, 골목이 떠나가라 크게 웃음을 터트렸다. 재희는 닭의 웃음이 끝나기까지 끈질기게 기다렸다. 벌트가 자선사업을 하는 회사도 아니고, 대가 없이 재희의 시승 행사를 기획해 줄 리 없었다. 재희는 왠지 닭의 놀이에 자신의 커리어가 이용당하는 듯한 불쾌한 기분이 들었다. 닭은 억지로 웃지 않았고, 늦게 잠에 들고 아무 때나 일어났다. 무엇보다 하늘을 보다가 하루가 다 가도 내일이 오는 걸 두려워하지 않는 사람이었다.

"아, 진짜 웃겼다."

닭은 웃다가 눈물까지 흘린 건지 눈가를 닦고 재희와 눈이 마주치자 또 한 번 크게 웃으며 말했다.

"그렇게 보일 수도 있겠구나. 근데 저는 아니에요. 완전 진지한데요. 저번 경기에서는 장애물 제대로 못 넘어서 드론 박살

났었어요. 동영상으로 보면 쉬워보여도 실제 경기장은 코스도 복잡하고 장애물로 다양해서 그런 말 쉽게 못 해요. 그건 재희 님이 더 잘 알잖아요. 취미로 경기하는 사람이 어디 있어요.”

닭은 여전히 웃음기가 묻은 얼굴로 재희에게 부연 설명을 했다. 재희는 닭의 말이 길어질수록 기분이 언짢아졌다. 닭이 입고 있는 촌스러운 노란색 티셔츠에는 명품 브랜드의 로고가 선명하게 박혀있었다. 드론 또한 닭에게 패션 중 하나처럼 느껴져 뭘 해도 변명처럼 다가왔다.

“그럼 잘하셔야죠. 이런 말 듣기 싫으면 결과로 보여줘야죠. 제가 아는 건 그거예요.”

재희의 말에 항상 자연스럽게 말려있던 닭의 입꼬리가 작게 떨리는 게 보였다.

“저도 당연히 우승하고 싶어요. 근데 진짜 잘 안 돼요. 그리고 저한테는 꼴등도 하나의 결과거든요. 잘하지 못하면 1등 빼고 다 그만둬야 하나요? 다른 사람한테 피해 주는 것도 아닌데, 그냥 하면 안 돼요?

닭의 속 좋은 말에 재희는 순간 펄펄 끓던 뚜껑이 열리는 것처럼 눈앞이 아득해졌다. 재희는 닭의 구경거리 중 하나가 되고 싶지 않았다. 닭에게는 해도 그만이고 안 해도 그만일지 모르겠지만, 재희에게는 레이싱 복귀를 위해서라면 비겁한 방법으로라도 얻어내야 하는 우승이었다. 그거라도 있어야 구걸하듯 시승 행사에 참여할 수 있는 처지였다.

"그냥 해도 된다는 말이 사람 미치게 하는 거 아세요? 계속 그렇게 거짓말하게 만들잖아요."

재희는 언성이 높아진 줄도 모르고 머릿속을 헤집어 나오는 말을 아무렇게나 쏟아냈다. 승부에서 솔직하지 않은 사람이 얼마나 추해지는지 알고 있었다. 적당히 가졌으면서 많은 척하게 되고, 많이 가지길 바라면서 뭐든 적당히 하려 하기 때문이다.

"우승하고 싶다면서요. 그런 식이면 평생을 해도 안 돼요."

재희가 거리낌 없이 쏟아내는 부정적인 평가에 닭의 표정이 딱딱하게 굳었다. 처음 보는 닭의 얼굴에 재희는 순간 브레이크가 걸린 것처럼 정신이 들었다.

"……죄송합니다. 실언했어요."

재희는 서둘러 사과하고 캐리어를 닭에게 건넸다. 닭은 여전히 불편한 기운을 뿜으며 눈동자만 굴리고 있었다. 재희는 아차 싶어서 눈을 질끈 감았다. 곧바로 후회가 밀려왔지만, 닭의 앞에서는 속절없었다.

그녀는 재희를 무디게 했다. 자꾸만 마음을 풀어지게 했고, 이대로 살아도 괜찮을 것 같다는 안일한 생각을 스치게 했다. 말도 안 되는 일이었다. 그런데도 앞이 보이지 않는 길에서 속도를 줄여도 될 것 같은 나약한 마음을 품게 했다.

재희는 혼란스러운 머리를 이고 도망치듯 자리를 피했다.

태오는 멀리서 재희를 발견하고 반갑게 인사하다 걸음을 멈췄다. 여느 때와 다를 게 없어보이는 재희였지만, 눈동자가 퍼렇게 날이 서있었기 때문이었다.

"괜찮으세요?"

"왜?"

"잠 못 잔 얼굴인데."

"아, 새벽에 더워서. 자다 깼는데, 다시 잠이 안 오더라."

"그 정도는 아니었는데."

태오는 처음 들어보는 재희의 침울한 목소리에 더 묻지 않고 화제를 돌렸다.

"피곤하면 그냥 들어가세요. 어차피 오늘 수업도 안 하는데, 제가 선생님께 말씀드릴게요."

재희는 대답 대신 고개만 끄덕이며 삼각콘이 담긴 바스켓을 정리하러 걸음을 옮겼다. 그 모습을 보고 있던 영서가 재희를 따라가려는 태오의 팔을 잡아끌었다.

"뭐야."

"뭐가."

태오는 뜬금없는 영서의 물음에 붙잡힌 손목만 바라볼 뿐, 다른 말은 덧붙이지 않았다.

"갑자기?"

"무슨 말을 하고 싶은 거야."

"아니야. 됐다."

영서는 평소와 다른 태오의 분위기에 고개를 갸웃하다 팔을 풀어주었다. 영서는 곧장 삼각콘이 있는 쪽으로 걸어가는 태오의 뒷모습을 어이없다는 듯 바라보았다. 그 옆에서 입안 가득 과자를 집어넣던 호윤이 다 씹지도 못한 상태로 웅얼거리며 물었다.

"왜 그래?"

"쟤 왜 저래?"

"왜. 무슨 일인데."

"아니, 박태오 좀 이상하잖아. 얼마나 봤다고 친한 척이야."

재희는 삼각콘이 가득 들어있는 바구니를 들어 옮겼다. 태오가 따라가서 반대편을 잡았다. 둘의 모습을 유심히 살펴보던 호윤이 다시 과자를 우적거리며 말했다.

"어, 그러네. 아주 오붓한 사이가 됐네."

영서는 주먹으로 호윤을 때리며 짜증 나니까 더 말하지 말라고 경고했다. 그때, 시끄러운 엔진 소리를 내는 중형 럭셔리 SUV가 다목적 강당 뒤에서 넘어왔다.

재희는 눈을 가늘게 떠 차를 훑었다. 어제 나온 신차인지 새벽녘에 맺힌 이슬마저 햇빛에 반사돼 반짝였다.

"새벽에 잘 들어갔어요?"

닭의 목소리가 열린 창문 너머로 들리자, 재희는 급히 몸을 틀어 눈을 피했다.

"와, 쌤 이 차예요? 진짜 대박이다. 저도 한 번만 운전해 보면 안 돼요?"

호윤이 호들갑 떨며 닮의 차 주변을 요리조리 누비다 과자 부스러기가 묻은 손으로 핸드폰을 꺼내 동영상을 찍었다. 영서는 당연하다는 듯이 닮의 옆자리에 올라탔다.

재희는 닮의 차를 유심히 뜯어보았다. 섬 골목을 다니기에 차체가 과하게 컸다. 가로도에는 주유소가 한 곳밖에 없어 기름값도 비싼데 연비가 좋지 않은 외제 차를 굳이 섬으로 가지고 들어온 이유가 단순 과시라면 어느 정도 의도에 맞는 선택인 것 같았다. 학교에 있는 학생들의 시선이 일제히 닮의 차로 쏠렸기 때문이었다.

재희는 자신이 생각하는 기준에서 수준 미달인 차를 타고 싶지 않았다. 타인의 허접한 주행도 싫었지만, 그걸 가만히 내버려둘 수밖에 없는 자신의 상태가 더 싫었다. 태오는 가만히 서있는 재희의 눈치를 봤고, 닮은 아랑곳하지 않은 채 재희를 보챘다.

"빨리 타요. 석식 전까지 돌아와야 한단 말이에요."

차가 공회전할수록 소음이 커지자, 학생들의 시선이 점점 더 재희가 서있는 쪽으로 몰렸다. 태오가 먼저 타 가운데 자리로 들어갔다. 재희는 사이드스텝에 한쪽 발만 올린 채로 고민했다. 이대로 문을 닫고 혼자 가버릴까도 생각했지만, 싫다고 마냥 피할 수 없는 일이었다. 재희는 차에 오르며 고민을 끊어내 듯 문을 닫았다.

닭이 묵직한 베이스 사운드의 힙합을 크게 틀면서 창문을 죄 다 열었다. 아직 조작이 서툰 건지 일부러 그런 건지 구분이 안 될 정도로 차를 거칠게 운전했다. 재희는 다시 창문을 올리며 천장에 붙은 손잡이를 붙들었다. 닭이 브레이크를 늦게 잡거나 핸들을 일찍 꺾을 때마다 머리 끝이 쭈뼛 서는 것처럼 신경이 예민해졌다. 재희는 현재 상태를 떠나, 남이 운전하는 차를 타 는 게 여전히 곤혹스러웠다.

차는 꽤 먼 길을 달려 해변에 도착했다. 재희가 즐겨 찾는 버 려진 해변에서 정반대편에 있는 곳이었다. 닭은 갓길에 차를 주차하는 데 애를 먹었다. 재희는 끙끙거리는 그녀를 내버려두 고 드넓게 펼쳐진 모래사장 쪽으로 걸음을 옮겼다. 멀미가 난 것처럼 느글거리는 속을 달래며 지평선 너머로 시선을 멀리 띄 웠다. 재희가 알던 가로도의 바다와 다른 느낌이었다. 깊은 바 다의 수면을 갈아엎을 듯이 치는 파도도 없었고, 버려진 생활 쓰레기가 섞인 거친 모래사장도 아니었다. 밀가루처럼 뽀얀 사 변이 바다만큼 크고, 멀리 보이는 작은 섬도 가리지 못할 정도 로 얕은 파도가 간들거리며 굴러왔다.

재희는 어느 방향에서 불어오는지 모르는 바람을 맞으며 잠 시 생각에 잠겼다. 바람에서도 바다 냄새가 났다.

"바다 좋아하세요?"

재희는 뒤에서 들리는 태오의 물음에 고개를 저었다.

"가로도에 들어오지 않았다면 이렇게 오랫동안 볼 일도 없었을걸."

"저도 별로 안 좋아해요. 고등학교 졸업하면 바다 없는 도시로 나가서 살 거예요."

"그럼 좋아하는 거 하나는 찾았네."

태오는 다문 입을 힘주어 누르더니 재희를 슬쩍 바라보았다. 무슨 뜻인지 설명해 달라는 눈짓이었다. 재희는 말을 꺼내기 전부터 미소를 머금은 채 입을 열었다.

"바다 싫고, 도시 좋다며. 공부 열심히 해서 대학 가."

"그때 그런 뜻으로 물어본 건 아니었는데요."

태오는 재희의 장난스러운 조언에 기분이 상한 건지 더 말을 붙이지 않고 다른 애들이 있는 쪽으로 걸음을 옮겼다. 재희는 멀어지는 태오의 뒷모습을 보고 작게 웃었다. 태오는 솔직해서 대하기가 편했다.

곧이어 들리는 왁자지껄한 소리에 재희는 고개를 돌렸다. 닭이 미리 준비한 피크닉 바구니에서 세 명이 누워도 충분해 보이는 커다란 돗자리를 꺼내 모래사장 위로 펼쳐놓았다. 그 위로 테이블부터 해서 접이식 의자에 식기류와 선반, 조명까지 하룻밤 묵어도 될 정도로 다양하게 배치하느라 바빴다. 재희는 함박웃음을 짓는 닭을 보며, 매사에 저렇게 진심으로 사는 건 어떤 원동력이 있어야 가능한 건지 문득 궁금해졌다. 원하는 것을 다 가져서 그렇다기에는 닭의 드론 실력은 형편없었다.

닭은 멀찍이 떨어져 있는 재희에게 손을 휘저어 이쪽으로 오라고 신호했다. 재희는 바닷바람에 휘날리는 머리를 정돈하면서 시간을 끌다 티 날 정도로 느리게 걸어갔다. 닭은 재희가 올 때까지 쉬지 않고 손을 흔들었다.

다목적실 이론 수업을 빼고 비행 실습에 참여한 게 오늘로 세 번째인데, 재희는 아직도 이 드론 놀이의 의미를 찾지 못했다. 한 발짝만 떨어져서 보아도 학생들은 가만히 서있거나 앉아있는 게 다였다. 고글 속에서 무슨 일이 일어나고 있는지는 모르겠지만, 두 손바닥이랑 비교해도 작아보이는 플라스틱 물체를 하늘 위로 날리는 게 끝인 듯했다. 드론은 그다지 빠르지도 않았고, 특별한 기술도 없이 조종하는 사람 마음대로 나풀거리는 것처럼 보였다. 드론이 나는 소리도 솔직히 말하면 어젯밤에 듣던 모깃소리 같아서 심기에 거슬리기도 했다.

재희가 돗자리 쪽으로 걸어가자, 닭은 옆자리에 묻은 모래를 털어주며 앉으라고 손짓했다. 재희는 새벽에 있었던 껄끄러운 대화를 의식해 신발을 벗지 않은 채 모서리 쪽에 무릎을 세워 앉았다. 서로 말없이 모래사변을 가로지르는 학생들의 드론 비행을 지켜보는데, 닭이 먼저 침묵을 깼다.

"드론 수업 지루하시죠?"

"그냥…… 아무 생각 안 하고 봐요."

재희의 심드렁한 대답에 닭은 경쾌하게 말리는 특유의 입매로 웃어보이더니 예상치 못한 제안을 던졌다.

"재희 님이 원하실 때 테스트 주행 하고 싶다고 말씀해 주세요. 기획안에 같이 첨부된 명함 있잖아요. 거기로 연락하시면 바로 준비해 줄 거예요."

재희는 닭이 하는 말을 곱씹다 질문할 타이밍을 놓쳤다. 멀찍이 떨어져 앉은 둘 사이를 비행하는 드론 소리와 밀려오는 파도 소리가 채웠다. 이런 식이면 평생 우승 못 할 거라는 재희의 악담이 먹힌 건지 드론부 우승과 준공식 시승 행사를 물물교환하려던 닭의 심경에 변화가 생긴 모양이었다.

닭의 주변으로 금세 학생들이 몰려왔다. 재희는 다가오는 기회를 놓치지 않기로 했다. 그래서 더 묻지 않고, 그저 예측할 뿐이었다. 할 말을 끝낸 닭은 자리에서 일어나 밝은 목소리로 학생들을 독려하며 말했다.

"규칙은 딱 한 가지야. 저기 섬 보이지?"

"네."

FPV 고글을 착용한 학생들은 닭의 목소리가 들리는 방향을 찾아 제각각 고개를 끄덕이며 한 목소리로 대답했다.

"저 섬이 기준선이야. 여기서 바다까지 빠지지 않고 누가 가장 멀리 가나 시합하기. 재희 님이 출발 신호 줄 거야."

닭은 자연스럽게 재희에게 순서를 넘겼다. 재희가 머뭇거리는 사이, 이미 출발 준비를 마친 학생들과 바다 사이로 팽팽한 긴장감이 감돌았다. 재희는 진지해지는 상황이 싫어 건성으로 말했다.

“준비. 출발.”

“아, 쌤! 숫자도 같이 해줘야죠.”

재희의 무미건조한 신호에 호윤이 투덜거리며 항의하다 출발이 늦어졌다. 그 틈을 타 태오가 호윤의 앞으로 치고 나갔다. 의외로 영서는 태오의 뒤에서 적당한 거리를 두며 앞지를 틈을 노렸다. 아마도 바람의 저항을 최소화하려는 계획을 세운 것 같았다. 호윤은 뒤처진 만큼 배나 속도를 내 영서의 드론과 닿을 듯 아슬아슬하게 비껴서 추월했다.

“너 미쳤냐?”

영서가 욕설을 뱉으며 옆에 앉아있는 호윤에게 발길질했다. 호윤은 영서의 발을 피해 잽싸게 자리에서 일어나 피했다. 그러면서 영서의 드론 바로 앞에 자리 잡아 의도적으로 속도를 낮췄다. 영서의 드론은 호윤의 드론을 피하려고 갑자기 속도를 줄이다 균형을 잃고 휘청이며 눈에 띄게 뒤로 밀렸다. 약이 오를 대로 오른 영서는 호윤을 찾아 일어나려다 돗자리 끄트머리에 발이 걸리며 모래사장 쪽으로 넘어졌다. 그러면서 조종기를 놓쳤다.

조종 신호를 잃어버린 영서의 드론은 한순간에 바닷속으로 추락했다. 영서가 서둘러 조종기를 잡고 끌어올리려 했지만, 한 번 뒤집힌 드론이 바람 부는 공중에서 중심을 바로잡기에는 역부족이었다. 깜짝 놀란 영서가 고글을 벗어 던지고 바닷가

쪽으로 달려갔다. 드론부에는 여유분이 없어서 이대로 바다에 빠져버리면 당장 내일부터 드론 없이 살아야 했다. 영서는 걱정스러운 마음에 눈물을 글썽였다.

그때, 영서의 시야에 작아지는 재희의 뒷모습이 보였다. 이미 재희의 무릎은 흠뻑 젖은 상태였다. 재희는 드론이 떨어지는 방향에 맞춰 바다로 뛰어 들어가고 있었다.

"재희 님, 그만 가요. 위험해요!"

깜짝 놀란 닭이 말리듯 따라가면서 소리를 쳤고, 그걸 듣고서 태오와 호윤도 고글을 빼고 상황을 살폈다.

"야, 너희 조종기 놓치지 말고 드론부터 불러와."

영서는 태오와 호윤의 등을 때리면서 정신을 분산시키지 못하게 막았다. 그러고는 재희가 달려간 쪽으로 뒤쫓아갔다. 태오는 그 모습을 보며 자리에서 벌떡 일어났다.

"태오야, 드론!"

호윤의 외침에 태오는 서둘러 고글을 낀 다음, 휘청거리는 드론의 중심을 잡고 돗자리 쪽으로 방향을 돌려 속도를 올렸다. 고글 밖의 상황이 어떻게 되고 있는지 걱정된 태오는 좀처럼 집중하지 못했다. 마지막으로 본 장면이 허리까지 잠긴 재희의 모습이었기 때문이었다.

재희는 걸음을 재촉했다. 평지였으면 달리고 있을 속도인데, 밀도가 높아 힘을 쓰는 근육마다 저항을 받았다. 물이 허리에 닿자, 오른쪽 발이 아려오며 걸음이 현저히 느려졌다. 그러나 떨어지는 드론은 재희를 기다려 주지 않고 바다 표면에 가까워질수록 더 빠른 속도로 곤두박질쳤다. 재희는 몸을 낮춰 가슴팍까지 물을 적시고 수영하듯 양팔을 휘저으며 앞으로 나갔다. 멀리서는 얕게만 보였던 바다인데, 깊이 들어갈수록 반복해서 밀려드는 파도 때문에 입과 코에 물이 막무가내로 들어갔다. 그런데도 재희는 더 깊이 들어가는 것을 멈추지 않았다. 이제는 몸을 숙이지 않아도 물이 가슴을 넘어 목 끝까지 찼다.

재희는 꽁지발을 세워 더디지만 포기하지 않고 한 걸음 한 걸음 앞으로 나아갔다. 찌릿한 감각이 오른쪽 넷째 발가락을 후벼파자, 재희는 눈을 질끈 감고 몸을 날렸다.

영서의 드론은 바다에 빠지기 직전, 손끝에 걸리며 그대로 재희와 물 속에 완전히 잠겼다. 누군가 귀에 막을 씌운 것처럼 재희의 귓속에서 공명이 울렸다. 차가운 바다가 온몸을 포근하게 감쌌다. 아까까지만 해도 욱신거렸던 발가락 통증이 조금씩 가라앉았다.

소라는 재희와 다르게 바다를 좋아했다. 바닷가가 있는 도시로 훈련을 갈 때면 발을 담가보지 못해 못내 아쉬워했다. 좋아하는 이유를 물으면, 그 안을 내다보지 못한 사람은 절대 알 수 없는 속을 가졌기 때문이라고 대답했었다.

재희는 서늘한 진공에 몸을 맡겼다. 점차 고요를 깨는 감각이 재희의 손에서 느껴졌다. 재희는 드론을 든 팔을 높이 뻗으며 물 밖으로 튀어나왔다. 태양이 바다와 정반대의 온도로 재희를 비추고 있었다. 재희는 작게 숨을 고르며 영서의 드론을 바라보았다. 떨어지기 직전에 재희가 강하게 낚아챈 탓에 프로펠러 쪽이 약간 구부려진 것 같지만 그것 말고는 물방울 튄 자국마저 희미할 정도로 멀쩡했다.

재희는 드론을 흔들며 괜찮다는 신호를 보냈다. 멀리서 바지를 걷어올린 닮이 쫑알거리며 잔소리하는 소리가 바다 속에서 울렸다. 하얗게 질린 영서의 얼굴을 보니 그녀도 재희를 꽤 걱정한 듯했다. 재희는 작게 웃었다. 바람은 따뜻하고, 물은 차가웠다. 그사이 재희가 있는 곳으로 다가온 태오가 그녀를 건지듯 당겼다. 들어올 때는 한참이었는데, 나오는 건 금방이었다. 태오는 자신이 빠진 것도 아니면서 몸을 떨고 있었다. 닮이 피크닉 가방에서 비치타월을 꺼내 둘러주며 타박했다.

"위험하게 왜 그랬어요?"

재희는 자기 몸을 전부 덮을 정도로 큰 비치타월이 나온 피크닉 가방 안을 신기하다는 듯이 들여다보며 건성으로 대답했다.

"모르겠어요. 그냥 몸이 나갔어요."

영서는 재희가 건넨 드론을 받고 어떤 말을 해야 할지 모르겠다는 듯, 모래 위로 길게 늘어진 타올 끝을 정리하며 쭈뼛거렸다. 그 모습을 본 닮이 웃음을 참으며 자리를 비켜주자, 영서는 기어들어 가는 목소리로 투덜거렸다.

"부탁하지도 않은 걸 왜 해요. 부탁한 것만 해주면 되지. 괜히 사람 부담스럽게."

"그럼 다음부터는 먼저 꺼내달라고 해."

재희는 대답하다 말고 혼자 웃음이 터졌다. 영서 역시 솔직한 아이였다. 시무룩한 눈망울과 축 처진 입꼬리에서 그녀가 얼마나 미안해하고 고마워하고 있는지 알 수 있었다. 꼭 말로 하지 않아도 느껴지는 것들이 있듯이 말이다.

"얼마 전에 수리했었다며. 드론 괜찮았으면 좋겠다."

재희를 보는 영서의 눈빛이 한층 부드러워졌다. 눈치를 보던 호윤이 잽싸게 둘 사이를 파고들어 닭에게 말했다.

"쌤, 그럼 김영서는 기권이고 저랑 태오 중에 누가 더 멀리 갔어요?"

태오는 그런 호윤을 뒤로 끌어당기며 저지했다.

"넌 그걸 꼭 지금 물어봐야겠냐?"

"아니야. 호윤아, 질문 잘했어. 영서는 조작 미숙으로 실격이야."

닭이 가위표 처진 심사표를 보여주며 말했다. 억울한 듯 판정 결과에 항의하는 영서의 목소리가 더욱 커졌다.

"쌤, 정호윤이 먼저 무리하게 추월했어요!"

"저번에도 말했잖아. 추월 없는 경주는 없고, 계획하고 준비한 대로 흘러가는 시합도 없다고. 출발선을 벗어난 후에는 앞으로 나가는 거에만 집중해야 해. 그런 의미에서 오늘 우승자는 드론이 바다에 빠지든, 재희 님이 빠지든 끝까지 집중했던 호윤이야!"

학생들이 닭을 동그랗게 에워싸며 저마다 한 마디씩 보탰다. 호윤은 얼굴이 벌게질 정도로 제자리를 뛰며 환호했고, 영서는 이번 시합을 무효로 해달라며 간청했다. 태오는 언제나 그렇듯이 둘 사이에 껴서 한 쪽씩 말리느라 바빴다. 재희는 한 걸음 떨어진 곳에서 그들을 바라보았다. 고작 두 손바닥으로 잡히는 플라스틱 덩어리라고 생각했는데, 그걸 두고 웃고 울고 떠드는 사람들의 모습을 보니 재희가 오늘 건져 올린 드론이 조금 다른 의미로 다가왔다.

"쌤은요?"

영서가 샐쭉한 목소리로 재희를 불렀다.

"어?"

"쌤도 의견 보태요. 그러려고 제 드론 구해준 거 아니에요?"

영서는 어리둥절해하는 재희가 답답한지 두 팔로 끌어당기며 다 같이 모여있는 곳으로 데려갔다. 호윤은 닭의 뒤에 서서 영서를 더 격하게 놀려댔다.

재희는 사방에서 들려오는 목소리와 여기저기서 끌어당기는 손길에 정신이 없었다. 그러다 다 같이 엉켜서 돗자리 밖으로 밀려 나가 맨발로 모래를 밟았다. 아직 마르지 않은 물기 때문에 서걱거리는 모래의 감촉이 온몸으로 전해졌다. 재희는 자신도 모르게 웃음을 터트렸다. 발에 밟히는 모래가 간지러워서 그런 거라 생각하기로 했다.

재희는 진지한 표정을 하고서 드론을 바라보았다. 드론 옆에는 펜치와 드라이버, 그리고 집게가 나란히 놓여있었다. 닭에게 받은 책자를 보면서 프로펠러를 전부 분리하기는 했는데, 그다음을 모르겠기에 한참을 방치했다.

분명 어제까지만 해도 멀쩡하게 작동되던 영서의 드론이 갑자기 전원만 켜지고 상승 비행을 못 하게 되었다. 일단은 닭이 여분으로 챙겨온 드론으로 수업을 받고 있지만, 그 드론은 촬영용으로 구매한 일반 드론이라 더 미세한 컨트롤이 요구되는 레이싱 드론과 달라 훈련하기에는 다소 무리가 있었다.

닭이 서둘러 방과후 담당 선생님께 교육 기자재로 구매해 달라 요구하긴 했지만, 학교 측에서 100만 원이 넘는 드론을 하루아침에 사줄 일은 만무했다. 그걸 누구보다 잘 알고 있던 닭이 사비로라도 구매하겠다고 했지만, 영서가 수리해서 사용하겠다고 끝까지 고집을 피운 통에 이 모든 일이 재희에게 넘어왔다.

어느 날은 뒷정리했다가 또 어느 날은 수업하다 드론까지 수리하게 될 줄이야. 코치라는 직함의 다른 뜻이 잡부라는 걸 알았다면, 처음부터 수락하지 않았을 것이다.

재희는 할 수 없다며 한사코 거절했지만, 닭이 또 카레이싱 이야기를 꺼내며 재희의 선수 시절을 들먹이는 바람에 덜컥 알겠다고 했다. 대답을 듣고 기뻐하던 닮은 기계가 거기서 거기라는 말을 더했다. 재희가 차고에 들어갈 때는 이미 미캐닉의 손에 완벽하게 정비된 차를 받을 때뿐이라고 덧붙이고 싶었지만, 영서의 간절한 표정을 보고도 모른 체하기가 어려웠다.

재희는 점심을 먹고 일찍이 다목적실에 틀어박혀 드론을 수리하는 중이었다. 책자를 훑고 난 후로는 자신만만했었다. 헌 프로펠러를 분리하고 새 프로펠러를 끼면 된다고 했는데, 다 빼고 나니 처음에 어떻게 꽂혀있었는지가 기억나지 않았다. 그래서 페이지에 담긴 그림대로 맞춰보려고 했는데, 들어가지 않은 것을 억지로 욱여넣다 멀쩡한 프로펠러 부품을 하나 날려 먹었다. 재희는 태오나 호윤의 것을 보고 맞춰 넣어야겠다는 생각이 들어 책상에 머리를 기대 누워 수업이 끝나기만을 기다렸다.

책상에 어지럽게 흩어진 공구를 보는데, 재희는 문득 어렸을 때 재희의 고카트를 손봐주던 정수의 모습이 떠올랐다. 그때 정수가 억지로 끼운 바퀴 때문에 마지막 랩을 남기고 타이어가 터져버렸다. 재희의 레이싱에서 처음으로 경험했던 리타이어였다. 정수는 괜찮다고 했었다. 이런 일도 있고, 저런 일도 있는 거라며 다 재미있자고 하는 거라고 재희를 달래주었다.

그날 집으로 돌아가는 내내 재희는 트로피 없이 텅 빈 손을 보며 즐기기만 해서는 안 된다고 다짐했었다. 경기 때마다 과하게 긴장하게 된 건 그날 이후로 생긴 버릇이었고, 정수가 아닌 소라가 경기장에 따라오게 된 것도 그날 이후부터였다.

재희는 널브러트렸던 프로펠러 부품을 다시 집어들었다. 계획이 바뀌었다. 영서의 드론을 제대로 고치고 오늘은 평소보다 일찍 퇴근할 것이다. 소라 몰래 이틀이나 걸렸던 시뮬레이터가 갑자기 다시 타고 싶어졌다. 사랑만으로 재희를 완벽하게 길러낼 수 없었듯이, 즐기기만 해서는 원하는 바를 이룰 수 없다는 걸 이미 경험해서 잘 알고 있었다.

재희는 프로펠러의 방향을 하나씩 확인했다. 책자에는 드론이 상승하지 않는 이유가 프로펠러 회전 방향이 잘못 결합되었기 때문이라고 적혀있었다.

드론 사진을 유심히 살펴보던 재희는, 프로펠러의 방향이 대각선끼리만 일치한다는 사실을 알아차렸다. 이후 정방향과 역방향에 맞춰 다시 끼우자, 이번에는 딱 맞아 들어갔다. 오른쪽 상단의 프로펠러가 덜거덕거리는 것만 빼면 문제는 얼추 해결됐다.

재희는 조금 더 가까이 다가가 조심스럽게 프로펠러를 들여다보았다. 그러다 프로펠러를 감싸는 가드에 희미하게 그어진 실선을 발견했다. 그 부분을 누르자, 선을 따라 가드가 완전히 갈라졌다. 프로펠러가 돌아갈 때마다 분리된 가드 부품이 사이에 끼여 프로펠러의 깃을 구부렸고 동시에 모터의 전류 흐름까지 차단하고 있었다. 그래서 전원을 켜고 상승을 시도하면 금방 거꾸러지는 것이었다.

재희는 여분의 가드 부품을 찾았지만 없었다. 고민 끝에 재희는 이면지를 뾰족하게 말아 강력 접착제를 묻혀 가드의 벌어진 틈을 살며시 벌리고, 그 틈을 다시 메웠다. 견고하게 달라붙을 수 있게 두 번 세 번 반복해서 덧발랐다.

재희는 탁자 위에 드론을 올리고 조종기를 조작해 상승 신호를 보냈다. 재희의 미숙한 조종 때문에 드론이 휘청거렸지만, 분명한 건 떴다는 거다. 재희는 드론이 떨어지지 않게 서둘러 전원을 껐다. 손에 잡힌 드론을 조심스럽게 감싸고 있는데, 왠지 가슴이 콩닥콩닥 뛰었다. 떨어트릴까 봐 걱정했던 것치고는 오랫동안 지속되는 박동이었다.

왜 그랬을까.

재희는 드론을 살며시 양 손바닥에 올리고 눈앞으로 가져왔다. 수리하려고 덕지덕지 붙인 접착제가 하얗게 올라왔다. 재희는 작게 웃었다. 아까까지만 해도 곤두박질치던 드론이 다시 날게 되었다. 고작 금 하나 붙여준 것뿐이었는데.

재희는 여러 단어를 떠올리며 자신의 감정을 정의해 보려 노력했다. 기쁘기도 했지만, 마냥 기분이 좋은 것만은 아니었고, 뿌듯했다기보다는…… 기특했다.

재희는 다시 한번 두 손바닥을 채우지도 못하는 작은 드론을 바라보았다. 붙여둔 접착제가 얼마나 갈지 알 수 없다. 언젠가 새로운 가드로 교체해야 하겠지만, 지저분해 보이는 이음새로 다시 날아오르는 게 기특했다. 재희의 넷째 발가락과 다르게 말이다.

재희는 간단한 쪽지와 함께 드론을 다시 책상 위에 올려두
고 짐을 챙겨 다목적실을 나섰다. 출입문에서 경사 높은 계단
을 세 단이나 내려가야 했다. 재희는 그동안 애용하던 계단 옆
에 난 경사로에서 시선을 떼고 짧게 심호흡했다. 사랑하는 일
이 싫어졌다고 말하는 건 용기지만, 처음부터 사랑하지 않았다
고 말하는 건 배신이었다.

재희는 저는 발로도 달릴 수 있게 해주는 레이싱이 좋았다.
이제는 비록 가장 빠르지 못해도 오래도록 사랑해 왔고 앞으로
도 사랑하고 싶었다.

소라는 호스 꼭지와 씨름하느라 오전 시간을 전부 허비했다.
수도에 제대로 고정되지 않는 탓에 물을 조금만 세게 틀어도
호스가 빠져 제멋대로 춤을 추며 물을 사방에 튀겼다. 소라는
결국 호스를 고정하겠다는 생각을 버리고 최대한 수압을 약하
게 틀어 무화과 묘목에 물을 주고 있었다.

가로고 맞은편에 사는 심 여사는 어제부터 무화과 수확을 시
작했다고 했다. 물어보지도 않았는데 하늘펜션 사장이 자꾸만
소라에게 남의 무화과밭 소식을 물어 날랐다. 소라는 군데군데
메마른 땅이 거슬려 호스를 아래로 가까이 당겼더니 연결된 부
분이 또 빠져서 수돗가를 금세 물웅덩이로 만들었다. 소라는

애꿎은 호스를 화풀이하듯 던져버리고 수돗가 쪽으로 성큼성큼 걸어갔다.

멀찍이서 바라본 소라의 무화과밭은 엉성하게 짝이 없었다. 처음에는 호기롭게 무화과 묘목 100주를 주문했었다. 100평밖에 되지 않은 텃밭에 과하지 않을까 걱정했지만, 이왕 시작한 거 제대로 심어보고 싶었다. 그렇게 준비한 묘목 중 절반은 땅에 심지도 못하고 무더위에 말라 죽었다. 결과적으로는 잘된 일이었다. 묘목 간 간격을 두어 걸음 정도로 떼어 심다 보니 50주가 딱 알맞은 숫자였고 초보 농부인 소라가 관리하기에도 적당한 양이었다.

농부라니. 소라는 같은 단어를 반복해서 떠올리다 자조적인 웃음을 지었다. 제 아버지가 지금 소라의 꼴을 봤다면 무덤에서 뛰쳐나오든 하늘에서 떨어져 내려오든 둘 중 무엇이든 했을 것이다. 소라의 손톱에 무화과 껍질이 껴있는 것도 보기 싫어해서 매일 새벽같이 일어나 밭으로 나가기 전에 하루 먹을 치를 전부 까두고 갔던 사람이었다.

"그래요. 그렇게 됐습니다."

소라는 만오봉을 바라보며 변명하듯 혼잣말을 늘어놓았다. 가로도에 들어오고 나서부터 아버지를 떠올릴 때면 어김없이 울적해졌다. 어렸을 때는 그를 쓸데없이 많이 미워했다는 생각이 들었다. 아버지 때문에 어머니가 돌아가신 것도 아니었지만, 대학 입시를 위해 어머니의 죽음을 숨긴 게 그때는 질릴 정도로 원망스러웠다. 어쩌면 가로도로 도망치듯 돌아온 지금의 모습이 어릴 때 소라의 소원대로 되어버린 건지도 모른다. 보란 듯이 망해버리고 싶었으니까.

그렇게 미워했었지만, 재희를 키우고 나니 평행선 같던 아버지가 우스울 정도로 이해되었다. 소라 역시 아버지가 위독하시다는 연락을 받고도 재희의 시합을 핑계로 정수에게 말하지 않았다. 재희가 신인상을 두고 치열하게 경합 중이던 때라 마지막 레이스에 반드시 참가시켜야만 했었다.

재희는 우승했고, 아버지는 돌아가셨다. 뒤늦게 소식을 알게 된 정수는 소라를 경멸하듯 나무랐었다. 이미 돌이킬 수 없는 관계를 마무리하는 데 꽤 효과적인 방점이 되겠다는 예감을 했었다. 그래서인지 이혼을 요구한 정수의 우편에 그다지 충격을 받지 않았지만, 아버지와 똑같은 사람이라는 그의 독설에는 조금 상처받았던 것 같기도 했다.

재희는 눈치가 빠른 아이였다. 이혼의 결말을 완벽하게 이해했고, 망설임 없이 주 양육자를 골랐으며, 연말에는 계획대로 신인상을 타오기까지 했다. 그런데도 아버지와 똑같은 사람이라니. 소라는 억울한 감정이 들었다. 아버지가 이룬 업적은 가로도에서 서울로 상경한 소라뿐이지만, 소라에게는 재희가 있었다. 그건 하늘과 땅보다 더 크고 명백한 차이였다.

"또 고장이야?"

성환은 수돗가에서 튀어나간 호스를 흔들어 대며 물었다.

"왔어?"

"수도관이 문제야? 이 호스가 문제인 거야?"

"둘 다인 것 같기도."

소라는 호스를 가져와 세게 힘주어 수도에 결합했다.

"아직 점심 안 먹었지?"

성환은 손에 든 종이가방을 흔들며 물었다.

"생각 없어."

"누나 쓰러지면 얘네들 다 내가 관리해야 되는데, 어림도 없지."

소라는 자신을 끌어당기는 성환의 손길에 못 이기는 척 수돗가 옆에 있는 평상으로 가 앉았다. 평상 옆에 심어진 아름드리 벚나무 한 그루가 너른 그늘을 만들어 주었다. 평상도, 벚나무도 모두 아버지가 심고 만들고 가꾼 것들이었다. 성환은 찰나스쳐가는 소라의 감정 변화를 알아차리고 화제를 돌렸다.

"무화과밭 관리하는 건 할만해?"

"왜 농사라고 안 해?"

"괜히 그런 말 썼다가 누나한테 혼날까 봐."

소라는 일부러 티 나게 눈치 보는 성환을 기특하다는 듯이 바라보았다. 어릴 적 아버지의 농장에서 일용근로자로 일하던 때와 하나도 변한 게 없었다. 성환은 예전이나 지금이나 자신을 귀하게 대해줬다. 고맙게도 그 시선은 가로도에 살지 않겠다는 소라의 낡은 꿈을 상기시켜 주곤 했다. 소라는 영서의 엄마에 관한 이야기를 묻고 싶었지만, 아직 정수에 관한 이야기를 하고 싶지 않았기에 관두기로 했다.

"쉽지 않다. 일단은 여기까지."

"거봐. 실제로 해보는 거랑 생각만 하는 건 다르다니까. 누나 예전에 무화과 농사 등한시하더니 봐봐. 애들 잎이 죄다 삐쩍 말라서……."

소라는 잔소리를 늘어놓는 성환의 입을 초밥으로 틀어막는 걸로 끝냈다. 성환은 입에 들어온 농어초밥을 오물거리면서도 계속 말을 이었다.

"근데 재희는 가로고에서 뭐 해? 공부? 대학 보내려고?"

소라는 대답 대신 초밥의 밥을 절반 덜고 회로 동그랗게 말아 한입에 넣었다. 질문의 유통기한이 지날 때까지 천천히 오물오물 씹었다. 기다리다 못한 성환이 다시 물었다.

"누나 닮아서 공부하면 잘할 것 같은데. 아니야? 누나 그거잖아. 가로고등학교가 배출한 전설의 한국대학교 졸업생. 사장님이 자랑을, 자랑을 얼마나 하시던지. 돌아가시기 전까지……."

소라는 성환이 중얼거리는 동안 아무런 반응도 하지 않았다. 눈치 빠른 성환은 차갑게 굳은 소라의 표정을 알아차리고 바로 말을 돌렸다.

"어찌 됐든 난 재희 응원해. 시도해 보는 것도 좋아보이고. 아직 나이도 어리고 앞으로 살날이 얼마나 많은데 이것저것 해보다 대학도 가고, 또 취직도 하고 그러면서 사는 거지."

“아직은 다 먼 이야기야.”

성환은 밥을 절반이나 떼고도 입으로 향하지 않고 깨작거리기만 하는 소라의 젓가락질이 신경 쓰여 남은 초밥을 소라 쪽으로 전부 밀며 너스레를 떨었다.

“뭘, 당장 내일도 할 수 있지. 지금 딱히 하는 것도 없잖아.”

소라의 젓가락질이 우뚝 멈추었다. 곧 날이 선 목소리가 이어졌다.

“너 재희 몰라? 모터스포츠 프로 선수잖아.”

“아니, 그…… 다쳤다고 하지 않았어?”

“부상 없는 스포츠 선수가 어디 있어? 재희 재활 끝났고, 곧 복귀할 거야.”

성환은 소라의 엄포에 달래는 듯한 손짓을 취해봤지만, 이미 기분이 상한 건지 소라는 분해한 초밥을 팽개치고 다시 무화과 밭으로 걸어갔다. 성환의 말을 듣고 나니 그런지 노랗게 변색한 마른 잎이 아까보다 더 많이 보였다.

소라는 마구잡이로 이파리를 떼어내다 멀리서 걸어가는 재희를 발견하고 반갑게 손을 흔들었다. 헤드셋을 낀 재희는 노래를 고르는 건지 연락을 하는 건지 핸드폰만 보고 걸어갔다.

소라는 멀어지는 재희의 뒷모습을 보며 집에 가서 일러둘 말을 빠르게 복기했다. 걸을 때는 핸드폰 보지 말 것, 노래 바꾸고 싶으면 갓길에 서서 바꾸고 다시 걸을 것, 주머니에 양쪽 손 다 넣지 말 것. 오르막 오를 때 허리 굽히는 거 신경 쓸 것.

재희가 완전히 보이지 않을 때까지 몇 번이고 반복해서 생각을 정리하다 자연스럽게 소라의 손에 힘이 들어갔다. 움켜쥔 손을 풀자 마른 무화과 잎이 손가락 사이로 우수수 떨어졌다. 생각만 하는 것과 실제 상황은 다르다고 했지만, 소라는 그 말에 동의할 수 없었다. 재희는 매일 밤 실제 레이싱 경기를 생각하며 시뮬레이터를 탄다. 소라는 같은 시각 거실에 앉아, 재희의 방에서 새어 나오는 소리를 들으며 경기에 임한다.

소라는 잡초 매트 사이에 끼어있는 호스를 마구잡이로 잡아당겼다. 물을 줘야겠다는 충동이 들었다. 재희의 복귀가 멀지 않았다. 소라는 곧게 뻗은 가로대교를 아득하게 바라보며 호스 끝을 손가락으로 눌러 날카롭게 물을 분사했다. 소라는 가로대교를 매섭게 가로지를 재희의 시승식을 생각만 하기로 했다. 이제 곧 현실이 될 거니까 미리 설렐 필요도 없었다.

재희는 반드시 시승 행사에 참여할 것이고, 근사한 레이싱을 펼칠 것이다.

4장

되감기

재희는 숨을 짧게 뱉었다. 그사이 눈앞에 보이던 코너가 굽이치며 넘어갔다. 재희는 제멋대로 풀리는 휠을 지탱하고 중심을 잡았다. 자신도 모르게 어제 새로 나온 노래를 흥얼거리며 고개를 작게 끄덕였다. 기분이 상쾌했다. 오늘은 정말 레이싱이 잘 풀리는 날이었다.

꼭 그런 날이 있었다. 뭘 해도 되는 날 말이다.

재희는 기어를 조종해 속도를 올렸다. 무전을 타고 소라의 한숨 소리가 들리는 것 같았다. 재희는 과시하듯 공격적으로 달렸다. 코너에 들어갈 때면 좁은 통로로 빨려 들어가는 것처럼 몸이 쪼그라드는 기분이 들었다. 좁아진 공간만큼 공기 양도 줄어들어 호흡이 거칠어졌다. 그러나 코너를 벗어날 때는 언제 그랬냐는 듯 미끄러졌다. 빙판 위를 걷는 것처럼 부드럽고 간결하게 아스팔트를 질주했다.

과감하게 타넘은 연석 때문에 차체가 요동쳤다. 재희는 좌우로 흔들리는 휠을 달래듯 움켜쥐고 다시 한번 중심을 잡았다. 헬멧 안에서 웃음이 터졌다. 아찔한 찰나에 솟구치는 아드레날린이 재희의 기분을 미치도록 좋게 해줬다. 언제부턴가 어떤 상황이 발생하지 않은 레이싱은 지루하기까지 했다. 여기서 말한 어떤 상황이란, 앞선 차량의 뒷범퍼를 아슬아슬하게 스치고 추월하거나, 일부러 브레이크를 늦게 잡아서 차량 컨트롤을 놓치는 순간이 길어지는 때를 말했다.

생각만으로도 심장이 뛰어, 재희는 스웨이드 재질로 감싼 휠 끝을 긁으며 바로 앞에 선 차량의 뒤로 바짝 다가갔다. 선두 자리를 뺏기고 싶지 않은지, 앞 차는 인코스로 추월하려는 재희의 의도를 읽고 미리부터 연석에 가깝게 바퀴를 갖다 붙였다.

재희는 끈질기게 기다렸다. 앞 차가 안쪽으로 더 파고드는 그 순간, 재희는 인코스에 붙이는 척 차량을 이동하려다 반 박자 빨리 휠을 반대로 가파르게 꺾었다. 자신을 신경 쓰느라 텅 비어있는 아웃코스를 공략한 것이다. 상대가 급하게 탈출 시도하며 라인을 선점하려 했지만, 재희는 순식간에 속도를 올려 선두를 따돌렸다.

재희는 남은 코너를 마치 눈앞에 유도선이 그려진 것처럼 속도를 한 톨도 흘리지 않고 주행했다. 아무도 없는 도로를 달리는 건 정말이지 몇 번을 경험해도 익숙해지지 않은 감격이었다.

재희는 유리창 너머로 나부끼는 바람이 느껴지는 것처럼 후 소리를 내면서 숨을 크게 쉬었다. 다시 들이마시는 숨에 몸의 긴장을 유지하고 페달을 힘주어 밀어 눌렀다. 마치 앞을 막아서는 바람과 힘겨루기를 하는 것처럼 더 세게 압박했다.

재희가 원하는 건 늘 명확했다. 아무도 통과하지 못한 결승선을 혼자 통과하는 것. 무수한 환호를 등에 업고 혼자 만끽하는 것. 재희는 문득 이토록 자신을 원하는 사람이 많은데, 종종 외로움에 시달리는 이유가 무엇인지 궁금해졌다.

재희는 저 멀리 보이는 결승선에 꽂힌 체커기에 시선을 고정하고 얼마 남지 않은 길을 더 빠르게 내달렸다. 그 순간, 갑자기 땅이 꺼지면서 차 앞바퀴부터 기울어졌다. 재희는 급하게 브레이크를 잡았지만, 이미 무너지는 흙더미 사이에 끼인 바퀴가 헛도는 소리와 함께 연기가 자욱하게 앞을 가렸다. 어디선가 박수갈채와 휘파람 소리가 연달아 들렸다. 재희는 꺼내달라고 소리를 질렀다. 재희의 도움 요청에 환호성 소리는 더욱 커졌다. 결승선에 둘러앉은 사람들이 모두 너나 할 것 없이 침몰하는 재희를 구경하고 있었다. 재희는 목이 나가 쉰 소리를 쥐어짜며 휠에 고개를 처박았다. 그저 가라앉을 뿐이었다. 바닥 중에서도 가장 밑바닥으로 꺼져가고 있었다.

재희는 눈을 떴다. 간밤에 이불을 차고 잔 것인지 목이 칼칼

했다. 재희는 가만히 천장을 바라보았다. 소라가 골랐다는 구름 자동차 벽지가 제일 먼저 눈에 들어왔다. 잠들기 전에 본 것과 같은 천장이었고, 누워있던 침대에서 꾼 비슷한 결말의 꿈이었다. 꿈에서 재희는 언제나 결승선 앞에서 고꾸라졌다. 기분 나쁠 정도로 생생했지만, 꿈이라고 생각하면 아무렇지 않은 척 웃어넘길 수 있었다.

재희는 이마를 짚던 왼손바닥으로 눈을 꾹 누른 채, 베개 옆을 더듬어 핸드폰을 집었다. 밖이 어둑하더니 아직 5시도 되지 않았다. 해가 뜨기 전, 가장 어두운 시간이었다.

재희는 매일 같은 시간에 설정해 둔 알람을 끄고 이불을 머리끝까지 덮었다. 미세한 두통이 느껴져 다시 잠을 청해보려 했지만, 이미 말똥해진 정신을 속일 수는 없었다. 재희는 일부러 끙끙거리는 소리를 내며 허리를 세웠다. 애쓰고 있으니 협조해 달라고 몸에 보내는 신호였다.

재희는 불빛이 깜박이는 시뮬레이터 전원 버튼 쪽으로 시선을 옮겼다. 어제 시뮬레이션을 돌리다 잠깐 쉬려고 침대에 누웠는데, 그 후로 기억이 없었다. 그대로 깜박 잠이 든 건지 정리되지 않은 장비로 방이 어지러웠다.

재희는 마우스를 움직여 화면을 깨웠다. 어제 재희가 달린 기록이 요약된 기록지가 한눈에 들어왔다. 시뮬레이터를 타면 탈수록 기록이 좋아졌다. 날씨와 시간과 장소에 상관없이 레이싱을 할 수 있다는 건 재희가 원하는 만큼 기록을 만들어 낼 수 있다는 것과 같은 말이었다. 이대로라면 복귀가 정말 멀지 않은 것처럼 느껴졌다.

재희는 작게 뛰는 가슴 위로 손을 얹어보았다. 조금 전 악몽에 놀랐던 심장이 어느새 안정을 찾고 제 박자에 맞게 뛰고 있었다. 제자리걸음을 하는 것처럼 소박한 박동이지만, 재희에게는 다가올 새날을 맞을 준비가 됐다는 신호이기도 했다.

재희는 겉옷을 챙겨 입었다. 잠귀가 밝은 소라를 깨우지 않으려 문을 살며시 열고, 바람이 드나들 만큼만 남겨두었다.

서늘한 여름 새벽 공기와 잘 어울리는 해무가 가로도 전체에 은은하게 깔렸다. 재희는 바람막이를 목 끝까지 닫고 그 안에서 작게 기침했다. 컨디션이 별로라는 핑계를 대고 싶었지만, 들어줄 사람이 없었다. 재희는 스트레칭으로 가볍게 몸을 풀고 평소보다 이른 시간에 체력 훈련을 시작했다. 잠에서 깨려고 먹은 바나나 한 개가 위장까지 흘러들어와서 뛸 때마다 옆구리가 아팠다.

재희는 평소 다니는 길로 뛰어 내려가다 국숫집 앞에서 멈춰 땀을 닦았다. 바다 위로 불을 밝힌 어선들이 떨어진 별똥별처럼 빛나고 있었다. 어선은 해가 뜨지도 않았는데, 하루를 정리하느라 분주했다.

가만히 아래를 내려다보던 재희는 등을 돌려 가로고등학교 쪽으로 달려갔다. 오르막을 달리니 아까보다 숨이 배나 찼다. 목이 따가울 만큼 힘들었지만 재희는 작게 웃었다. 코로 들어오는 새벽 공기가 상쾌해서라기보다는 가보지 않은 길을 따라 달려보겠다는 다짐이 유치하게 느껴졌기 때문이었다.

아직도 막연히 일어나지 않을 무언가를 기다리는 자기 모습이 우습기까지 했다. 레이싱하던 때는 그것을 운명이라고 불렀었다. 경기 날 비가 온다는 일기예보와 다르게 화창했을 때, 출발 직전 점검을 마친 레이싱카에 이상이 생겼을 때, 조작 실수로 순위가 하위권까지 처박혔을 때도 재희는 그 모든 신호에 운명이라는 이름을 붙여줬다. 레이싱 드라이버가 될 운명을 타고난 사람이라면 그것마저 승리로 견인할 수 있다고 생각했었다.

이게 다 무슨 소용인지. 재희는 소리를 내어 낄낄거리며 달리는 속도를 더 높였다. 옆구리 통증이 위벽을 타고 기어올라 목젖까지 닿았다. 재희는 헛구역질하며 가로고등학교 앞에 멈춰 섰다. 리모델링으로 깔끔하게 지어진 학교 건물과는 다르게 허름한 교문이 엉성하게 닫혀있었다. 재희는 녹이 슨 부분을 옷소매 끝으로 잡아 살며시 밀었다.

시끌벅적한 정오의 운동장과 다르게 새벽녘의 학교는 고요했다. 산자락인지, 바다인지 모를 어딘가에서 해가 떠올라 집 밖을 나올 때까지만 해도 껌껌하던 하늘에 푸르스름한 색깔이 입혀졌다.

재희는 운동장 정중앙으로 걸어갔다. 잔디에 이슬이 맺혀 메시 소재의 신발코가 젖는 게 느껴졌다. 재희는 한가운데 서서 가로고등학교를 구석구석 살폈다. 3층으로 이뤄진 본관동부터, 작년에 새로 지었다는 급식실과 급식실 뒤로 조금 떨어진 곳에 있는 연립 관사까지 재희가 알던 것보다 크고 다채로웠다.

재희는 급식실 앞 축구 골대로 걸어가 그물망에 걸려있는 축구공을 발등으로 가볍게 찼다. 아무도 보지 않는 것을 알아서 그런지 자신감이 붙어 공을 앞으로 차며 드리블을 해봤다. 그렇게 굴러가는 공을 멀리 차려다 발을 헛디뎠다. 재희는 형편없는 드리블 실력에 혼자 어이없어하며 웃느라 오른쪽 넷째 발가락 걱정을 잠시 잊었다.

영국에서 만난 심리상담사 아일라는 멀쩡한 발가락을 언제 다칠지 전전긍긍하며 사는 게 피곤하지 않냐고 묻곤 했었다. 그럴 때마다 재희는 피곤하다고 대답했지만, 아일라는 그 생각을 멈추는 방법은 알려주지 않았다. 그건 혼자 깨닫는 거라고 했었다. 허무하게 날아가 버린 축구공을 바라보며 무언가 떠오를 것 같다고 생각했지만, 금세 고개를 저어 부정했다.

그때, 재희는 부드럽게 웃는 아일라에게 포기하라는 답을 들으려 상담 센터를 찾아온 건 아니라고 단호하게 말했었다. 재희가 답답함을 느끼는 이유가 욕심이 과해서라면, 욕심을 버리는 법이 아니라 그럼에도 해내는 방법을 묻고 싶어서였다. 어떻게 하면 원하는 것을 다 이룰 수 있는 건지, 재희는 언제나 그게 궁금했었다.

재희는 다시 공을 골대 구석진 곳으로 밀어넣고 운동장을 빠저나와 교문으로 향했다. 숨을 크게 들이마시며 내뱉는 숨에 보폭을 넓혀 선착장으로 내려갔다. 불편했던 위장도 들이마시는 상쾌한 공기에 금방 진정되었다. 재희는 잠시 눈을 감아 저항하는 공기를 느껴보았다. 짜고 서늘하고 단단했다.

어느새 내리막길이 끝나고 버려진 해변이 나왔다. 절벽을 지나쳐 달리니 해변 초입에 가지런하게 주차된 재희의 차가 보였다. 바닷바람에 삭은 건지 차체가 전보다 더 낡아있었다. 재희는 속도를 줄이고 제자리뛰기를 하며 먼지가 자욱하게 묻은 차를 응시했다.

다짐은 대체로 과정이 생략된다. 오늘은 꼭 이 차를 움직여야겠다는 마음이 강하게 소용돌이쳤다. 재희는 차를 끌고 집으로 가고 싶었다. 섬 꼭대기에 있는 파란색 대문이 달린 소라의 집이 아닌 도어록이 달린 자신의 서울 집으로 돌아가고 싶었다.

재희는 다시 달리기를 이어갔다. 선착장 앞에 있는 광명슈퍼까지 가야 평소 뛰는 거리가 나온다. 재희는 바지 주머니에 불룩 튀어나온 자동차 키를 만지작거리며 생각했다. 다시 찍고 돌아오는 거다. 그리고, 그리고……. 언제나 그다음이 없었다. 재희는 무겁게 가라앉은 마음을 달래듯 가슴팍을 쓸어내렸다.

재희가 선착장까지 내려온 사이 어스름한 기운이 더 빠져, 이제는 시야에 걸린 물체를 식별하는 데 어려움이 없어졌다.

재희가 선착장 옆 매표소 앞에 펼쳐진 검은 바다를 바라보며 생각에 잠긴 동안, 웅성거리는 소리와 함께 한 무더기의 인영이 가까워지는 게 보였다. 재희는 자기도 모르게 주저앉아 매표소 뒤에 몸을 구기듯 숨겼다.

자신의 이상행동에 재희는 헝클어진 머리 핑계를 대보았다. 왜인지 가로도민 앞에 나서는 게 어려웠다. 재희는 조심스럽게 웅크린 몸을 풀고 매표소 벽에 기댔다. 그러자 왁자지껄하던 소리가 분별이 가능한 대화로 바뀌어서 들리기 시작했다.

"대교 개통하고 나면 땅값 오르는 것만 생각하잖아."

"당장은 아니어도 애들 미래 생각했을 때는 무조건 잘된 일이지. 그러니까 우리가 나서서 의견 투합해 보자고, 좀."

"자자, 이미 끝난 이야기로 우리끼리 얼굴 붉힐 거 없어. 오늘 고생 많았고 성환이가 애들 데리고 가서 아침 챙겨서 보내라."

"형님, 착각하지 마쇼. 경찬이 이놈은 다른 지역으로 발령 나면 그만이야. 형님이나 나같이 배 띄워서 먹고사는 사람들이 문제지. 바닷길 끊은 저 철근 덩어리 때문에 밥줄도 같이 끊기게 생겼는데, 우리는 무슨."

성환이 투덜거리는 소리가 바닷가까지 쩌렁쩌렁 울렸다. 그 옆에서 보태는 소리와 말리는 소리가 섞여 들리며 몸싸움이 난 건지 사방에서 매표소가 흔들렸다. 벽에 기대고 있던 재희는 중심을 잃으며 악 소리를 내다 급히 입을 막았다. 다행히 재희의 목소리가 소란스러운 다툼에 섞여서 들리지 않은 건지 여전히 말싸움으로 한창이었다. 그러다 형님이라고 불리던 사람이 큰 소리로 주목시키면서 순간 매표소 주변이 고요해졌다.

"그만해. 솔직히 가로도에서 한 주머니 챙긴 사람은 무화과 영감님 딸내미 말고 없어."

"그래, 어떻게 보면 우리는 손해만 더 봤지. 군에서 토지 수용 금액 자기들 멋대로 정하고 밀어붙이는데, 제일 먼저 서명한 게 그 딸이잖아."

"그 고약한 양반 피가 어디로 갔겠어?"

재희는 얼굴도 모르는 타인에게서 엿들은 소라의 뒷말에 자기도 모르게 인상을 구기다 주름 잡힌 미간이 신경 쓰여 이마를 짚었다.

"에이씨, 왜 없는 사람 이야기를 뒤에서 들먹이는데. 여기서 그 말이 왜 나와."

성환이 씩씩거리며 내는 기세에 눌린 다른 사람들의 목소리가 점차 사그라들었다. 파해진 분위기에 하나둘 자리를 뜨는 듯 시간이 지날수록 인기척이 줄었다. 재희는 몸을 더 낮추고 주의를 경계하는데 매표소 바로 옆에서 대화 소리가 이어져 다시 숨을 참았다.

"성환이 저러는 거 한두 번 보는 것도 아니고, 옆에서 부추기지 좀 말어."

형님이라던 사람은 떠나지 않고 상황을 정리하며 남은 사람들을 달래듯 성환의 편을 들었다.

"이장님이 맨날 이렇게 받아주니까 저놈이 아무 때나 들이박고 그러잖아요."

"됐어. 마을 사람끼리 마음 상할 이유 없다. 그만해."

재희도 얼핏 소라에게서 이장에 관한 이야기를 들은 적이 있었다. 삼대가 가로도에 살며 헌신하는 집안이라, 가로대교가 건설되기까지 마을 도민의 의견을 하나로 모으는 데 이장의 역할이 컸다고 했다.

"그때 말씀하신 약속은 이장님이 꼭 책임지고 지켜주시는 겁니다."

"그럼, 걱정하지 마. 준공식 행사는 도민들이 주도할 거야."

"그게 맞지. 무슨 다리 준공식에서 자동차 경주야."

재희는 레이싱이라는 말에 귀가 번뜩 뜨였다.

"근데 뜬금없이 자동차 이야기는 어디서 나온 거야?"

"소라 딸이 자동차 대회에서 유명한 선수였다네. 그 행사 후원사랑 친하다고 아닌 척 자랑을 하는데 못 들어주겠더라."

다시 이어지는 대화의 주제가 소라를 겨냥하자, 재희는 최대한 고개를 옆으로 빼 남은 사람들의 인상착의를 살펴보았다. 체격으로 겨우 성별을 짐작할 수 있을 정도의 간격이었지만, 재희는 소라를 두고 이러쿵저러쿵 떠들어대는 이장과 또 다른 남자 한 명과 여자 한 명을 어떻게든 기억해 내려고 눈에 힘을 줬다. 소라 성격에 고향 사람과 친하게 지내지 않을 거라는 건 예상한 일이었지만, 뒤에서 공동의 주제로 씹힐 것까지는 생각하지 못했다.

"그러니까. 선수면 경주나 나가라고 하세요. 무슨 동네잔치에 끼어들어서 주인 행세를 하려고 그래. 가로도랑 하등 관련도 없는 사람들이."

"아침부터 애먼 곳에 열 내지 말고 성환이네 가서 아침이나 먹고 가."

여자와 마른 체형의 남자가 나누는 열띤 대화에 다른 남자가 끼어들며 주변이 조용해졌다. 커다란 풍채에 수염이 얼핏 보이는 걸 보니 성환이 친근하게 형님이라고 부르던 이장인 것 같았다.

"물 한 잔이라도 얻어먹을 수 있으려나 모르겠네."

다들 언제 언성을 높였냐는 듯 담소를 나누며 성환의 횟집이 있는 곳으로 걸음을 옮겼다. 재희는 그들이 완전히 사라진 걸 확인하고 나서야 참았던 숨을 내쉬었다. 긴장이 풀리고 나니 피곤함이 몰려왔다. 재희는 그대로 몸을 기댄 채 몇 분을 더 있었다.

한참을 같은 자리에 쪼그려 앉아있던 재희는 바지를 털고 일어서서 멀지 않은 곳에 주차된 자동차로 다시 돌아갔다. 이제 막 떠오른 태양과 비슷한 높이에 있어서 그런지 삭은 표면에 반사된 차체가 유독 반짝였다. 재희는 눈이 부신 듯 손바닥으로 가림막을 만들고 바다를 향해 우두커니 정차된 차량을 물끄러미 바라보았다. 아침의 고요함 속에서 파도치는 소리가 크게 났다.

파도 소리를 가만히 듣고 있으니, 바다를 밀고 당기는 힘이 재희가 서있는 곳까지 흘러 들어오는 것 같았다. 재희는 드론을 잡으러 들어갔던 바다의 감촉을 떠올려 보았다. 그동안 지루해 보이기만 하던 바다였는데, 한 번 빠져보니 소라가 했던 말처럼 그 속을 조금은 알 것 같기도 했다.

바다가 재희를 부추기고 있었다. 절대 움직이지 못할 것처럼 박혀있는 차를 재희에게 밀어주고 있었다. 동시에 재희를 끌어당겼다. 매표소에서 들었던 대화가 부서지는 파도의 끝처럼 부글거리며 재희를 자극했다. 언젠가 다시 레이싱을 하게 될 거라면 그때가 지금이었으면 좋겠다는 충동이 일었다.

재희는 핸드폰을 들어 소라의 번호를 눌렀다. 얼마 지나지 않아 이제 막 잠에 깬 듯한 소라의 잠꼬대 같은 인사가 들렸다.

— 재희, 언제 일어났어?

"……준공식 테스트 주행, 준비해 줄 수 있다던데. 알고 있었어?"

재희는 조용히 읊조리며 묻다 작게 웃었다. 이토록 무언가를 원했던 게 얼마 만인지. 마음 깊숙한 곳에서 들끓는 강한 욕망이 재희를 자꾸만 웃게 했다.

— 응, 얼마 전에 연락 왔더라. 근데 우리 테스트 주행까지 할 필요 있을까?

소라의 목소리에는 망설임이 묻어났다. 재희는 그 이유를 알아서 더 강하게 몰아붙였다.

"날짜 잡아줘. 하고 싶어."

재희는 소라의 대답이 나오기도 전에 방점을 찍듯 확신에 찬 목소리로 말을 이었다.

"가로대교를 가장 먼저 건너는 사람이 나였으면 좋겠어. 그리고 그 모습을 많은 사람들이 봐줬으면 해."

전화기 너머로 소라의 불안에 눌린 숨소리가 들렸다. 재희는 한 번 더 힘주어 말했다.

"……엄마, 나 돌아갈 수만 있다면 뭐든 다 할 거야."

그러니까 걱정하지 말라는 말은 끝내 덧붙이지 못했다. 이제 완연하게 떠오른 태양이 공평하게 빛을 내려주고 있었다. 햇살 사이로 상쾌한 공기 향이 났다. 아침이 왔다는 기분 좋은 신호였다. 재희는 3년 전 서킷에 들어가기 직전과 비슷한 느낌을 받았다. 뭔가 될 것 같은 느낌, 머릿속에 조명이 켜지는 그런 기분 말이다.

재희는 망설임 없이 소라의 집으로 뛰어갔다. 달리는 속도가 빨라질수록 숨이 차올랐다. 재희는 신체가 보내는 신호에 귀를 기울였다. 건강하고 강인한 몸에서 날렵한 소리가 들렸다. 재희는 준비되어 있었고 이길 자신이 있었다.

재희의 등 뒤로 차창에 반사된 빛이 나아가야 할 곳을 가리키듯 선명하게 뻗어갔다.

소라는 천막으로 만든 임시 대기실에서 재희를 하염없이 기다리는 관계자에게 웃으며 인사를 건넸지만, 그녀 역시 긴장감을 떨쳐내지 못하고 입고 있던 흰색 칠부 재킷을 몇 번이고 걸었다 내렸다. 재희가 곧 테스트 주행을 한다는 사실이 조금씩 실감이 났다. 재희가 사고 난 이후로 처음이니까 실제 주행을 보는 건 횟수로 벌써 3년도 더 된 일이었다.

하지만 그녀는 알고 있었다. 재희가 오늘 테스트 주행만 제대로 해낸다면, 그녀를 섭외하기 위해 레이싱 대회 관계자를 비롯한 방송사 관계자까지 곧 소라 앞에 줄을 설 거라는 것을. 소라는 직접 만든 레몬차를 손에 꼭 쥐고 있었다.

"따뜻한 거 싫다니까."

검은색 바탕에 어깨선을 푸른색으로 강조한 레이싱슈트로 갈아입은 재희가 대기실로 들어오며 말했다. 방염 재질의 두꺼운 옷이라 갈아입은 것만으로도 더운지 이마에 송골송골 땀이 맺혔다. 의자에 앉으려던 재희는 아차 하며 뒷주머니에 찔러넣어 둔 진한 청색이 섞인 흰 장갑을 빼서 테이블 위에 올려두고 다시 자리를 잡았다. 소라는 레이싱슈트를 어색해하는 재희가 낯설었다. 허리를 바르게 세워 앉은 자세에 단정함이 배어있었지만, 앞머리를 쓸어 넘기면서 드러난 짙은 눈썹 사이로 구겨진 미간에 초조함이 맺혀있었다.

　재희가 긴 생머리를 하나로 묶자, 예전 경기 때 모습이 묻어
났다. 그러나 고개를 들 때마다 드러나는 턱선에서 묘하게, 전
과 다른 긴장감이 느껴졌다. 재희는 레몬차를 살짝 입가에 적
시더니 질색하며 다시 내려놓았다.

　"뜨겁고 셔."

　"레몬차니까."

　"이건 좀 심한 것 같은데."

　"불평 그만하고 빨리 한 모금 해. 재희 컨디션 회복할 때 마
시던 거잖아."

　소라가 달래는 목소리로 보채자, 재희는 힘겹게 레몬차를 다
시 홀짝였다. 그마저도 몇 모금 넘기지 못하고 입을 닦았다. 밖
에서 부르는 소리에 재희는 기다렸다는 듯이 레몬차를 넘기고,
장갑을 챙겨 밖으로 나섰다. 짠 기운이 바다 위에 얹어진 콘크
리트 바닥을 뚫고 올라와 공기에 섞였다.

　재희가 레이싱카로 걸어가자, 사람들의 시선이 일제히 그녀
에게로 모였다. 그중엔 못마땅한 눈빛의 벌트 관계자도 섞여있
었지만, 다시 돌아온 재희를 둘러싼 공기에는 여전히 감탄과
신기함이 더 짙었다.

　소라는 한 발 뒤에 서서, 레이싱카로 향하는 재희의 뒷모습
을 눈에 가득 담았다. 차츰 안정을 되찾아가는 재희의 모습에,
자신도 모르게 울컥했다. 수없이 다투고, 또 달래왔던 시간들
이 떠올랐다. 결국 이렇게 될 일이라 그렇게 고생했던 건지, 소

라는 묘한 감회에 잠겼다.

재희가 레이싱카 앞에 서자마자 바닥을 구르는 신발 소리와 간간이 들리는 셔터 소리가 경쾌하게 공간을 채웠다. 재희는 레이싱카를 둘러보다 창문에 비친 자신의 모습을 발견하고 걸음을 멈췄다. 허전한 어깨와 가슴팍 때문에 레이싱슈트의 어깨선으로 자꾸만 손이 갔다. 3년 전 서킷을 떠나기 전에는 이곳에 기업 로고를 새기겠다며 경쟁하던 회사들이 줄을 이었다.

벌트에서 광고 영상을 만들려고 준비된 카메라가 재희의 모습을 담으려고 최대한 가까이 붙었다. 재희는 그 안에 자연스럽게 담길 수 있도록 표정 연습을 했다. 재희는 문득 자신이 준공식 시승 행사로 복귀할 거라는 사실이 실감났다. 선수가 아닌 방송인이 된 기분이었다.

재희는 차 문손잡이를 잡고 차분히 숨을 가다듬었다. 손잡이를 부드럽게 당기자 툭 하는 가벼운 울림이 손끝에 울렸다. 몇백 번도 넘게 연습한 순간이었다.

빠르지 않아도 괜찮다. 테스트 주행은 속도가 느리다고 해서 망치는 게 아니다. 중요한 건 끝까지 완주하는 것이었다. 재희는 잠시 눈을 감고 숨을 골랐다. 그동안 하루도 쉬지 않고 훈련을 반복했던 이유는 단순했다. 자신이 사랑했던 순간을 다시 한번 즐기고 싶기 때문이었다.

언제나 갈망해 왔던 이 순간이 매번 꾸는 악몽처럼 아래로 꺼질까 두려웠지만, 재희는 용기를 내어 눈을 떴다. 손에 닿을 거리에 서있는 레이싱카는 정말이지 아름다웠다. 재희는 오른쪽 다리를 다독이듯 쓰다듬으며 조심스럽게 발을 내디뎠다.

재희의 뒤로 조명이 켜진 듯 레이싱카는 더욱 강렬한 색채를 띠기 시작했다. 재희는 옆구리에 끼고 있던 헬멧을 지그시 눌러썼다. 레이싱카와 색상 조합을 맞춰 빌린 헬멧이었다. 이번에 재희는 한 치의 망설임 없이 문을 활짝 열었다. 후끈한 온도에 달궈진 엔진 냄새가 그대로 코를 타고 전해졌다. 파이프 프레임 안에 운전석만 박혀있는 앙상한 내부를 보고 있으니, 순간 3년 전 그날의 감각이 소용돌이쳐 왔다.

재희는 자신도 모르게 고개를 돌려 외면했다. 뇌에서 레이싱카에 타야 한다는 생각을 전달한 건지 심장이 점점 더 빠르게 뛰었다. 얼른 오른발을 떼고 운전석에 앉아야 하는데 이상하게 다리가 꼼짝을 하지 않았다. 누가 발을 잡고 놓아주지 않는 것처럼 한없이 무거운 느낌이었다.

당황한 재희가 소라를 찾으려고 뒤를 돌아보자 조명 하나가 재희가 서있는 자리로 강렬하게 내리꽂혔다. 번쩍하는 소리와 함께 재희의 눈앞이 하얗게 변했다. 순식간에 사고 당시로 돌아가 피트월에 처박히기 직전에 느꼈던 머리가 빙빙 도는 감각에 중심을 잡기 어려웠다.

재희는 쓰러지지 않으려고 재빨리 주저앉았다. 머리를 감싸자 헬멧의 딱딱한 감촉이 만져졌다. 관자놀이에서 앞이 보이지 않을 정도로 진득한 핏줄기가 흘러내렸다. 재희는 소스라치게 놀라 헬멧을 바닥으로 벗어던졌다. 당황한 소라가 달려왔지만, 재희는 사람들을 막무가내로 헤치고 레이싱카에서 최대한 멀리 달아났다.

재희는 대기실 천막을 닫기도 전에 바닥에 속을 게워냈다. 화장실까지 참아보려 했는데, 그때까지 버틸 힘이 없었다. 누가 들어올까 걱정된 재희는 서둘러 천막 지퍼를 잠갔다. 그리고 휴지를 뭉텅이로 뽑아 바닥을 닦기 시작했다. 속에 든 게 없어서 그런지 어떻게든 치울 수 있었지만, 이미 장갑과 옷에 엉망으로 튀었다.

케케묵은 옛날 일 같은 건 이제 아무 상관이 없다고 생각했었다. 오랜 기간 훈련했고 분명히 준비되어 있었다. 그토록 바라왔던 순간이었다. 그런데 레이싱카를 등지고 꼴사납게 도망치는 드라이버라니. 재희는 조금 전 자신의 모습이 떠올라 조소가 터졌다. 실컷 웃고 나서 재희는 이마를 짚으며 숨을 골랐다. 자꾸만 구겨진 채로 뒤집힌 레이싱카가 재희를 위협하듯 압박하는 기분이었다.

재희는 흘러 내려오는 머리카락을 손등으로 쓸어올렸다. 거울에 비친 하얗게 질린 얼굴에 식은땀까지 흘러 심각하게 아픈 사람처럼 보이기까지 했다. 장갑을 신경질적으로 벅벅 닦고 휴지통에 던진 물티슈는 그 주변 바닥에 지저분하게 떨어졌다. 저거 하나도 마음대로 못 한다니. 재희는 울컥 화가 치밀어 온몸을 압박하는 것처럼 조여오는 레이싱슈트를 열어젖혔다. 그리고 쓰러지듯 의자에 걸터앉은 채 다시 거울을 바라보았다. 레이싱카 앞에서 손뼉을 치며 소리 지르던 사람들의 손바닥이 자신을 압사할 듯이 몰려오는 것 같았다.

"그만해. 제발."

재희는 귀를 틀어막으며 머리를 무릎 사이에 처박았다. 소라가 밖에서 재희의 이름을 소란스럽게 불렀다. 그 소리에 재희는 숨이 턱 막혀오는 걸 느꼈다. 그날 자신을 바라보던 소라의 눈동자 속에는 실망과 절망뿐이었다. 재희는 소라의 눈빛을 기억 속에서 지우고 싶어서 머리를 감싸고 눈을 감았다. 아무리 진정하려 해도 숨이 넘어갈 것처럼 가슴이 답답하고 어지러웠다.

재희는 그대로 일어서다 발이 걸려 거울을 밀어 넘어트렸다. 힘겹게 눈을 뜨는데 조각난 거울에 담긴 무수한 자신의 파편과 눈이 마주쳤다. 재희는 부서지고 있었다.

❖

재희는 텅 빈 대교 끝에 서서 교각 꼭대기에 희미하게 반짝이는 빛을 응시했다. 늦은 밤에 안개까지 깔리고 바람이 부는 대교는 끝이 어딘지 모르게 무한대로 뻗어있는 것 같았다. 아직 정식으로 개통된 다리가 아니라 가로등마저도 듬성듬성 불을 밝혔다.

재희는 가로대교 준공식에 참석한 자기 모습을 상상했다. 그리고 그걸 바라보고 있을 소라도 같이 떠올렸다. 소라는 행복해 보였다. 밝게 웃으며 자신을 씹어대던 도민들에게 능청스럽게 말을 걸었고, 재희에 관한 이야기가 아닌 척 자랑을 늘어놓았다. 재희도 소라처럼 웃어보려 했지만 잘 되지 않았다. 둘 중 한 명이라도 행복한 역할을 해야 한다면 역시나 소라가 제격이었는데, 오늘 재희가 그마저도 망쳐버렸다. 테스트 주행을 준비했던 벌트 관계자들은 진정되지 않는 재희를 기다리고 어르며 달래느라 다섯 시간을 더 허비했다. 이후, 레이싱카를 비롯해서 새벽부터 준비해 둔 장비를 철거하느라 두 시간을 더 들였고, 결국 욕설과 함께 혀를 차고는 뒤도 돌아보지 않은 채 가로대교를 떠났다.

재희는 발걸음을 돌려 대교를 등졌다. 그러다 습관처럼 뒤를 돌아보았다. 재희는 두고 온 것도, 자신을 기다리는 것도 없는 대교 끝을 하염없이 응시하다 무작정 그곳으로 뛰어 들어갔다.

어디를 향하는지도 모르면서 숨이 턱에 찰 때까지, 폐에 들어온 공기가 전부 빠져나갈 때까지 대교 위에서 사정없이 발을 굴렀다. 여기가 아닌 다른 곳으로 가고 싶어졌다. 그곳은 언제나 트랙 위였지만, 3년 동안 아무리 애를 써도 닿을 수가 없었다. 지금, 이 속도라면 해낼 수 있을 것 같았다. 그러다 공사 차량이 흘리고 간 방호벽에 다리가 걸려 균형을 잃고 넘어졌다. 짙은 안개 사이로 엄청난 굉음을 내며 달려오는 자동차의 배기음이 환청처럼 들렸다. 그것이 주저앉아 있는 재희를 두고 달아나 버렸다. 재희는 멀리 손을 뻗었다. 아무리 뻗어도 닿을 수 없었다.

재희는 무너지듯 바닥에 누웠다. 차갑고 거친 아스팔트의 표면을 등 뒤로 오롯이 느꼈다. 고요한 암흑이 주는 침묵을 뚫고 간간이 파도 소리가 들렸다. 재희는 무릎을 동그랗게 안으며 몸을 옆으로 돌렸다. 이마를 바닥에 대고 눈을 감으니 이제 막 깔아둔 아스팔트 길에서는 진하게 달인 초콜릿 냄새가 났다. 그리운 향기였다. 재희는 바닥에 코를 박고 누워있었다. 돌아가기에 너무 늦은 듯싶었다.

그렇게 재희는 한참이 지난 후에야 일어나서 머리를 정돈했다. 잔모래들이 머리카락 사이에서 우수수 떨어져 나왔다. 꿈을 꾼 것처럼 멍했다. 재희는 가로등 주변을 찬찬히 둘러보았다. 이제는 어둠보다 빛이 더 낯설게 느껴졌다. 정말 먼 길을 왔다. 재희는 얼굴을 일그러트리며 혼잣말로 중얼거렸다. 방관자로 살았던 3년의 세월이 주마등처럼 스쳐갔다.

재희는 무릎을 털고 일어나 걸어왔던 길을 다시 걷기 시작했다. 집에 가서 소라에게 꼭 해주고 싶은 말이 있었다. 어느새 가로대교를 벗어난 재희는 어깨 너머로 펼쳐진 대교를 다시 바라보았다. 돌아오는 길은 금방이었다.

재희는 보건소 앞을 지나쳐 걸어가다 팽나무 앞에서 걸음을 멈췄다. 곧 베어질 나무라 했는데 아까울 정도로 강인한 생명

력을 뽐내고 있었다. 나부끼는 나뭇잎이 파도보다 더 크게 쳤다. 재희는 흔들리는 나무에서 시선을 돌렸다. 그 나무 아래 소라가 있었기 때문이었다.

소라는 재희를 발견하고 반가운 듯 인사했다. 그녀는 오늘 낮에 있었던 사건이 존재하지 않았던 사람처럼 굴었다. 어쩌면 소라는 3년 전의 사고도 기억에서 깔끔하게 지워버렸을지도 모른다. 재희는 그런 소라를 물끄러미 바라보기만 했다. 내내 준비했던 말들이 불어치는 바람에 흩어질까 두려웠다.

평소와 다르게 서늘한 재희의 표정을 눈치챈 소라는 어깨에 메고 있던 타포린 재질의 가방을 옆으로 치워버리고 한달음에 달려왔다. 재희는 소라가 손에 잡힐 정도로 가까워질 때까지도 가만히 서있기만 했다.

"재희, 어디 갔다 왔어? 왜 거기서 나와?"

대답이 없자 소라가 재희의 어깨를 덥석 움켜쥐었다. 재희의 시선은 여전히 소라에게 고정되어 있었지만 묘하게 어긋났다. 평소와 다른 모습에 놀란 소라가 재희의 어깨를 마구 흔들었다. 그제야 재희가 눈을 마주쳤다.

"엄마 알고 있었지, 나 운전 못 하는 거."

심장이 철렁 내려앉은 것처럼 소라의 몸이 굳었다.

"못 하는 거 아냐. 안 하는 거야."

망설임 없이 나오는 소라의 대답에 재희는 살며시 미소를 지었다.

"아까 봤잖아. 테스트 주행도 못 하는데 무슨 모터스포츠 복귀야."

언제나 깔끔하게 귀 뒤로 넘기던 재희의 긴 생머리가 오늘따라 얼굴의 절반을 덮을 정도로 내려와 있었다. 소라는 서둘러 머리를 정돈해 주며 달래듯 말했다.

"그건 너무 오랜만이라 낯설어서 그런 거야. 앞으로 실전 훈련도 넣자. 재희는 금방 적응할 거야."

소라는 목석처럼 서있는 재희를 억지로 끌어안아 토닥이며 말했다. 소라의 품에 안긴 재희는 숨이 막힐 것처럼 답답했다. 재희는 자문하듯 읊조렸다.

"만약 내가 그만하고 싶다고 하면?"

재희를 안은 채 다독이던 소라의 몸이 그대로 굳었다.

"허락해 줄 거야?"

소라는 한참을 같은 자리에 서있었다. 억지로 웃고 있는 모습을 재희에게 들키기 싫은 듯 부드러운 목소리로 타일렀다.

"……그래도 여기까지 왔는데 준공식까지는 같이 노력해 봐야지."

재희는 그런 소라를 차갑게 밀쳐내며 말했다.

"같이? 어떻게 같이 해? 운전석은 한 개잖아."

소라의 텅 빈 손이 허망하게 떨어져 나갔다. 소라는 재희를 바라보다 빠른 걸음으로 지나쳐 갔다. 재희는 그런 소라의 등에 대고 처음으로 감정을 쏟아냈다.

"영국에서 재활 끝나고 아카데미 입단 테스트 다시 보고 싶다고 했을 때 말리지 말지 그랬어. 그때 나는 분명히 떨어졌을 텐데 말이야. 그랬다면 우리가 이렇게 같이 괴롭진 않았을 거야. 그렇지?"

소라는 대꾸 없이 앞만 보고 걸어갔다. 자신을 따라잡으려는 재희의 보폭에 맞춰 느리지도 빠르지도 않게 딱 한 발짝만 더 앞서서 걸었다. 재희가 끊임없이 나아갈 수 있게 앞에서 끌어줄 수 있는 딱 한 걸음이었다.

세수를 마친 소라는 거울을 보며 머리를 정돈했다. 밤잠을 설쳐서 그런지 아침을 먹고도 정신이 몽롱했다. 소라는 퉁퉁 부은 얼굴을 감싸며 입 주변에 자리한 주름을 어루만졌다. 언제 이렇게 나이를 먹은 건지. 한때 가로고등학교에서 소라에게 말을 걸려고 순번을 정하던 시절도 있었다. 시골뜨기로 서울에 상경했을 때도 어디 가서 아쉬운 소리 한 적 없었다. 세상은 소라에게 꽤 오랫동안 친절했었다. 그때가 눈에 그리듯 선명한데, 정작 거울 앞에는 20대 딸아이의 늦은 사춘기에 밤잠을 설치는 이혼한 중년의 여성뿐이었다. 소라는 화풀이하듯 화장실 문을 닫고 나와 통화 버튼을 눌렀다.

— 오늘 무슨 날인가? 채소라 씨가 먼저 전화를 다 주셨어?

전화기 너머로 비꼬는 듯한 정수의 음성이 들렸다. 소라는 정수의 목소리가 듣기 싫어 통화 소리를 최소로 줄였다. 남부럽지 않도록 살게 해주겠노라는 달콤한 거짓말에 속았지만, 그를 만난 걸 한 번도 후회한 적 없었다. 소라에게 재희를 선물해 주었기 때문이었다. 정수에 대한 감정이 어떻든 간에 그의 존재 가치는 재희만으로도 충분했다.

"저번에 검토해 달라는 서류 언제 받을 수 있어?"

— 수수료 줄 거야?

"그랬으면 다른 세무사한테 갔어."

정수가 피식 하고 웃는 소리가 들렸다. 그 헛웃음에는 소라를 향한 노골적인 불만이 담겨있었다.

— 하여간 당신은 참 대단해. 돈 한 푼 아껴보겠다고 나한테 연락할 생각을 하는구나.

"용건만 간단히. 그게 그렇게 어렵니? 서로 합의했던 건데."

— 그건 재희 관련된 일 한정이지. 그 외로는 너랑 개인적으로 연락할 일 없었으면 좋겠으니까.

"걱정하지 마. 나도 같은 마음이야. 선산 처분하고 나면 없었던 사람처럼 사라져 줄게."

— 무슨 말을 그렇게까지……. 됐다. 그냥 상황 안 좋으면 재희 올려보내. 굳이 선산까지 팔아넘길 필요 없잖아.

"재희 복귀가 코앞인데, 가만히 손 놓고 있을 수가 있어야지. 이제 슬슬 같이 일할 팀원들도 구하고 장비도 새로 장만해야 하니까. 끌어모을 수 있는 거 최대한 해보려고.”

정수는 소라의 대답을 듣고 아무 말도 하지 않았다. 소라는 속으로 그가 또 유난스럽게 반응한다고 생각했다. 긴 침묵 끝에 나온 정수의 목소리가 작게 떨렸다.

— 재희는 거기 가서도 레이싱 훈련을 하는 거야?

“당연한 소리를…….”

정수가 소라의 대답을 매섭게 끊어내며 쏘아붙였다.

— 난 좋은 아빠는 아니지만, 당신은 좋은 어른도 못 되는 것 같아. 포기하는 법도 알려줘야지.

“재희가, 뭐를 해?”

소리는 더 들어볼 것도 없다는 듯이 콧방귀를 뀌며 웃었다. 이번에는 소라 쪽에서 날카롭게 응수했다.

“그건 말이야, 너나 나 같은 인간들이나 하는 거지. 재희는 정상이 어떻게 생겼는지 아는 애야. 다시 제발로 올라가겠다는 데 도대체 어떻게 가만히 두고 보냐고.”

— 그냥 기다려 주면 안 돼? 재희한테 시간을 주라고. 너 물어는 봤어? 재희가 정말 계속 하고 싶대? 좀, 네 생각 말고.

소라는 정수의 지적질에 주체할 수 없을 정도로 화가 치밀었다. 어제 테스트 주행에서 있었던 일을 전부 정수의 탓으로 돌리고 싶었다. 소라는 자신의 목소리가 점점 커지면서 정수에게 화풀이하듯 쏘아붙이고 있다는 걸 알면서도 감추거나 멈추지 않았다.

"맞다. 넌 당연히 그렇게 생각하겠지. 딱 그 정도밖에 안 되는 인간이니까. 내가 영국 가서 뼈저리게 느낀 게 뭔 줄 알아? 이겨보지 못한 부모는 이기지 못하는 자녀를 키운다는 거야. 넌 어디 가서 재희 자랑하듯 이야기하지 마! 그럴 자격 없고, 너한테 재희는 평생 과분해."

다시 찾아온 침묵이 불편해서 소라는 잠시 전화기를 뗐다. 몇 번을 해도 익숙해지지 않은 다툼이었다. 소라는 옆구리가 뒤틀린 것처럼 아파 배를 쓰다듬었다. 그래, 너 하고 싶은 대로 해. 정수에게 듣고 싶은 대답은 언제나 하나였다. 다만 진심을 담아서 말이다. 가짜로 하는 건 의미 없었다.

소라는 물을 마시려고 냉장고 문을 열었다. 가득 담긴 노란 레몬청이 소라를 응시하고 있었다. 괜스레 기분이 나빠져서 병째로 싱크대에 버렸다. 신맛을 좋아하지 않는 재희가 혼자 먹기에 많은 양이라는 걸 알면서도 욕심을 냈다.

— 언제 한 번 재희 데리고 정신과 가봐.

"미쳤어? 재희 그 정도 아니야."

뜬금없는 정수의 조언에 소라는 펄펄 뛰며 열을 냈다. 얼굴이 화끈할 정도로 황당한 말이었다.

— 외상 후 스트레스라며. 평생 운전대 못 잡게 할래?

이번에는 소라 쪽에서 고요해졌다. 소라는 머뭇거리다 못 이기는 척 중얼거렸다.

"……재희는 심리 상담이 더 잘 맞아."

— 제발, 소라야.

정수는 소라가 떠나기 전에도 비슷한 말을 자주 했었다. 그는 소라를 말리는 데에만 진심이었다. 소라는 물을 담아둔 유리컵을 만져보았다. 냉장고에서 막 꺼냈을 때는 이가 시릴 정도로 차가웠는데, 밖에 잠깐 내놨다고 미지근해졌다. 그 잠깐으로도 온도가 바뀌는데, 정수와 갈라서고 시간이 얼마나 흘렀더라. 소라는 물을 단숨에 들이켜 쓰린 속을 달랬다.

"서류 준비되면 우편으로 보내줘. 착불 말고 선불로."

소라는 싱크대에 컵을 던지다시피 집어넣고 전화를 끊었다.

❖

재희가 앞문을 열자, 다목적실에 있던 학생들의 시선을 미리 합을 맞춘 것처럼 동시에 한곳으로 쏠렸다. 태오가 재희에게 가려는 걸 영서가 말려 제자리에 엉거주춤하게 서있었다. 재희는 작게 손 인사 하는 호윤에게 눈으로 인사하고 태오에게 앉으라 손짓했다. 의외로 닮은 반응이 없었다. 당황하지도 않았고, 그렇다고 수업 시간에 늦은 재희를 지적하지도 않았다.

재희는 가볍게 고개를 숙이고 교실 뒤편으로 걸어갔다. 태오는 그런 재희의 표정을 끝까지 살피며 자리에 앉았다. 닮은 조금 전까지 설명하던 화면을 가리키더니 재희의 등장이 없었던 일처럼 수업을 이어 나갔다.

재희는 벽면에 배치된 사물함에 기대 칠판을 바라보았다. 재희가 초등학교에 다닐 때까지만 해도 분필을 썼던 것 같은데, 이제는 모든 교실이 전자칠판을 쓴다. 말이 칠판이지 기능은 대형 패드와 흡사했다. 모니터처럼 화면을 비춰주고 전자펜을 써서 필기도 가능했다. 그 속에는 영서와 친구들이 날리는 드론으로 시끌벅적했다. 사분할 된 화면은 조종기 스틱이 움직이는 방향을 따라 정신없게 바뀌었고, 부딪힐 듯 아슬아슬하게 질주하는 드론이 누구의 것인지 구분하기 어려울 정도로 한데 엉켰다가 순식간에 달아났다.

그러나 화면 밖은 묘하게 고요했다. 재희를 뺀 나머지는 전부 헤드셋을 끼고 있었고, 다들 각자의 책상에 있는 노트북 화면에 시선을 고정한 채 조종기만 움직이고 있었다. 플라스틱 스틱이 달그락거리는 소리 사이로 간간이 들리는 짜증 섞인 탄식을 제외하고는 비가 오는 날 수업이 끝난 학교에서 느낄법한 붕 뜬 고요함만이 감돌았다. 닮은 교사용 컴퓨터에 조종기를 연결해 학생들의 비행을 따라붙어서 녹화하고 있었다.

이번 주부터 장마가 시작됐다. 섬에서 맞는 장마는 처음이라 재희는 아침마다 자동차를 세워둔 곳에 물이 얼마나 찼는지 확인하러 선착장으로 나섰다. 매번 주머니에 자동차 키를 지니고 다녔지만, 한 번도 밖으로 빼낸 적은 없었다. 재희는 그걸 인식할 때마다 기분이 안 좋아졌다. 무슨 바람이 불어서인지 재희는 자동차 키에 대문 열쇠를 달았다. 자신의 직업과 집이 나란히 달린 채 서로 부딪히며 내는 소리를 들을 때면 죄책감과 함께 해방감을 느꼈다.

테스트 주행을 망치고 나서, 재희는 가로도에서 일어나는 변수에 크게 반응하지 않기로 다짐했다. 어차피 하루가 끝나면 마치 없었던 일처럼 다시 같은 하루가 시작될 것이기 때문이었다.

소라는 어제 일에 관해 한마디도 꺼내지 않았다. 그녀는 여전히 준공식을 기다리고 있었고, 그걸 위해 매일같이 일어나 밥을 하고 훈련 스케줄을 조정했다. 재희 역시 구태여 말을 보태지 않았다. 소라가 차려준 밥을 먹고 어김없이 시간에 맞게 훈련을 나섰으며 드론부 수업까지 빼먹지 않고 참석했다.

재희는 지금 느끼는 감정이 기형적이라고 생각하면서도 정상적인 게 어떤 건지 몰라 손을 대지 않고 방치했다. 3년간 재희가 계속해 왔던 루틴이라 그대로 따르는 건 어렵지도 않았다.

그렇게 차차 생각을 정리하는데, 재희는 자신을 향해 손짓하는 닮의 인기척을 느끼고 고개를 들었다. 학생들은 여전히 드론 레이싱 시뮬레이션에 집중하고 있었다.

"어떻게 생각해요?"

재희는 닮의 질문이 앞으로의 계획을 궁금해하는 것으로 받아들이고 길게 고민했다. 그러자 닮은 전자칠판에 비친 화면을 가리키며 의기양양하게 되물었다.

"애들 많이 괜찮아졌죠?"

재희는 순간 김이 빠지면서 습관적으로 기록해 둔 핸드폰 메모장 화면을 보며 말했다.

"영서는 역시 실력이 좋네요. 초반부터 선두에만 집착하지 않는 마음가짐도 좋고, 추월할 때 잔동작이 없는 것도 그렇고, 끈질기게 달라붙어서 기회 만드는 점도 주전 선수로 손색없는 강점이에요."

"정말요?"

닭은 재희의 덧붙이는 설명이 길어질 때마다 표정이 점점 환해졌다.

"다만, 한 번 실수하고 나면 감정의 동요가 크게 일어나는 게 단점이긴 합니다."

"그 정도는 감수해야죠."

재희는 닭의 대답에 눈을 가늘게 떠 영서의 드론을 살폈다. 조금 전 태오의 드론을 추월하다 장애물에 부딪힌 걸 아직도 신경 쓰는지 게이트에 진입할 때 눈에 띄게 속도가 느려졌다. 현재로는 셋 중 영서의 드론 조종 실력이 제일 좋지만, 이런 식으로 페이스 조절을 못 하면 가로고등학교는 예선 경기도 시간 안에 완주 못 하는 상황이 발생할 수 있었다. 그런데도 닭은 유독 학생들의 보완점에 관대했다.

그사이 닭은 레이싱이 끝난 것을 확인하며 학생들을 격려했다. 재희는 기록부터 확인했다. 직전 레이스보다 기록이 현저히 떨어져 있었다. 재희는 자신도 모르게 입에서 그 정도로는 부족하다는 말을 뱉을 뻔했다. 그러다 이게 다 무슨 소용인가 싶기도 했다. 재희는 오늘 수업이 끝나면 닭에게 드론부를 그 만두겠다고 말할 계획이었다.

"재희 님도 한번 해볼래요?"

닭은 그런 재희의 속도 모르고, 들고 있던 조종기를 건넸다. 말은 안 했지만, 재희는 내심 드론 조종을 쉽게 생각했었다. 아주 잠깐이었지만 실제로 드론을 작동해 본 경험도 있어서 순순히 조종기를 받아 닭이 화면에 띄워준 드론을 조종해 보려 했다.

분명 그때처럼 상승 버튼을 눌렀는데, 재희의 드론은 꼼짝도 하지 않았다. 재희는 당황한 티를 숨기며 다시 버튼을 누르고 빠르게 스틱을 위로 올렸다. 그래도 반응이 없자 이번에는 더 세게 눌렀다. 사실 반복해서 세게 누르는 것만큼 바보 같은 해결법이 없다는 걸 알면서도 막상 재희의 손을 탄 기계가 움직이지 않자 당혹스럽기만 했다. 가방을 챙기던 영서가 보다 못하겠는지 재희의 손에서 조종기를 뺏듯이 가져가 몇 번의 조작만으로 드론을 띄웠다.

"왼쪽 스틱 아래에 있는 버튼은 한 번만 눌러도 돼요. 여러 번 누르니까 얘가 못 알아듣잖아요. 그다음 오른쪽, 왼쪽 스틱 동시에 위로 밀어요. 그러면 이렇게 떠요."

재희가 알겠다고 말하지도 않았는데, 영서는 다시 해보라는 식으로 재희에게 조종기를 건넸다. 재희는 영서가 알려준 순서를 그대로 반복했다. 그러나 드론은 조종기 전원이 꺼지기라도 한 것처럼 꼼짝을 하지 않았다.

"이거 도대체 어떻게 하는 거야."

재희의 입에서 답답함이 섞인 불만이 튀어나왔다.

"의외네요. 재희 님은 드론도 잘 날릴 줄 알았는데."

닭은 경쾌한 음성으로 시뮬레이션이라 다행이라며 헛손질만 반복하는 재희의 조종기를 놀리듯 가리키며 떠들었다. 재희는 민망해져서 몇 번이고 반복해서 다시 스틱을 돌렸다. 그러자 드론이 갑자기 붕 하고 공중으로 떠올랐다. 재희가 황급히 방향키를 조정해 앞으로 나가려고 했지만, 드론은 얼마 날아보지도 못하고 그대로 바닥에 고꾸라졌다. 재희가 다시 아까 했던 동작을 반복해도 드론은 야속할 정도로 바닥에 붙어서 떨어지지 않았다.

"상승하고 어디로 갈 건지 방향 설정을 해야 나갈 수 있다니까요."

영서는 답답한지 아예 재희의 손가락 위에 손을 포개 스틱을 조종했다. 그 덕에 재희는 몇 번의 시도 끝에 드론을 공중에 띄우는 데까지는 성공했다. 스틱을 조금만 밀어도 제멋대로 나풀거리며 날아가는 드론을 조종하는 건 끝까지 감을 잡지 못했다. 그래도 드론을 공중에 띄우고 나니 비행에 조금은 흥미가 생겼다. 어릴 적, 초등학교 방학 숙제로 했던 연날리기처럼 재희의 손에 달린 게 하늘을 난다는 신기한 감각처럼 말이다.

"그래도 뭐 처음치곤 나쁘지 않은데요."

영서가 처음으로 재희의 편을 들었다. 재희는 그 말에 닮에게 보란 듯이 어깨를 으쓱하며 웃었다. 영서는 그런 재희를 물끄러미 바라보더니 아까부터 계속 만지작거리던 가방에서 커다란 크기의 상자를 꺼내 내밀었다.

"이거요."

영서는 별다른 설명 없이 멀뚱하게 서서 머리를 정돈하는 척했다. 아침마다 드라이로 살린 펌이 날씨 때문에 푹 꺼져서 손으로 정리할 수 있는 상태가 아니었는데도 같은 쪽만 반복해서 만졌다. 재희가 상자를 받아서 열어보자, 그 안에는 드론이 있었다. 영서의 이름이 붙어있던 자리에 하트 스티커를 덧대 붙인 드론이었다. 재희는 익숙한 듯 오른쪽 프로펠러를 쓰다듬었다. 재희가 붙여둔 접착제가 마치 그렇게 설계된 것처럼 제자리에 얌전히 붙어있었다.

"이거 완전 새거예요. 솔직히 부품만 갈고 계속 쓰고 싶었는데, 닮 쌤이 새로 사줘서 어쩔 수 없이 나눔하는 거예요."

영서는 재희의 머뭇거리는 손길을 거절 의사로 받아들인 건지 서둘러 드론의 장점을 홍보했다. 그런데도 재희가 가만히 들고만 있자 영서는 토라져서 다시 드론을 뺏어가려고 했다.

"안 쓸 거면 줘요."

"아니야, 고마워. 잘 쓸게."

재희는 드론을 당겨 고맙다는 표현을 했지만, 영서는 석연치 않은 표정으로 재희 품에 안긴 드론을 바라보며 말했다.

"이거 코치님이 고친 거잖아요. 기억 안 나세요? 내년에 들어올 후배들한테 줘도 되는데, 그것보다는 의미 있다고 생각하는 사람이 가져가는 게 좋을 것 같아서 주는 거예요."

영서가 말한 '의미'는 아마 프로펠러를 고쳤던 일을 말하는 것일 테다. 만약 코치라는 역할을 인정해서 주는 거라면 이 드론은 재희에게 어울리지 않았다. 재희는 드론 비행도, 코치로도 무언가를 해내고 싶은 욕심이 없었기 때문이었다.

재희는 주머니에 있는 차 키를 다시 만지작거렸다. 원하는 대로만 이루어진다면 얼마나 좋을까? 재희는 차 키 옆에 나란히 달린 집 열쇠의 감촉을 느끼며 어김없이 울적해졌다.

바라던 삶과 자꾸만 멀어지는 듯한 기분. 그 기분은 재희를 끈질기게 따라붙었다. 재희는 이제 그만큼 빠르게 달리지 못하는데, 자꾸만 추격하는 과거의 기억을 끝내 따돌리지 못할 거라는 무력감이 들었다. 쫓는 것도 도망치는 것도 어렵기만 했다. 원하는 걸 다 이루면서 살던 과거의 기억이 이토록 생생한데, 이제는 제 것이 될 수 없는 현실에 마음이 아팠다.

"들어드릴까요?"

언제 교실에 들어온 건지 태오의 목소리가 옆에서 들렸다. 재희는 가라앉은 기분을 드론과 함께 정돈하며 대답했다.

"괜찮아. 별로 안 무거워."

재희는 배열이 흐트러진 책상을 마저 맞추고 문단속했다. 태오는 아까부터 재희의 주변을 서성이며 하고 싶은 말이 있는 사람처럼 자꾸 시선을 흘렸다.

"야, 왜 안 와?"

영서의 부름에 태오는 먼저 가라고 손을 휘저었다. 영서는 미간을 구긴 채 출입문을 막고 서서 다시 태오를 불렀다.

"가자니까."

영서의 보채는 소리에 태오는 재희에게 서둘러 우산을 건네며 말했다.

"밖에 비 많이 와요. 이거 쓰고 가세요. 그리고……."

태오는 더 할 말이 있는 것처럼 망설이다 인사만 건네고 영서를 따라 밖으로 나갔다. 영서는 그런 태오를 못마땅하다는 눈빛으로 훑어보고는 재희를 두고 문을 닫았다.

재희는 태오가 하려던 말이 무엇이었을지 예상해 보았다. 아마도 어제 있었던 테스트 주행에 관한 이야기였을 것이다. 태오는 눈물이 날 정도로 좋아하는 걸 찾고 싶다고 했다. 레이싱에 관해서 재희가 울었던 순간은 전부 다 괴롭고 속상하고 좌절하던 때의 기억뿐이었다. 그 눈물에 어떤 감정이 담겼는지도 말해줄 걸 그랬었다. 네가 좋아하는 일을 하면 그건 반드시 너를 울게 할 거라고 말해주고 싶었다.

재희는 한참을 텅 빈 교실에 앉아있었다. 그러다 영서가 준 상자를 열어 드론을 꺼내보았다. 자세히 보니 접착제를 붙였던 자리가 미세하게 갈라지면서 가루가 묻어나왔다.

재희는 다시 덧발라 줘야겠다고 생각하며 드론을 영서가

자주 쓰지 않는 보관함 안에 넣어두었다. 드론을 들고 소라의 집에 갈 수 없었다. 왜 안 되는지 이유는 모르지만, 불청객을 초대하는 기분이라 그냥 그럴 수 없는 게 맞다. 본능적인 직감이었다.

재희는 문을 잠그고 학교 밖으로 나왔다. 가로도의 하늘은 소란스럽게 비를 퍼붓고 있었다. 재희는 태오가 건네준 우산을 폈다. 가로고등학교 마크가 커다랗게 프린트된 투명 우산이었다.

"재희 님!"

기둥 뒤에서 갑자기 닮이 튀어나오더니 재희 옆에 찰싹 붙었다.

"저 주차장까지 우산 좀 씌워줘요."

"설마 그것 때문에 여태 기다리신 거예요? 아까 애들 나갔잖아요? 아무나 붙잡고 같이 가시지."

재희가 의아하다는 목소리로 물었지만, 막무가내로 팔을 끌어당기는 닮 때문에 끌려갈 수밖에 없었다. 장대비가 쏟아지는 밖으로 나서니 우산을 쓴 게 무색할 정도로 어깨며 등이며 바지 밑단까지 물이 엉망으로 튀었다. 닮은 재희보다 키도 작으면서 우산을 꼭 자기가 들겠다고 고집을 부렸다.

닮은 내리막길에서 보폭을 넓히다 자기도 모르게 발이 엉켜 혼자 저 멀리까지 뛰어갔다. 그 덕에 재희는 머리가 흠뻑 젖을 만큼 비를 맞았다. 닮은 뒤따라 달려오는 재희를 보며 뭐가 그렇게 재미있는지 배를 잡고 웃었다. 닭이 뛰어가는 속도에 맞춰 따라가던 재희는 진흙을 밟고 미끄러질 뻔했다. 그러면서 닭을 잡아당긴 건지 그녀는 균형을 잃고 반쯤 주저앉았다.

닭은 완전히 넘어지지 않으려고 자세를 잡으려다 우산을 놓쳤다. 재희는 바람에 나풀거리며 날아가는 우산을 보며 자연스럽게 웃음이 터졌다. 닭은 그런 재희를 가리키며 따라 웃었다. 재희는 원래 달리면 웃음이 나오는 법이라며 둘러댔다. 한참을 웃다 비를 쫄딱 맞은 채 닭의 차에 도착했다. 닭은 잠깐 고민하다 운전석 문을 열고 물었다.

"아무도 안 보는데, 오랜만에 운전해 보실래요?"

재희는 웃고 있던 자신이 어색하게 느껴져 얼굴에 묻은 비를 닦으며 표정을 정리했다. 이제 보니 드론부 학생들부터 닭까지 말은 안 해도 종일 재희의 상태를 신경 쓰고 걱정해 주고 있었다. 지금이 재희가 준비해 둔 말을 꺼낼 차례였다.

"……저 레이싱 그만둘지도 몰라요."

"왜요?"

당황이라는 건 못하는 줄 알았던 닭이 꽤 긴 정적 끝에 단어 하나만 내뱉었다. 왜냐니. 재희는 뭐라고 설명해야 할지 머릿속으로 대답할 거리를 찾아보았다. 다친 발가락의 회복이 더뎌서, 너무 오래 경기를 쉬어서, 자신을 지원해 줄 스폰서가 없어서. 전부 다 합리적인 이유였지만, 닭이 원하는 정답은 아닌 것 같았다.

"잘하지 못해서요."

아까보다 더 긴 침묵이 둘 사이를 묶었다.

"그럼, 앞으로 뭐 하고 살 건데요?"

닭의 질문은 의외로 현실적이었다. 이번에는 재희 쪽에서 말문이 막혔다. 레이싱이 아닌 다른 것을 업으로 삼는 미래는 상상해 본 적 없었다.

"글쎄요. 그거 말고 할 줄 아는 게 딱히 없어서……."

재희는 어렵게 입을 뗐지만, 끝을 맺을 수 없었다. 재희의 대답에 닭의 표정이 심각하게 굳었다. 재희는 이렇게 무거운 주제까지 이야기하고 싶지 않았던 터라 가보겠다는 신호로 닭이 들고 있는 우산을 받으려고 손을 뻗었다.

"가르치는 거 잘하시잖아요. 애들이 재희 님이 한 수업 최고였대요."

아까까지 울상인 닭의 얼굴 위로 환한 빛이 피어올랐다. 재희는 닭의 말이 길어지는 걸 미리 끊어내려고 다급하게 해명했다.

"그건 가르친다고 말하기도 민망한 수준이에요. 그냥 있었던 경험을 이야기해 준 거라……."

"와, 나 좋은 거 생각났다. 재희 님 운전 연수 학원 차리면 되겠어요."

"네?"

재희는 자신도 모르게 인상을 찌푸리며 큰 소리로 반박했다.

아까까지 감상에 젖었던 순간이 민망하게 느껴질 정도로 터무니없는 조언이었다.

"제가 생각했지만, 너무 완벽한 조합이에요. 봐봐요, 운전 잘하지, 가르치는 거 잘하지. 딱 맞잖아요. 애들 수능 끝나면 다 월포로 나가서 면허 따오거든요. 거기 학원에 학생들 등록하려고 문 열기 전부터 우글우글 줄 서있대요. 근데 재희 님이 가로도에 학원 차리잖아요. 일단 최초. 그것부터 느낌 오지 않아요?

"아니, 무슨 운전 연수를……."

재희는 말하다 말고 짜증스럽게 이마를 짚었다. 생각하면 할수록 어이가 없어서 닭의 진지한 표정을 보는 것만으로도 스트레스 수치가 올라가는 기분이었다.

"장난으로 하는 말이죠?"

재희는 되물으면서 밑도 끝도 없는 닭의 직업 상담에 헛웃음을 지었다. 닭은 재희의 반응에도 아랑곳하지 않고 박수까지 치며 자신의 아이디어를 자축했다.

"아닌데. 재희 님도 진지하게 생각해 봐요. 진짜 잘될 것 같아서 그래요."

"되긴 뭐가 돼요. 됐어요."

재희는 닭의 억지를 참을 만큼 참았다는 생각이 들어 친근하게 다가오는 그녀를 털어냈다. 조금 전 빗속에서의 사투로 힘이 빠진 닭은 소리도 내보지 못하고 밀려났다. 닭은 기둥에 팔을 부딪쳤다며 엄살을 부리다 재희의 뾰로통한 표정을 가리키며 혼자 깔깔거렸다.

재희는 닭의 종잡을 수 없는 모습에 어이가 없어서 자신도 모르게 따라 웃어버렸다. 닭의 앞에서는 심각한 것도, 어려운 것도 없었다. 한참을 웃던 재희는 한층 홀가분해진 표정으로 말했다.

"사실 그만두는 거 어떻게 하는 건지 잘 모르겠어요."

왜 이렇게 신중하지 못하게 말을 뱉은 건지 재희는 곧바로 후회했다. 그러나 말이라도 뱉지 않으면 소라가 있는 집으로 들어가지 못할 만큼 답답했다. 그사이 운전석에 오른 닭이 창문을 열고 말했다.

"그럼 타세요. 제가 그만두는 법 알려드릴게요."

재희는 잠깐 망설이다 축 처진 우산과 밝게 웃는 닭을 번갈아보다 못 이기는 척 조수석에 올라탔다. 재희가 차 문을 닫기도 전에 닭이 엑셀을 밟았다. 여전히 시끄러운 노래를 틀었고, 밤중에도 내리막을 거칠게 내려갔다.

"속도 좀 줄여요."

"뭐라고요?"

세게 튼 에어컨 소리에 노래 가사까지 섞이니 서로가 뭐라고 하는지 알아들을 수 없었다. 닭이 소라의 집을 지나 국숫집까지 내려가는 걸 본 재희는 그냥 시트에 몸을 파묻고 안전벨트를 채웠다.

닭은 비가 와서 평소보다 더 빨리 어두워진 골목길에서 겁도 없이 속도를 높였다. 그러다 갑자기 보건소 쪽으로 급하게 핸들을 틀었다. 재희는 순간 몸이 붕 뜨는 것을 느끼고 핸들을 더 꺾지 못하게 잡았다.

"면허 어떻게 따셨어요?"

닭은 재희의 잔소리에도 아랑곳하지 않고 창문을 전부 내려 노래를 더 크게 틀었다. 흩날리는 비가 자동차 내부로 들어와 금세 옷과 시트를 적셨다. 거칠게 운전하는 자동차에서 비를 맞으며 시끄러운 노랫소리와 닭의 웃음소리가 한데 섞여서 들리니 정신을 차리기 어려웠다.

어느새 닭의 차는 가로대교를 빠른 속도로 가로지르고 있었다. 재희가 눈치챘을 때는 이미 대교의 중앙까지 다다라 있었다. 차에 탄 채로 가로대교에 있다는 생각이 들자 재희의 표정이 급격하게 어두워졌다. 다시 심장이 빠르게 뛰며 재희를 몰아붙였다. 멈추지 않을 것 같던 닭의 차는 대교 중앙 갓길에 비스듬히 세워졌다.

닭은 불안해하는 재희를 두고 차 문을 열고 내렸다. 재희도 서둘러 안전벨트를 풀고 따라 나가려고 손을 뻗었는데, 갑자기 조수석 차 문이 벌컥 열렸다. 재희는 이해할 수 없는 닭의 기이한 행동에 풀린 안전벨트를 놓지 못하고 눈동자만 굴렸다.

"다 왔어요. 여기예요!"

닭은 해맑게 웃으며 재희를 장난식으로 끌어당겼다. 말이 장난이지 당하는 사람으로서는 어떻게 반응해야 할지 몰라 당혹스럽기만 했다. 닭은 재희를 끌어내더니 운전석 쪽으로 데려갔다. 재희는 싫다는 의사 표시로 몇 번 버둥거려 보았지만, 자신보다 키도 작고 체구도 왜소한 닭에게서 힘으로 이기지 못하고 순식간에 구겨지듯 운전석에 앉게 됐다.

열어둔 문 사이로 비가 더 몰아쳐서 바지까지 축축하게 젖었다. 재희가 곧장 문을 열고 나가려는데, 문 앞에서 닭이 버티고 비켜주지 않았다. 닭은 머리에서 물이 뚝뚝 떨어질 정도로 흠뻑 젖어있었다.

"뭐 하시는 거예요?"

닭은 대답 없이 재희를 운전석에 방치했다. 차가 공회전하며 엔진 소리는 점점 커졌다. 떨리는 차체를 따라 재희의 심장이 빠르게 뛰었고, 얼굴은 창백해졌다.

재희는 시동을 끄려 브레이크를 찾았다. 그러나 머뭇거리는 오른발은 마치 자신의 것이 아닌 것처럼 감각이 무뎠다. 재희는 심호흡하며 발가락을 움직여 보았다. 그때, 옆자리에서 기어 조작 버튼이 달그락거리는 환청이 들려왔다. 머릿속이 순식간에 멍해졌다.

신음하는 엔진 소리가 파도처럼 재희를 끌어당기더니 먼발치로 내팽개쳐 버렸다. 잘하지 못해서가 아니었다. 재희는 그대로 차 문을 박차고 닭을 넘어뜨린 채 밖으로 뛰쳐나갔다. 속에서 무언가 올라오는 느낌이 들어 다리 밑으로 게워냈다.

이윽고 재희는 난간에 기대 주저앉았다. 그동안 울지 못했던 건 이유를 몰랐기 때문이었다. 재희는 흐르는 눈물을 빗물에 묻혀 억지로 닦아냈다.

사실은 이제 그만하고 싶었다. 여기까지 와서 기어이 포기하고 싶어졌다. 복귀의 문턱에서 제 발로 돌아 나오고 싶었다. 3년 동안 한 번도 흐르지 않던 눈물이 닦아도 닦아도 계속해서 흘렀다. 재희는 무릎에 고개를 처박고 흐느꼈다.

한참을 울고 있는데, 빗물에 젖은 손등으로 차가운 감촉이 느껴졌다. 재희는 눈물로 범벅된 모습을 보이기 싫어 고개를 더 깊이 숙였다. 어느새 재희 앞에 쭈그려 앉은 닭이 말없이 FPV 고글을 건넸다.

재희는 흐르는 눈물을 감추듯 고글을 착용했다. 드론 카메라로 보이는 시야가 눈앞에 그대로 펼쳐졌다. 어디선가 드론이 움직이는 소리가 나더니 가로대교의 주탑이 보였다. 사다리꼴 모양의 주탑은 그 안에 이젤처럼 위아래로 가로 기둥 두 개와 세로 기둥 한 개가 장식되어 있었다. 닭의 드론은 점멸하는 신호등의 주황 불을 마치 출발 신호인 것처럼 확인하고 질주했다.

재희는 처음 써보는 FPV 고글 속 화면에 시선을 뺏겼다. 마치 나이트 레이스를 하는 것처럼 빠른 속도감이 그대로 피부로 전달되었다. 재희는 자신도 모르는 새 구겨둔 몸을 펴고 고글이 벗겨지지 않게 고정했다. 아래에서 들리는 파도 소리가 마치 레이싱카에서 나는 엔진 소리처럼 양쪽 고막을 뚫고 지나가는 느낌이 들었다. 재희는 기어를 조정하듯 주먹을 쥐었다 폈다. 더 빠르게 달리고 싶었기 때문이었다.

여름에는 실내 온도가 50도에 육박하는 레이싱카 안에서 땀이 범벅이 되도록 달린 적도 있었다. 그때는 힘들다는 생각이 들지 않았다. 1,000분의 1초라도 빠르게 달릴 수 있다면 경기 중 마실 물도 줄일 만큼 간절했었다. 자리 선점을 하다 차체 충돌로 허리와 무릎이 쑤실 듯이 아파도 다음 날, 좋아진 기록을 보면 아무렇지 않을 정도로 열심이었다.

재희는 레이싱 경기를 하다 불현듯 네 발로 태어난 사람처럼 구르는 바퀴와 일체감을 느끼기도 했었다. 그 감각이야말로 재희가 원했던 자유였다. 재희는 비틀거리며 자리에서 일어났다. 고글을 벗자, 습기 가득한 바람마저도 시원하게 느껴졌다. 눈물은 금세 말랐다. 재희는 비스듬히 서있는 오른발을 바라보았다. 레이싱카를 몰지 않아도 여전히 그 자리에 있었다.

재희는 닭이 건네준 생수를 받아 한 번에 들이켜고 얼굴에 부었다. 눈물이 마른 자국을 씻어내고 나니 개운했다.

단 한 순간이라도 꿈에서 살았다는 건 축복이었다. 멀어지는 꿈을 억지로 붙잡으려 했던 무한의 노력이 네모난 바퀴를 굴리는 고행인 줄 알았다. 그러나 돌이켜 보니 마모된 바퀴는 어느새 둥그런 모양으로 변해있었다.

꿈은 변해도 삶은 계속됐다.

❖

비가 그쳐도 하늘은 여전히 흐렸다. 습기 찬 여름 밤공기는 서늘한 온도에 식혀 상쾌한 냄새가 났다. 재희는 퉁퉁 부은 눈을 만지작거리며 소라의 집으로 내려가는 작은 골목 앞에 도착했다. 골목 어귀에 노란색 삼륜 오토바이가 세워져 있었고 적재칸 왼편에는 **성환횟집**이라는 명패가 붙어있었다.

재희는 대문 앞에 서서 망설였다. 그러다 뒷걸음질 치고 싶은 마음을 겨우 다잡고 살며시 문을 당기는데, 낯선 남성의 목소리가 들렸다.

"네가 재희냐."

가장 먼저 눈에 들어온 건, 깔끔하게 다듬은 수염과는 달리 덥수룩하고 정돈되지 않은 머리였다. 건장한 풍채 때문인지, 밤 골목에서 마주쳤다면 제법 위협적으로 느껴졌을지도 모른다. 하지만 그는 소주 브랜드 로고가 박힌 초록색 앞치마를 몸에 꼭 끼게 두른 채, 경계심이라고는 찾아볼 수 없는 표정으로 실없이 웃고 있었다. 그 모습을 보니, 재희도 긴장이 풀렸다.

그는 종이봉투를 내밀며 말했다.

"이거 엄마 갖다줘. 삼촌, 소라 누나 동생이야."

재희는 봉투를 받지 않고 그 자리에 가만히 서있었다. 소라는, 재희와 같은 외동이었다. 남자는 그런 재희의 반응을 예상하기라도 한 것처럼 봉투 안을 열어 훤히 들여다볼 수 있게 열어쭙히며 말했다.

"한쪽은 수도꼭지에, 다른 한쪽에 호스 꽂은 다음에 나사를 조이면 고정되는데, 못 하겠으면 그냥 평상에 두라고 해. 내가 내일 바다 나갔다 들어오면서 들른다고."

재희는 봉투 아래 굴러다니는 파란색 플라스틱 부품을 바라보기만 했다.

"좀 받아라. 어쩜 이렇게 하는 짓도 누나랑 빼다 박았냐."

"아……. 예, 감사합니다. 오시면 전해드릴게요."

"너희 엄마는 어디 가고?"

"잘 모르겠는데요."

"비 온다고 나무 보러 간 것 같은데, 너도 시간 날 때 같이 밭에 나가보고 그래. 무화과는 혼자 하기 힘들단 말이야."

"아, 팽나무 아래에 있는 거요?"

재희의 떨떠름한 반응에 남자는 하고 싶은 말이 많다는 표정을 지었다. 소라의 과거를 아는 낯선 사람과의 독대는 왜인지 부담스러웠다. 재희는 서둘러 감사 인사를 하고 다시 대문 쪽으로 발걸음을 옮겼다. 열쇠를 찾아 주머니를 뒤적이는데, 남자의 묵직한 음성이 재희의 등에 비수처럼 꽂혔다.

"소라 누나 불쌍한 사람이야. 잘 좀 챙겨줘. 혼자 외롭게 두지 말어."

그 말을 듣자, 갑자기 어디선가 억울한 감정이 불쑥 솟아 재희는 냉랭하게 등을 돌려 반문했다.

"엄마에 대해서 잘 모르고 하시는 말씀 같아요."

재희가 아는 한 소라는 불쌍한 사람이 아닐뿐더러 외로움을 타는 사람은 더더욱 아니었다.

"글쎄다. 너는 잘 알고?"

남자는 날이 선 재희의 반응에도 싱겁게 웃으며 대꾸했다. 재희는 더 강하게 반박했다.

"당연하죠. 우리 엄마 무서운 사람이에요. 예전이랑 많이 달라졌어요."

"누나 하나도 안 무섭던데, 너만 무서워하는 거 아니야?"

성환은 간다는 말도 없이 손만 대충 휘저어 인사로 때우고 골목 계단을 올라갔다. 성환이 오토바이를 돌려 가로고등학교 쪽으로 향하자, **영서횟집**이라고 쓰인 반대편 명패가 보였다. 재희는 멀어지는 오토바이를 멍하니 바라보았다.

재희는 그동안 앓고 있던 감정을 정리해 보았다. 무언가 잘못하고 있다는 압박감, 아무것도 하지 않을 때 느껴지는 죄책감. 언젠가 크게 잘못된 일이 벌어질 것 같은 불안감을 편지처럼 열어보며 살았다. 버리겠노라 다짐하고 방 청소를 할 때마다 주저앉아 열어보고 다시 제자리에 몰래 숨기는 미련한 짓을 수년 동안 반복해 왔다. 이제 그 이유를 소라가 아니라 다른 곳에서 찾을 때였다.

재희는 하늘을 올려다보았다. 전보다는 개어있었지만, 언제든 빗방울이 쏟아질 것 같았다. 재희는 집 안으로 들어가 우산을 챙겨들고 쾅 소리 나게 대문을 닫았다.

한참을 걷다 보니 어디선가 시원한 파도 소리가 들려왔다. 재희는 습관적으로 바다가 있는 쪽으로 고개를 돌렸다. 밤에는 그곳이 바다인지, 아스팔트인지 구분도 안 되는 곳이었다. 재희는 파도 소리의 출처를 찾아 주변을 둘러보았다. 바람이 먹구름을 걷어내자 파묻혀 있던 팽나무가 모습을 드러냈다.

재희는 팽나무를 향해 무작정 달렸다. 준비 운동도 없이 전력 질주한 탓에 숨은 불규칙적이고 허벅지 뒤쪽 근육이 당겼지만, 멈추지 않고 달렸다. 팽나무로 내려가는 흙길을 질주하는데 진흙이 신발에 엉망으로 튀었다. 재희는 잠시 팽나무에 기대어 숨을 골랐다. 그 아래에 소라의 밭이 보였다.

처음 와보는 곳이었지만, 소라의 집 마당에 있는 것과 비슷하게 생긴 평상이 있었다. 평상 아래에는 소라가 즐겨 신는 로퍼가 가지런히 놓여있었다. 재희는 팽나무에서 난 경사로 아래로 더 내려갔다. 재희의 허리춤에도 겨우 닿을 듯한 작은 묘목이 가지런히 줄을 맞춰 심겨있었다.

묘목 사이로 장화를 신은 채 쪼그려 앉은 소라의 작은 등이 보였다. 테스트 주행 이후로 오랜만에 보는 소라였다. 서로가 서로를 피하다 보니 한집에 살면서도 만나기 어려웠다. 바람길을 따라 다시 팽나무 잎이 나부끼는 소리가 들려왔다.

재희는 순간 울컥하는 감정과 함께 눈시울이 달아오르는 걸 느꼈다. 왜 이 밤에 소라는 낡은 장화를 신고 밭에서 일을 하는 것일까. 결국 소라를 가로도까지 끌고 온 건 자신의 일방적인 침묵 때문이었다는 부채감이 재희를 묵직하게 눌렀다.

"엄마."

재희가 나지막한 목소리로 소라를 불렀다. 소라는 화들짝 놀라 인기척이 난 쪽을 두리번거렸다. 그러다 재희를 발견하고 가슴을 쓸어내리며 말했다.

"어머, 깜짝 놀랐네. 여긴 어떻게 알고 왔어? 저녁은? 식탁에 차려두고 나왔는데 맛있게 먹었어?"

소라는 정말 하나도 변한 게 없었다. 아마도 소라는 테스트 주행을 망친 것 따위로 재희의 복귀가 막힐 거라 생각하지 않는 것 같았다. 그렇다면 재희의 다음 목적지는 명확해졌다. 준공식 시승 주행에 반드시 참여하는 것이었다.

재희는 조금 전 가로대교에서 깨달은 다짐에 책임을 지고 싶었다. 재희가 대답 없이 잡초 매트를 밟고 밭으로 들어오려 하자 소라는 서둘러 무화과 묘목 사이를 헤쳐 나왔다.

"여기 길도 험한데 그냥 전화하지. 내가 바로 갈 텐데."

재희는 대답 대신 소라의 어깨 너머를 바라봤다. 비슷한 키였기에 눈이 마주치는 게 자연스러워야 했지만, 이상하게도 시선이 자꾸 어긋났다. 소라는 그런 어긋남에 불안한 기색을 드러냈다. 재희는 기시감을 느꼈다. 불과 며칠 전에도 비슷한 대치가 있었다. 어쩌면 3년 내내 소라는 재희와 마주할 때마다 지금과 같은 표정을 짓고 있었던 것 같았다.

소라는 결국 재희의 어깨를 덥석 잡아 흔들며, 자신을 똑바로 보게 만들었다.

"재희, 왜 그래. 무슨 일 있어?"

"엄마……."

소라는 재희에게서 눈을 떼지 않았다.

"나 이제 그만하려고."

재희의 발언에 주변이 일순 고요해졌다. 소라의 옷에서 바깥 냄새가 났다. 재희는 소라가 즐겨 쓰던 향수의 은은한 우드 향이 그리워졌다. 목장갑에서 나는 진짜 흙냄새는 아무리 맡아도 적응될 것 같지 않았다.

자기 어깨를 쥐고 있는 소라의 손에 힘이 들어가는 걸 느끼고 재희가 작게 인상을 썼다. 그때, 소라의 표정이 한 꺼풀 벗겨지듯 바뀌면서 날카로운 목소리로 물었다.

"포기하겠다는 말이 하고 싶은 거야?"

소라의 질문이 으르렁거리는 것처럼 들렸다. 재희는 그런 소라를 마주하는 게 무서웠지만, 더 물러날 곳이 없었다.

"맞아. 레이싱, 이제 관두겠다는 말이야."

"후회할 짓 하지 마!"

재희의 말이 끝나기도 전에 소라가 버럭 소리를 질렀다. 소라의 눈동자가 이글거렸다. 그 안에는 분노가 그대로 담겨있었다. 머리 위에 달린 집게 사이로 머리카락이 한 움큼 빠져나와 지저분했고, 진흙 묻은 장화는 얼룩져 있었다. 그 모든 어지러운 모습이, 마치 자신 때문인 듯 느껴져 재희는 그녀를 마주하기가 힘들었다. 외면하려는 재희의 손목을 잡은 소라가 억지로 돌려세우며 소리쳤다.

"후회라는 건 말이야. 무조건 시간에 지는 시스템으로 설계되어 있어. 너 5년이 지나고 10년이 지나도 후회 안 할 자신 있어? 주변이 전부 네 바퀴로 돌아가는 세상에서 사는 동안 정말 아무렇지 않을 자신 있냐고."

재희는 붙들린 손목을 비틀어 빼내려고 했지만, 소라의 악력에 당해낼 수 없었다. 소라는 집요하게 재희를 붙잡고 늘어졌다. 재희는 소라를 마주 보는 데 큰 잘못을 저지른 사람처럼 심장이 마구 뛰었다. 재희는 떨리는 목소리를 숨기며 대답했다.

"……자신 있어."

"그럼 내기할까?"

소라는 자신감에 취한 것처럼 눈이 벌겋게 달아올랐다. 재희는 처음 보는 소라의 반응에 당황해 이번에는 쉽게 대답이 나오지 않았다.

"한쪽에 걸 용기도 없으면서 웃긴다, 정말."

재희의 흔들리는 시선을 눈치챈 소라가 쓸쓸하게 웃었다. 소라에게 잡혔던 재희의 손목엔 붉은 자국이 남아있었다. 재희는 손목을 만지작거리며 가슴팍 쪽으로 끌어왔다. 쪼그라든 심장까지 들키고 싶지 않았다.

소라는 재희를 뒤로한 채 무화과밭을 헤쳐 나갔다. 흐트러진 겉모습과 달리, 허리는 여전히 곧게 세워져 있었다. 달빛을 등진 소라의 뒷모습 위로, 길게 그림자가 드리웠다.

"넌 진짜 포기가 어떤 건지 몰라."

소라는 뒤를 돌아보지 않고 또박또박 말을 이었다.

"준공식 반드시 참석해. 우린 네가 운전하는 차를 타고 이 섬에서 나갈 거야."

재희는 밭에 심은 수많은 무화과 묘목 중 가장 여린 빛을 내는 잎사귀를 몰래 잡아뜯었다. 무화과밭 채 영감의 딸인 소라는 이렇게나 많은 무화과를 심어두고 대체 어디로 가겠다는 걸까.

이미 종료된 경기를 소라를 이유로 삼아 달릴 수 없었다. 재희는 먼저 가는 소라를 앞질러, 물기 먹은 진흙 길을 비틀거리며 올라갔다. 나무뿌리를 보지 못하고 걸려 거꾸러졌다. 소라는 넘어진 재희를 못 본 척 지나쳐 갔다. 고개를 드니 먼발치에 있는 검은 바다가 보였다 사라졌다.

재희는 무릎을 털고 일어나 다시 소라를 앞질러 선착장을 향해 달려 내려갔다. 언제나 재희를 앞서있던 소라가 점처럼 멀어졌다. 소라가 서있는 곳에서는 한없이 내려가는 것처럼 보이겠지만, 재희는 분명 앞으로 나아가고 있었다.

5
장

파 | 고

재희는 화장실 문을 열고 나오다 멈칫했다. 소파에 기대앉아 있는 영서와 눈이 마주쳤기 때문이었다. 재희는 머리를 감다 엉망으로 젖은 옷깃을 가리고 싶어 머리카락을 털던 수건을 서둘러 목에 걸쳤다.

"잠옷 스타일이 의외네요."

"내 취향 아니야."

재희는 주먹만 한 토끼로 채워진 샛노란 잠옷을 민망하다는 듯이 쓰다듬으며 대답했다.

어제 소라와의 다툼으로 집을 나왔다. 마땅히 갈 곳이 없어서 닮에게 연락했더니 스스럼없이 자신이 살고 있는 관사의 방 한 칸을 내어주었다. 닮은 교직원이 아니어서 관사에 사는 건

비밀로 해달라고 했지만, 학교에 꽤 많은 금액을 지불하고 있
는 듯했다. 그도 그럴 것이 원래 교장이 쓰던 관사라 가구도 그
렇고 방 크기도 두 명이 살아도 쾌적한 정도였다. 닮은 그 넓은
공간에 옷을 제외한 자기 물건을 하나도 들이지 않았다.

재희는 마치 자신을 가출한 청소년처럼 바라보는 영서의 시
선에 민망해져서 화제를 돌렸다.

"근데 여긴 어떻게 들어온 거야?"

"가로고에서 닮 쌤 집 비번 모르는 사람 코치님밖에 없어요."

영서는 그걸 질문이라고 하냐는 투로 퉁명스럽게 대답했다.

"학교는? 지금 수업 시간이잖아."

"오늘 방학했는데요."

영서의 시큰둥한 단답에 재희는 멋쩍어졌다. 초반에 오해로
쌓인 안 좋은 감정은 일련의 사건으로 자연스럽게 풀렸지만,
어색한 관계는 시간이 지나도 쉽게 나아지지 않았다.

"선생님 잠깐 나가셨어. 핸드폰 두고 간 거 보니까 금방 올
것 같은데, 뭐 좀 마시면서 기다릴래?"

영서는 제집처럼 소파에 드러누워 어제 닮이 먹다 남긴 과자
를 꺼내 먹으며 우물거렸다.

"닮 쌤 말고 코치님 보러 왔어요."

"나?"

"정말 집 나온 게 맞나 궁금하기도 했고요."

"그래. 직접 와서 보니까 어떤데?"

"음, 가출이라고 하는 건 좀 오바라는 생각?"

재희는 영서의 당돌한 대답에 자신도 모르게 웃음이 삐져나왔다. 틀린 말도 아니었다. 가출이라는 단어를 붙이는 게 민망할 정도로 가로고등학교 관사는 소라의 집에서 걸어서 20분도 채 걸리지 않는 거리였다.

과자를 다 먹은 영서는 손가락에 묻은 부스러기를 깔끔하게 물티슈로 닦아냈다. 그리고 익숙하게 과자 봉지를 하트 모양으로 접어, 탁자 위에 가지런히 올려둔 후 자리에서 일어났다. 교복 치마를 줄이지 않아 무릎을 덮을 듯 말 듯 한 기장에 헐렁해 보이는 반소매 생활복을 입은 영서는 영락없는 고등학생이었다.

"왜 그렇게 변태처럼 훑어봐요?"

"뭐, 변태?"

재희는 어이없다는 듯 급히 시선을 거뒀다. 변태란 말은 억울했지만, 뚫어지게 본 건 사실이었다. 학생이 된다는 건 어떤 느낌인지, 그게 궁금했던 것뿐이다.

"수능 공부는 안 해?"

"와, 진짜 고삼한테 할 수 있는 몇 안 되는 최악의 질문을 하시네요."

"최악까지야? 그냥 궁금해서 물어본 건데. 요즘은 좋은 대학 가는 거 별로 안 중요한가 봐?"

"당연히 중요하죠. 근데 가고 싶다고 다 가는 거냐고요."

"그러니까 공부 왜 안 하냐고 물어본 건데."

재희는 서둘러 조금 전 대화를 되짚었다. 특별히 말실수한 건 없었다. 그 어리둥절한 표정을 더는 못 보겠다는 듯, 영서가 볼멘소리로 중얼거렸다.

"다 코치님처럼 하고 싶은 거 하면서 사는 건 아니거든요. 그리고 요즘 누가 정시로 대학 간대요? 아까 발언은 진짜……."

영서가 아래로 내린 엄지를 재희 눈앞에 대고 보란 듯이 흔들며 야유했다. 재희는 새침한 영서의 입 모양이 귀여워서 미소를 짓다 자기도 모르게 한숨을 쉬었다.

이제 하고 싶었던 걸 그만하겠다며 소라의 집에서 뛰쳐나온 상태였다. 기초 체력 훈련도, 시뮬레이터도, 전술 훈련도, 움직이지도 못하는 자동차에 나가보는 것도 전부 그만두고 하루 종일 잠만 잤다. 이래도 되는 건지 죄책감이 불쑥 솟을 때마다 재희는 포근한 이불에 머리를 더 깊게 파묻었다. 재희가 겪어보지 못했던 어떤 삶은 아무것도 하지 않아도 무너지지 않는 일상이었다.

도어락이 열리는 소리에 재희는 고개를 돌렸다. 이미 신발까지 신고 반쯤 밖으로 몸을 내민 영서가 인사도 없이 나갔다. 재희는 영서의 등에 대고 손을 흔드는데, 도어락 잠금 소리가 나기도 전에 다시 문이 확 열렸다.

"오늘은 드론 수업 나오세요. 특별히 하는 것도 없어보이네, 뭐……."

재희는 금세 닫힌 문을 물끄러미 바라봤다. '특별히 하는 일이 없다'는 건, 어쩐지 무엇이든 시작해도 된다는 말처럼 들렸다.

재희는 닮의 옷장을 열어, 평소 자주 입던 스포츠웨어와 가장 멀어보이는 옷을 고르기로 했다. 무수한 흰색 티셔츠들 사이, 바닥에 떨어진 얇은 파란색 체크 셔츠 하나를 꺼냈다. 걸쳐 보니 소매가 길어 세 번을 접어야 손이 나왔고, 기장은 접을 수도 없어 그대로 두었다. 바지는 검은 반소매 티에 맞춰, 편해보이는 검정 반바지를 골랐다. 사계절 내내 긴바지만 입은 탓인지, 햇볕을 보지 못한 다리는 한여름에도 파리하게 보였다.

재희는 모자까지 쓰려다, 아직 덜 마른 머리카락이 신경 쓰여 그냥 나가기로 했다.

❖

운동장 쪽으로 다가갈수록, 진공음 같은 드론 소리가 점점 선명해졌다. 곧이어 눈에 보인 건 흐린 하늘 아래 날고 있는 태오의 드론이었다.

학기 중에는 운동장의 일부만 쓸 수 있었지만, 방학 중이라 전체가 개방되어 실제 경기장처럼 장애물이 설치돼 있었다.

태오가 드론으로 재희를 발견한 건지 황급히 고글을 벗고 달려왔다. 평소와 다른 재희의 옷차림을 용케 알아본 듯 그가 밝은 표정을 지었다가 곧 가까운 거리에서 안색을 살피고 걱정하는 말투로 물었다.

"제가 준 우산은 왜 안 가져갔어요?"

"아, 그거."

재희는 태오가 준 우산을 주차장 어딘가에 버려둔 게 떠올라 어색하게 웃기만 했다.

"감기 걸렸다면서요. 비 맞아서 그런 거 아니에요?"

태오는 그런 재희의 상태를 세심하게 살피며 끈질기게 말을 걸었다.

"언제 보건소 한 번 들르세요."

재희는 설명을 요구하는 눈으로 태오를 바라보았다.

"5시 반쯤 오시면 그때처럼 찜질팩 내드릴 수 있어요. 원하시는 만큼 쉬었다 가셔도 된다고요."

"고마워. 시간 나면 한번 가볼게."

태오는 시선을 마주치며 고개만 끄덕였다. 확답을 받지 못한 게 마음에 걸리는 듯했지만, 굳어있는 재희 표정에 더 채근할 수는 없었다. 재희는 보건소라는 말에 자연스럽게 팽나무를 떠올렸고, 팽나무에서 더 아래로 내려가면 엉성하게 펼쳐진 소라의 밭을 연달아 생각했다.

"너 혹시 무화과 농사 지어본 적 있어?"

태오는 반가운 재희의 질문에 최대한 아는 선에서 성심성껏 대답했다.

"고모 농장에 몇 번 도우러 간 적 있어요. 근데 그건 갑자기 왜요?"

"그냥, 어쩌나 싶어서. 여차하면 나도 한 번 해볼까 봐."

태오는 인상을 찌푸리며 만류했다.

"요즘은 장마에, 태풍에 이런 식으로 계속 비가 오면 습해 때문에 관리 힘들어요."

"그런가. 나무도 날씨도 사람 힘으로 어떻게 할 수 있는 게 없으니까."

"근데 또 배수로도 틈틈이 정비하고, 거름도 미리 뿌려주면 어느 정도 관리가 되긴 해요. 어쩔 수 없는 것도 있지만, 어떻게 할 수 있는 것도 있으니까요."

재희는 할 수 있는 것이라는 문장을 곱씹다 마음이 불편해졌다. 어제 뜯어낸 여린 무화과잎의 감촉이 자꾸만 손끝에 아른거려 재희는 손가락을 옷자락에 닦아냈다. 운동장 쪽으로 힘없이 걸어가는데, 태오가 뒤에서 강하게 팔을 끌어당겼다. 간발의 차이로 드론 한 대가 재희 앞을 스쳐 지나가 장애물을 통과했다.

"야, 위험하잖아! 사람 지나가는 거 안 보여?"

태오가 호윤이 서있는 쪽으로 버럭 소리를 질렀다.

"아니, 드론 날리는 경기장 안으로 들어온 사람이 잘못한 거지, 왜 나한테 뭐라고……. 어, 코치님이다!"

고글을 쓴 채로 드론을 달고 달려오던 호윤은 시야 확보가 어려워서 그런지 이리저리 비틀거렸다. 재희는 그 우스꽝스러운 모습에 작게 웃음을 터트렸다. 태오도 따라 웃다 재희와 눈이 마주치자 급히 고개를 돌렸다.

"아, 코치님이 안 봐주셔서 저 예선 떨어질 것 같아요."

호윤은 말도 안 되는 논리로 우기며 재희의 팔을 당겨 출발선으로 데려갔다. 그곳에는 닮과 영서가 조금 전에 녹화한 경기 영상을 분석하며 대화를 나누고 있었다. 다가오는 재희를 발견한 닮은 반갑게 손을 흔들었다.

"이렇게 바로 나올 거면서 그동안 왜 심각한 척했대요?"

영서는 다 들리게 닮의 옆에서 구시렁거렸지만, 얼굴에는 반가운 기색이 묻어났다. 오랜만에 드론부 다섯 명이 한자리에 모였다.

"돌아온 기념으로 재희 님이 우승 결의 한마디 할까요?"

갑자기 닮이 판을 깔자, 네 명의 시선이 한곳에 꽂혔다. 재희는 부담감에 손을 저으며 싫은 기색을 내보였다.

"저 수업 겨우 이틀 빠졌어요."

"아이, 그냥 좀 해주세요."

기다리던 영서와 호윤이 동시에 보채는 소리에 재희는 목을 두어 번 가다듬고 어색하게 주먹을 쥐며 말했다.

"그럼, 가로고 드론부 파이팅."

재희의 간결한 답변에 맥이 끊기자, 호윤이 가장 먼저 질색하며 반응했다.

"와, 코치님, 진짜 재미없다."

"내가 안 한다고 했잖아."

"쌤, 코치님 때문에 기운 빠져서 훈련 못 할 것 같아요."

투덜대며 잔디에 주저앉으려던 호윤은 바지가 땅에 닿기도 전에 태오의 손에 끌어올려졌다.

"어떡해. 재희 님이 책임지고 오늘 연습하는 거 계속 옆에서 봐줘야 할 것 같다. 그렇지?"

닮은 티 나게 연기하는 말투로 여론을 몰아갔다. 학생들까지 웃으며 호응하자, 그 기세를 업어 재희를 가까이 잡아당겼다. 결국 다 같이 둥글게 선 대형에, 호윤도 가세해 재희가 빠져나가지 못하게 막았다.

장난이 점점 과해지지 않게 막아주려던 태오까지 가까이 붙으니 다섯 명이 한데 뒤엉켜 밀치고 부딪히며 정신이 없었다.

"우리 다 같이 드론부 파이팅 한 번 더 하자."

닮이 재희의 어깨에 손을 올리며 반응을 유도했다. 키 높이가 제각각이라 서로에게 어깨동무하고 있으니 빠져나가기도 쉽지 않았다. 재희는 닮과 호윤의 사이에 끼여 '파이팅'이라는 말을 몇 번을 반복하고 풀려났는지 모른다.

멀찍이 떨어져 옷매무새를 다듬던 재희는 드론을 만지는 학생들을 물끄러미 바라보았다. 그러다 시선이 자연스럽게 닮이 서있는 자리로 흘렀다.

닮은 재희가 집을 떠나온 날부터 그 어떤 말도 묻지 않았다.

준공식 행사는 예정대로 참여할 건지, 그게 아니라면 레이싱 복귀 계획을 다시 세울 건지, 그것도 아니라면 정말 그만둘 작정인지. 그 어떤 것도 궁금하지 않은 것 같았다.

재희는 그런 닭을 대놓고 쳐다보았다. 학생들에게 정신이 팔려있던 닭도 얼마 지나지 않아 재희의 시선을 느끼고 어리둥절해하며 물었다.

"혹시 경기 관련해서 따로 하실 말씀 있으세요?"

닭의 눈치 없는 물음에 재희는 웃기만 하다 다시 고개를 돌렸다. 운동장에서는 영서와 태오의 경기가 한창이었다. 제대로 된 드론 레이싱을 실제로 본 건 처음이다 보니 운동장을 빠른 속도로 누비는 기체의 움직임을 세밀하게 파악하기 어려웠다. 드론의 움직임이 워낙 빠르기도 했고, 코스와 장애물의 순서도 숙지하지 못한 상태라 드론을 놓치기 일쑤였고, 드론 주인을 구분하지 못하기도 했다.

그러나 반복해서 비행 코스를 도는 드론을 보고 있으니 조금씩 경기 패턴이 파악됐다. 그제야 그동안 삼각콘을 설치하며 같은 비행을 반복해서 시키던 닭의 수업 방식이 드론 레이싱에서 필요한 기술을 익히기 위해서라는 게 이해됐다.

핑크색 리본 스티커로 꾸며진 영서의 드론은 유독 직선 주로에서 장애물로 진입할 때 속도가 빨랐다. 거침없는 평소 성격 때문인지, 정사각형 모양 두 개가 위로 높게 설치된 장애물을 휘감아 오르고 다시 내려오기까지 동작이 군더더기 없이 한 번에 수행됐다.

반면 태오의 비행은 안정감이 있었다. 유지하는 높이도 일정했고, 장애물을 통과할 때 쓰는 자리도 일정했다. 그러다 보니 속도가 빠르지 않았지만, 어김없이 거칠게 운전하다 장애물에 부딪혀 튕겨 나가는 영서의 드론보다 빠른 기록을 곧잘 내기도 했다.

"이 정도면 우리 둘 다 예선 통과는 문제없겠다."

영서는 태오의 최종 경기 기록을 확인하며 웃음기 가득한 표정으로 말했다.

"야, 나는?"

둘 사이에 호윤이 껴들며 다시 출발선 부근이 소란스러워졌다. 재희는 영서와 태오의 기록을 정리하며 의아해했다. 기록이 점점 좋아지고 있으니 이제는 예선 통과를 걱정하기보다 그 다음 경기를 생각해야 할 시점이었다. 그런데도 닮은 여전히 서두르는 기색이 없었다.

정작 이제는 드론 레이싱과 아무 관련 없어진 재희만 준결승전을 대비해 드론의 컨디션을 떨어트리지 않고 최상의 상태로 유지할 방법을 고민하고 있었다.

재희는 핸드폰 메모 어플을 켜 둘에게 필요한 조언을 간단히 적었다. 그러다 어젯밤 정수에게서 온 부재중 전화 기록을 발견했다. 가로대교에 들어온 이후로 정수는 꾸준히 전화를 주었지만, 재희는 아직 한 번도 응답하지 않았다.

전화를 피하는 특별한 이유가 있는 건 아니었다. 그냥 현재 재희가 느끼는 감정을 설명하고 싶지 않았을 뿐이었다. 정수가 아니라 누구라도 말하지 않았을 것이다. 혼자만 오롯이 알고 싶은 마음이었다. 그렇게 다짐하면서도 재희는 다시 한번 닭에게 시선을 흘렸다.

"아, 정말! 할 말 있으신 거 맞죠? 누구 때문인데 그래요? 영서 컨디션이요? 태오 속도, 아니면 호윤이 기복이요?"

닭은 답답함을 참지 못하고 재희가 무어라 대답하기도 전에 걱정 어린 짐작을 와르르 쏟아냈다. 재희는 그런 닭을 물끄러미 바라보다 뜬금없는 질문을 던졌다.

"근데 선생님, 예전에 다른 이름으로 불리지 않으셨어요?"

닭의 눈동자는 멀리서도 재희는 한눈에 다 담을 정도로 동그랗게 커졌다.

"갑자기 그건 왜요?"

"갑자기는 아니고 처음 만났을 때부터 궁금했었는데, 물어볼 기회가 없었어요."

닭은 재희의 허술한 부연 설명을 찜찜해하면서도 목소리를 낮춰 비밀스럽게 대답해 주었다.

"애들한테는 비밀인데, 사실 저 5년 전에 개명했어요. 딱 지금 재희 님 나이였을 때요."

재희는 그럴 줄 알았다는 표정으로 고개만 끄덕였다. 둘 사이에 일순 어색한 침묵이 흘렀다.

"이유 물어봐도 되죠?"

먼저 입을 뗀 건 재희였다. 그러면서 주머니에서 명함 하나를 꺼내 건넸다. 이성진이라는 낯선 이름과 함께 마케팅팀 체험형 인턴이라는 직함이 적힌 벌트의 오래전 명함이었다.

"전에 만난 적 있다길래."

닭은 평소와 다르게 장난기가 빠진 미소로 구겨진 낡은 명함을 이리저리 돌려보며 물었다.

"이게 왜 재희 님한테 있어요?"

"카트 대회에서 우승하고 캠페인 촬영할 때 받은 거예요. 그때 분명 인턴이라고 소개했는데, 거기 있던 사람들이 다 선생님 눈치만 보더라고요. 벌트랑 계속 일하게 되면 언젠가 쓸모 있겠다 싶어서 가지고 있었는데, 여기서 이렇게 쓰일 줄은 몰랐어요."

닭은 익숙하면서도 낯선 이름이 담긴 낡은 명함을 신기하다는 듯이 쓰다듬으며 옅은 미소를 띠었다. 재희는 벌트 창업주와 똑같은 성씨를 가진 닭이, 최소 먼 친척쯤은 되지 않을까 짐작만 했다.

"혹시 재희 님도 그런 경기가 있었나요? 경쟁에서 우위를 점해도 절대 이기지 못할 것 같은 싸움 말이에요."

닭은 재희가 기대한 해명과 다르게 뜬구름 잡는 이야기만 늘어놓았다.

"그런데 거기서도 몇 번 이기고 나면요, 절대 지기 싫더라라고요. 그냥 계속 이기고만 싶어져요."

"그러면 안 되나요? 전 좋을 것 같은데."

닭은 재희가 그렇게 대답할 줄 알았다며 빙그레 미소를 짓더니 들고 있던 명함을 잘게 찢으며 말했다.

"무한할 것 같은 성공은 의외로 기다림의 연속이었어요. 절망도 똑같아요. 맞이하게 될 어떤 순간만 하염없이 기다릴 뿐이죠. 그렇게 기다리기만 하니까 결국 단 한 순간도 가지지 못했더라고요."

재희는 닭이 들려준 문장을 곱씹어 보다 문득 소라의 진흙 묻은 장화가 떠올라 부끄러운 감정이 들었다. 재희는 소라가 아직도 자신의 불행을 끝내줄 어떤 기회를 기다린다고 단정했었다. 그러나 정작 나아가고 있는 건 소라였다. 나아가는 것에는 언제나 책임이 필요했다. 실패와 좌절 속에서 현실을 외면하지 않는 매일의 노력이 결국 소라의 무화과밭을 일궜다.

재희는 멈춰있는 차 앞에서 서성이기만 했던 가로도에서의 지난 날을 회상했다.

"아, 그래서 제 이름 뜻은 '닮아가다' 할 때 닮 아니고, '꿀맛처럼 달다'의 닭이에요."

그런 재희를 깨우는 경쾌한 음성이 바로 옆에서 들려왔다.

"씁쓸한 인생 하루하루 달콤하게 살아봐야죠."

닭은 윙크하듯 눈을 찡긋했지만, 한쪽 눈만 감는 법을 모르는 건지 양쪽을 동시에 찡그렸다. 그러다 문득 재미있는 게 떠올랐다는 듯이 덧붙였다.

"재희 님도 그런 거 있잖아요. 체이스!"

재희는 나지막한 목소리로 '체이스'라는 단어를 따라 읊조렸다. 이제는 소라의 집으로도 선착장으로도 갈 필요가 없어졌다. 문득 버려진 절벽이 떠올랐다. 재희는 방치된 자신의 차가 안쓰럽게 느껴졌다. 그 안에서 했던 무수한 다짐을 집채만 한 파도에 넘겨주고 혼자만 도망쳐 나온 기분이 들었다.

재희는 속으로 자신이 할 수 있는 게 무엇인지 되뇌어 보았다. 아직도 쫓을 힘이 남아있다면. 거기까지 생각을 마친 재희는 주저 없이 교문 밖으로 달려갔다. 뒤에서 재희를 붙잡는 소리가 들렸지만, 습한 바람에 뒤따라오던 소리가 점점 옅어졌다.

❖

선착장 쪽으로 향하는 발걸음이 이렇게 가벼운 적이 있었을까. 맞부딪히는 바람에서 빗방울이 섞여 떨어졌다. 공기는 낮게 깔리고 하늘은 점점 더 흐려졌지만, 이상하게 기분이 좋았다. 보폭을 넓힐수록 발이 더 가벼워졌다. 재희는 춤을 추듯이 뛰었다. 주머니 속에서 자동차 키와 집 열쇠가 제자리뛰기를 하며 맞부딪혀 내는 소리가 선명하게 들렸다. 재희는 이제 완전히 달리고 있었다. 가빠지는 숨보다 더 빠르게 바닷가에 다다랐다.

　지는 해는 파도에 부딪혀 깨지고 바다 위로 석양을 흩뿌렸다. 재희는 차 문을 열다 말고 잠시 바다를 응시했다. 푸른 광막을 못내 미워했던 이유는 질투뿐이었다. 재희는 제멋대로 내달리는 가로도의 바다를 내내 부러워했었지만, 이제는 이 짓도 그만하고 싶었다.

　재희는 차 문을 힘차게 열고 운전석으로 뛰어들었다. 시동이 켜지는 소리에 맞춰 손바닥을 비볐다. 온기가 차오른 손바닥으로 두 눈을 지그시 눌렀다. 또 눈앞이 아득하며 정신이 가늘어지는 게 느껴져 간청하듯 핸들을 부여잡았다. 1초라도 좋으니 딱 한 번만이라도 움직이는 네 바퀴를 온전히 소유하고 싶었다.

　재희는 거침없이 사이드 브레이크를 내렸다. 재희는 덜덜 떨고 있는 오른발을 막무가내로 잡아끌어 클러치 쪽으로 가져갔다. 입가에서 차츰 미소가 사라지는 게 느껴졌다. 이 작은 섬에서 보냈던 날이 자신의 오랜 트라우마를 이길 용기를 주지 못하겠지만, 시도해 볼 명분 정도는 될 수 있을 것 같았다.

　굳은 표정이 된 재희가 차 문을 닫고, 창문을 열었다. 자신만의 세상이라 자부했던 공간의 한편을 내어주고 나니 파도가 내는 부추김이 더욱 생생하게 들려왔다. 문득 이곳에 소라도 있었으면 좋았겠다는 생각을 짧게나마 했다.

　재희는 클러치를 깊게 누르고 기어를 당겼다. 손끝으로 느껴지는 미세한 기계의 메커니즘이 재희의 본능을 자극했다. 재희는 망설임 없이 클러치에서 발을 옮겨 액셀러레이터를 밟았다. 아까부터 잠잠히 기다리던 엔진이 화답하듯 큰 소리로 답했다.

차는 허무할 정도로 쉽게 움직였다. 상상은 막막했고 현실은 간결했다. 사변에 박혀 헛돌 것만 같던 바퀴는 달라붙는 모래를 털어내고 힘차게 회전하며 앞으로 나갔다. 시뮬레이터보다 더 두껍고 묵직한 핸들은 역시나 재희의 큰 손에 딱 들어찼다. 어느새 출발 지점이 점처럼 아득하게 보였다.

재희는 기어를 조정하면서 액셀을 밟고 브레이크를 풀어 방향을 바꿨다. 그러면서 점점 더 파도 가까이 다가갔다. 달릴 수 있다면 모든 것을 포기해도 아쉬울 게 없었던 다짐이 바람에 흩날렸다. 재희는 창문 밖으로 멀리 손을 뻗어보았다. 엑셀에서 발을 떼고 잠시 눈을 감았다. 모든 걸 포기한 지금 비로소 자유로워졌다.

재희는 밀려드는 해안선에 맞춰 조금씩 절벽 쪽으로 물러났다. 찰박거리는 파도가 바퀴에 닿는 게 느껴졌다. 짜릿한 감정이 재희의 가슴팍을 찢고 튀어나왔다. 재희가 부정하며 지냈던 세상이 주는 희열이었다. 평생 경험하지 못했다면 그리워하는 방법도 몰랐을 다른 차원의 기쁨이었다.

재희는 그대로 차를 몰아 절벽에 부딪힐 정도로 빠르게 달렸다가 급하게 정차했다. 꼭 한 번은 와보고 싶었던 장소였다. 아까부터 내리던 부슬비가 제법 묵직하게 창문 위로 떨어졌다. 재희는 창문을 닫고, 와이퍼는 올리지 않았다. 전면 유리가 아직 충분히 적셔지지 않았다고 생각했다. 어디선가 진동이 울리는 것도 같았는데, 재희는 그걸 신경 쓸 만큼 한눈을 팔고 싶지 않았다.

재희는 핸들을 거칠게 틀어 다시 모래를 흩뿌리듯 달렸다. 서킷 위였다면, 적어도 콘크리트 바닥이었다면 마찰 면이 내는 경쾌한 소음과 함께 스퀴즈 자국을 남기며 날렵한 드리프트를 할 수 있었을 텐데. 거기까지 생각이 미치자, 재희는 자신감이 불쑥 솟았다. 까짓것 소라의 집까지 차를 몰아보고 싶어졌다. 그 전에 무화과밭에 들러도 괜찮을 것 같았다. 그것도 아니면, 그냥 가로대교를 가로지르고 싶었다. 어쩌면 소라의 소원대로 자신이 운전하는 차를 타고 함께 여기에서 나갈 수 있을 것 같았다.

재희는 바퀴를 지그재그로 움직이며 기어를 조정했다. 그녀가 지나간 자리가 꺼진 모래로 움푹 팼다. 재희가 무아지경으로 운전하는 사이, 어느새 어두워진 하늘은 와이퍼를 작동해도 앞이 흐릴 정도로 비를 뿌리고 있었다. 절벽에 너무 가까이 차를 붙였다는 생각이 스치자, 재희는 급하게 브레이크를 밟았다.

갑작스러운 폭우 때문에 백미러로도 시야 확보가 되지 않았다. 재희는 후진하기 전 몸을 돌려 뒤를 돌아보았다. 언제 밀려들어온 건지 해안선이 눈앞에서 끓어오르듯 넘실거리는 것 같았다. 재희는 후진 기어로 조정하고 액셀을 밟았다. 차가 나아가지 못하고 제자리에서 회전하는 듯 엔진 소리가 허공을 울렸

다. 이번에는 체중을 실어 더 깊게 눌렀다. 그러자 차체가 기우
뚱하더니 왼쪽으로 급하게 치우쳤다. 재희는 이상함을 느끼고
밖을 확인하러 나가보려 했는데, 작은 틈 사이로 휘몰아치는
비바람에 놀라 황급히 문을 닫았다.

당황한 재희는 누가 볼 사람도 없는데 비상깜빡이를 켰다.
규칙적으로 반복해서 들려오는 소리에 귀를 기울이며 차분히
생각을 정리했다. 재희는 다시 한번 액셀을 밟아보았다. 아까보
다 더 육중한 소리와 함께 차가 바닥에 처박히듯 기울어졌다.

재희는 사이드미러와 백미러를 번갈아 보았다. 점점 더 거칠
어지는 빗소리와 세차장에 들어온 것 같은 시야로 확신할 수
있는 건, 지금 자신이 깊숙한 절벽가에 갇혀있고 바닷물은 차
오르고 있다는 것이었다. 재희가 아무리 빠르게 달린다 해도
모래 사변 초입까지 도착하기에는 시간이 충분하지 않았다. 그
렇다고 모래 구덩이에 박힌 바퀴를 이 날씨에 혼자서 빼낼 수
도 없었다. 그때, 재희의 핸드폰 화면이 빛을 밝히며 진동했다.

"재희 님, 어디세요?"

닭의 밝은 목소리가 평소처럼 핸드폰을 타고 들려왔다. 재희
는 무어라 대답해야 할지 몰라 망설였다. 재희의 침묵이 길어
지자, 닭이 반복해서 재희를 불렀다.

"여보세요, 재희 님! 제 목소리 들려요?"

"아, 이제 차 돌려서 나가려고요."

"차요? 선착장 옆 바닷가예요? 왜 거기까지 갔어요? 물 차기

전에 빨리 나오세요. 하늘에 구멍 뚫린 것처럼 비가 쏟아져서 저희도 쫄딱 젖었어요.”

“그게 선착장 옆이 아니고, 절벽 앞이거든요.”

“……혹시 차로 운전해서 들어가셨어요?”

“네, 어쩌다 보니 그렇게 됐네요. 이제 나가고 싶은데, 바퀴가 꼈어요. 혼자서는 도저히 못 빼겠어요.”

아직 다 같이 모여있는 건지, 닮의 다급한 음성 뒤로 소란스럽게 떠드는 학생들의 목소리가 산발적으로 들렸다.

“지금 정확히 위치가 어디라고요?”

“그, 절벽 쪽인데, 새부리처럼 깊게 파인 곳 있잖아요. 그 앞에 있어요.”

재희의 대답을 들은 닮이 순간 숨을 참아내는 게 느껴졌다. 재희는 그 찰나의 공백에서 자신이 느끼는 막연한 위기감이 기우가 아니라는 확신을 받았다.

“선생님, 혹시 모르니까 신고부터 해주실래요? 저는 최대한 바퀴 빼서 나가볼게요.”

“알겠어요. 신고하고 바로 다시 전화 걸 테니까 받아야 해요. 그리고…… 아니에요.”

“왜 불안하게 말하다 말아요?”

“혹시 수영할 줄 알아요?”

재희는 닮의 뜬금없는 질문에 소리 내어 웃어버렸다. 이렇게 심각한 상황에서 터질 건 아니었지만, 문득 자신의 처지를 곱씹다 보니 아무렇지 않은 척하는 게 어려웠다. 레이싱을 때려치우겠다고 다짐하고 이제 겨우 이틀이 흘렀다. 오늘은 무려 3년 만의 첫 드라이빙이었다. 그동안 재희를 괴롭히던 악몽에서 이제 막 깨어나려던 참이었다. 그런데 태풍이 치는 바닷가에 꼼짝없이 파묻히게 된 신세라니. 얼마 전까지만 해도 모든 게 무너지고 앞으로의 미래를 그리는 게 의미 없다고 투덜거렸지만, 막상 이대로 끝이라고 하니 억울함이 고개를 들이밀었다. 재희는 또박또박 힘주어 말했다.

"저 할 줄 아는 거 운전밖에 없어요. 평생 핸들만 잡고 살았거든요. 그래서 나가면 하나씩 배워볼까 봐요. 일단 여기서 나가면요."

재희는 마지막 말을 강조해서 말한 다음, 전화를 끊고 운전석 창문을 열었다. 고압 호스로 물을 뿌리는 것처럼 비바람이 차 안으로 한꺼번에 들이쳤다. 재희는 도저히 눈을 뜰 수가 없었다. 몇 번이고 반복해서 눈가를 훔쳐도 금세 앞이 뿌옇게 흐려졌다. 창문을 닫으려고 했는데, 버튼이 작동하지 않았다.

잠깐 사이에 머리부터 발끝까지 흠뻑 젖어 몸이 덜덜 떨렸다. 재희는 고개를 빼 창밖을 확인해 보았다. 언제 이렇게 물이 찬 건지 바퀴는 반쯤 잠겨있었고 차 안에는 한기가 돌았다.

재희는 액셀을 밟고 핸들을 돌려보았다. 차가 균형을 잃고 떠오르려고 해서 황급히 브레이크를 밟았지만, 미는 힘과 끌어당기는 힘겨루기에 낀 차가 맥없이 기우뚱하더니 제멋대로 움직였다. 분명 재희의 상상 속에서는 이쯤에서 날렵한 드리프트로 바퀴를 빼내고 바닷가를 질주했었다. 재희는 손목이 저릿할 정도로 강하게 핸들을 꺾었지만, 어딘가에 바퀴가 걸리는 느낌이 들더니 그대로 시동이 꺼져버렸다. 이제 차는 크게 휘청이며 모래 사변에 처박혔다.

재희는 축축해진 시트에 등을 기대고 눈을 감았다. 3년 전의 기억이 머리를 스치고 지나갔다. 삶의 방향키를 잡아챌 만큼 엄청난 사건이라고 생각했는데, 막상 돌아보니 별일 아닌 것처럼 느껴졌다. 정말 중요한 건 그런 게 아니었다.

재희는 소라의 얼굴을 떠올렸다. 소라가 자신을 빠르게 발견하길 바랐다. 자신의 행방을 찾을 때까지는 덧없이 살지 않았으면 좋겠다고 생각했다. 소라의 삶에는 무언가가 필요했다. 그게 꼭 재희가 아니어도 말이다.

재희는 가만히 눈을 감고 무화과밭을 그렸다. 그때 새로 난 이파리를 뜯지 말았어야 했는데. 후회가 밀려왔다.

소라가 외롭지 않았으면 좋겠다. 정말 그뿐이다.

❖

소라는 비에 잠긴 고랑을 바라보았다. 땅은 더 이상 수분을 흡수하지 못하고 뱉어내기만 했다. 이미 웅덩이진 곳으로 빗방울이 쉼 없이 떨어졌다.

소라는 오늘만큼은 억울한 감정에 그냥 지기로 했다. 긍정적인 생각이나 영양가 없는 대안으로 자신을 위로하고 싶지 않았다. 이제는 정말 지쳤다. 쉬고 싶다는 생각은 3년 전부터 꾸준히 했지만, 재희의 엄마라는 건 마냥 쉴 수 없는 자리였다. 정수는 욕심을 버리면 모든 게 해결될 거라고 했다. 하지만 그건 애초에 소라 혼자서 결정할 수 있는 게 아니었다. 재희가 그만두겠다고 할 때까지는 소라도 멈출 수 없었다.

재희에게는 말하지 못했지만, 한국에 들어오면서 정수와 결혼할 때 혼수로 마련한 아파트도 처분했었다. 레이싱과 재활 훈련 때문에 늘어난 대출이자를 도저히 감당할 수 없었기 때문이었다. 소라에게 남은 건 이제 가로도가 전부였다. 희망도 미래도 부식시키는 매정한 섬이지만, 재희의 꿈을 위해서라면 100번도 넘게 썩을 수 있었다. 그렇게 생각했었는데, 버티는 것도 참는 것도 이제 목적이 없어졌다.

재희를 위해서라면 모든 걸 다 할 수 있다고 생각했는데, 포기를 안 해봤다. 그만하겠다는 재희를 받아들이는 건 한 번도 해본 적 없었다. 그럼, 이제 어떻게 해야 하나. 비에 쫄딱 잠긴 무화과밭을 가꾸며 평생을 살아야 할까. 사방에서 내리는 비가 소라를 나무라듯 비옷을 때렸다. 소라는 뜯겨 나간 무화과 잎을 애처롭게 바라보다 얼굴에 흐르는 빗줄기를 닦으며 씁쓸하게 웃었다.

소라는 삽으로 고랑을 더 깊게 팠다. 비가 고이는 공간을 넓혀 땅으로 분산시키기 위해서였다. 소라는 100주나 되는 무화과나무 전부를 손봤다. 밭을 전부 정리하니 비 때문인지 땀 때문인지 구분이 어려울 정도로 머리부터 발끝까지 흠뻑 젖었다. 허리를 세우자, 머리가 띵했다.

소라는 습관적으로 선착장 쪽을 내려다보았다. 재희의 차가 그곳에 있었기 때문이었다. 성환은 비가 올 때마다 차를 안으로 들이라고 잔소리를 해댔지만, 언제나 못 들은 척을 했다. 이 또한 시간이 걸리는 일이었다. 재희의 처분을 기다리는 것까지가 소라의 역할인 셈이었다.

이제는 옛날 생각이 잘 나지 않았다. 재희가 한창 서킷을 누비던 그때의 기억은 이미 휘발됐다. 그때는 또 그때만의 고민이 있었다. 성장하는 재희의 몸에 맞는 기회의 문을 열어주려고 걱정이 참 많았던 시절이었다. 그런데 요즘은 뭐랄까. 재희에게 자신이 필요한지에 대한 근본적인 질문이 들곤 했었다. 재희가 멀리 날아가길 바라면서도 소라가 꾸민 둥지를 말없이 떠나버릴까 그게 걱정이었다.

소라는 정자에 올려둔 비닐백을 거꾸로 들어 그 안에 담긴 빗물을 시원하게 바닥에 쏟아냈다. 그러고 챙겨온 농기구를 차근차근 담았다. 예전에는 곡괭이와 삽 두 개만 들어도 팔에 근육통이 왔었는데, 이제는 호스와 비료를 담은 양동이까지 거뜬히 들었다. 변하는 건 좋은 거라는 정수의 재수 없는 말버릇이 떠올라 소라는 고개를 휘휘 저으며 보건소 쪽으로 걸어갔다.

양반은 못 되는 듯 핸드폰에는 정수의 부재중 전화가 찍혀 있었다. 두 통이나 걸어도 받지 않아서 그런지 메시지를 연달아 넣어뒀다. 오늘 밤부터 가로도가 태풍의 직접 영향권에 들어간다는 뉴스 링크와 함께 재희를 챙기라는 당부였다. 소라가 메시지를 읽는 걸 확인하고 있었던 건지 읽음 표시가 뜨자마자 정수에게 전화가 왔다.

— 제발 전화 좀 제때 받아라.

통화가 연결되자마자 정수가 신경질적으로 쏘아붙였다.

"답장하려고 했어."

— 재희는, 같이 있어?

"학교에 있겠지."

— 거기는 무슨 학교가 태풍 치는 날에도 수업해. 빨리 전화해서 그만하고 들어오라 해.

"아직 그 정도는 아니야. 당신은 섬에 있어본 적도 없으면서 호들갑이야."

— 지금 가로도 쪽에 호우특보랑 강풍특보 내렸어. 너도 지금 밖이지? 빨리 들어가서 배수로 살피고 하수구 역류하는지도 잘 봐둬. 침수 가능성 있는 곳은 가지 말고.

소라는 정수의 일방적인 잔소리에 진절머리가 났다. 그는 언제나 애정 빠진 당부로 바빴다. 소라는 적당한 거리를 벌려 핸드폰을 귀에서 뗐다. 정수는 전화를 끊으면 문자로 괴롭힐 사람이었다.

소라는 보건소에서 선착장 쪽으로 이어지는 보차도에 서서 주변을 둘러보았다. 정수의 염려가 과장이 아닌 듯 거리는 평소보다 인적이 드물었고, 배수로 주변은 이미 역류하는 빗물로 찰박거리는 소리가 들렸다. 강풍주의보가 뜨면 가로대교를 전면 통제하기 때문에 더 인기척이 없는 것 같기도 했다.

소라는 집으로 발길을 돌리려다 혹시나 하는 마음에 선착장 쪽으로 향했다. 재희의 자동차에 바닷물이 튀는 정도는 괜찮지만, 침수가 되는 건 곤란했다. 그렇다고 소라가 재희의 차를 운전할 수는 없었다. 그게 뭐라고 싶지만, 어쨌건 지금 가로도에서 그 차를 움직이는 사람은 오직 재희여야만 했다. 그것이 소라가 정한 법칙이었다.

소라는 매표소 옆 정자에 서성이는 무리 중 낯익은 얼굴을 발견했다. 성환의 딸이었다. 소라는 함께 있을법한 재희를 찾았지만, 보이지 않았다. 학생들은 각자 핸드폰을 보며 부산스럽게 움직이고 떠들어대고 있었다. 그중 한 남학생이 소라를 발견하고는 얼굴이 사색이 되었다.

소라는 뭔가 이상하다는 느낌이 들어 성환의 딸에게 다가갔다. 학생들이 모두 사복을 입고 있어서 이름을 기억하기 어려웠다.

"얘, 채재희 선생님은 어디 계시니?"

소라의 말에 성환의 딸은 소스라치게 놀라며 마치 잘못을 저지르다 걸린 사람처럼 남학생의 뒤로 몸을 숨겼다. 소라의 고개가 본능적으로 옆을 향했다. 비는 아까보다 더 거세게 내리고 있었다. 안 좋은 예감이 들었다. 소라는 그게 뭔지 파악하기도 전에 발걸음을 옮겨, 재희의 차가 있는 해안가로 향했다.

너무 빨리 달려서 속도를 이기지 못한 소라의 우비 모자가 뒤로 뒤집혔다. 순식간에 머리카락이 전부 젖었지만 소라는 그런 줄도 모르고 정신없이 질주했다. 거추장스럽게 헐떡이던 장화가 자꾸만 벗겨질 것 같았다. 아예 벗어버리고 싶었지만, 장화 목이 길어 벗는 것도 쉽지 않았다. 소라는 울음을 터뜨렸다. 더 빠르게 뛰지도 못하고 그렇다고 가만히 있지도 못하는 자신이 바보처럼 느껴졌다.

제멋대로 끊어진 전화 때문인지 손에서 마구 진동이 울렸다. 소라는 핸드폰을 내팽개치듯 바닥에 던졌다 다시 황급히 달려가 주웠다. 만약을 생각할수록 눈물이 쉴 새 없이 차올랐다. 소라는 핸드폰이 떨어지지 않게 손에 힘을 주며 절벽 앞 바닷가 초입으로 미친 듯이 달렸다. 몇 번이고 이 길을 반복해서 달렸을 재희의 뒷모습이 떠올랐다. 제발. 소라는 자신도 모르게 빌고 있었다. 재희는 누구보다 성실하고 착한 아이였다. 만약 그녀가 저지른 잘못이 있다면 그 또한 모두 자신 때문일 것이다. 해안가가 선명하게 보이자, 급브레이크를 밟듯 걸음을 멈춘 소라는 제자리에 서서 숨을 참았다.

소라가 오래도록 바랐던 기적이 왜 하필 오늘에서야 일어난 것일까. 재희의 차는 그곳에 없었다. 분명히 있어야 할 차인데,

없었다. 소라는 떨리는 손으로 키패드 번호를 눌렀다. 빗물 때문인지 다른 숫자로 자꾸만 미끄러졌다. 통화 연결음이 소라의 심장을 쥐어짰다. 소라는 그 고통을 오롯이 느끼며 떨리는 입술을 씹은 채 기다리고 또 기다렸다.

"네, 119 긴급 신고입니다."

"여기 가로도 안남해변이에요. 동쪽 끝에 있는 곳인데……."

"아, 조금 전에 수색 신고 요청하신 분인가요? 지금 수색대 출발했고요. 차에 타고 계신다고 들었는데……."

"뭐라고요? 지금 무슨 말을 하시는 거예요!"

소라는 자기도 모르게 악을 질렀다. 소라에게 닥친 재앙은 상상했던 것보다 더 가혹했다. 소라는 발을 동동 구르며 바닷가로 달렸다. 수화기 너머로 무어라 설명하는 듯한 음성이 들렸지만, 그마저도 파도 소리에 묻혔다. 소라는 전화를 끊고 서둘러 재희의 핸드폰 번호를 눌렀다. 소라의 마음도 모른 채 통화 연결음은 무한대로 길어지기만 했다.

참다못한 소라는 장화를 벗어 던지고 모래 사변 위로 뛰어들어갔다. 검은 바다가 휘몰아치듯 솟구치다, 성큼 보폭을 넓혀 바닷가로 들어왔다. 벌써 평소 해안선보다 3분의 1이나 더 가까웠다. 재희의 차가 어딘가 있을 텐데 해무가 아득하게 깔린 사변 위로는 아무것도 보이지 않았다.

소라는 정처 없이 사변을 가로질렀다. 축축하게 젖은 모래 때문에 늪지대를 지나는 것처럼 발이 푹푹 빠졌다. 소라는 생각만큼 빨리 달릴 수 없다는 걸 깨닫고 흐느끼듯 울었다. 잘못이 있다면 그것이 무엇이든 빌고 싶었다. 누구든 붙잡고 사정하고 싶었다. 한 번만 더 기회를 준다면 재희를 정말로 잘 키워내겠다며 맹세하고 싶었다. 믿지 못하겠다면 자신의 목숨을 담보로라도 걸고 싶었다.

소라는 헐떡이는 숨을 가다듬으며 정신을 붙잡았다. 핸들을 쥔 재희는 바닷가에서 길을 잃은 아이가 아닌 레이싱 드라이버였다. 재희는 분명 자신만의 레이스를 즐기고 돌아와서는 다시 레이싱하고 싶다고 졸라댈 것이다. 그렇게 생각하니 소라의 기분이 조금씩 나아지는 것 같았다. 얼마 달리지도 않았는데, 그 사이에 물이 더 차오르는 게 느껴졌다. 해변 초입이 보이지 않을 정도로 멀리 들어오자, 절벽이 점차 모습을 드러냈다. 해안선과 맞닿아 있는 절벽을 타고 바다가 밀려 들어와 V자로 패인 안쪽까지 물이 들어차고 있었다.

주변을 둘러보던 소라는 헉하며 놀라 소리를 질렀다. 빗줄기 때문에 잘못 봤다고 생각했었는데, 절벽 앞에 검은색 승용차 한 대가 갇혀있었다. 이미 바퀴는 전부 다 잠겼고, 시동도 꺼져있었다. 재희의 차라는 생각이 뇌에 닿기도 전에 소라는 이성을 잃고 절벽가로 질주했다. 물이 더 들어올 수 있으니, 구조대를 기다려야 한다는 걸 누구보다 더 잘 알고 있는 소라였지만, 재희의 자동차를 때리는 파도의 크기가 점차 커지는 걸 가만히 보고 있을 수 없었다.

소라는 발목을 휘감는 바다의 감촉에 순간 멈칫했다. 아직도 재희의 차가 손가락만큼 작게 보이는데 벌써 발목까지 물이 찼다는 건, 차에서 재희를 꺼내 다시 이곳으로 돌아올 때쯤이면 소라의 허리만큼 차있을 것이고, 해변 초입으로 나가는 도중에 파도에 휩쓸릴 수도 있다는 뜻이었다. 소라는 괴로움에 얼굴을 감쌌다. 비를 맞고 있는데도 머리 쪽으로 열이 몰렸다.

그런데도 소라는 걸음을 멈출 수 없었다. 재희를 저 시커먼 차 안에 혼자 둘 수 없었다. 신고했으니, 구조대가 곧 올 것이다. 소라는 실낱같은 희망을 품고 걷고 또 걸었다.

재희의 차 앞에 도착할 때까지 몇 번이나 휘청거렸는지 모른다. 소라는 재희의 이름을 부르며 어둡게 선팅된 창문을 깰 듯이 두들겼다. 안에서 반응이 없자 재희가 기절했을지도 모른다는 생각에 공포감이 엄습했다. 의식을 잃은 재희를 끌고 빠져나가는 건 더 절망스러운 선택지였다.

소라는 서둘러 차 문을 당겨 열었다. 처음에는 안에서 문을 잠갔다고 생각했는데, 무릎까지 차오른 바닷물 때문에 차 안과 밖의 압력차로 문을 열기 어려웠다. 소라는 살짝 열린 창문 틈새로 재희 이름을 반복해서 불렀다.

"재희야, 재희야!"

갑자기 맹렬하게 밀려오는 파도가 소라를 넘어뜨렸다. 소라는 차 문손잡이를 잡고 서둘러 일어나려 했다. 파도는 절대 혼자 오지 않는다는 걸 알고 있었기 때문이었다. 소라가 무릎을 뚫고 중심을 잡으려는데 아까보다 더 큰 파도가 그녀를 완전히 덮쳤다. 소라는 닥치는 대로 손을 휘젓다가 차 아래 떨어진 재희의 신발 한 짝을 주웠다. 소라는 물속에서도 재희를 찾았다.

"재희야!"

문득 재희의 어릴 적 모습이 떠올랐다. 재희는 이름을 불러도 절대 돌아보지 않던 아이였다. 재희의 반짝이는 눈은 언제나 다른 곳을 향해 있었다. 소라는 빛나는 재희의 눈을 오래도록 아름답게 지켜주고 싶었다. 그런데 돌이켜보면 소라는 한 번도 재희의 눈동자를 직접 들여다본 적이 없었다. 소라는 바다에 잠기며 생각했다.

참 예뻤을 텐데, 그게 못내 아쉬웠다.

❖

재희는 몸을 덜덜 떨며 주저앉아 닭이 건네준 담요를 둘렀다. 절벽을 오르다 신발 한 짝을 떨어트려서 오른쪽 양말 발바닥이 흙더미와 피딱지로 지저분해져 있었다. 다시 보니 반바지 때문에 발바닥뿐만 아니라 무릎 아래가 전부 다 상처투성이였다. 재희는 오한이 들어 옷에 묻은 물기를 반복해서 닦았다. 그래도 엄습하던 공포를 털어내기 어려워 재희는 담요 속으로 몸을 숨겼다.

"그 자동차는 어떻게 하실 거예요?"

닭과 이야기하던 해경이 재희에게 다가와 물었다. 재희는 짧게 고민하다 고개를 저었다.

"건질 수는 있나요?"

재희를 대신해 닭이 물었다.

"이미 침수된 차라 건진다고 의미가 있을까요?"

"재희 님한테는 소중한 차거든요. 지금 당장 해달라는 건 아니고, 나중에 태풍 지나가고 파도 잠잠해질 때라도…… 어떻게 안 될까요?"

"예, 뭐 그건 그때 가서 또 상황을 봐야죠. 저희는 실종자 있을 때만 수색하는 거라 차량을 인양해 드리고 그럴 수는 없거든요. 대신 바다 상황 괜찮아지면 섬 주변 순찰하면서 위치 알려드릴게요. 그러니까 지금은 그냥 잃어버렸다고 생각하시고 절벽 근처로 가지 마세요."

다음에 재희가 진술서를 써야 할 수도 있어서 닭이 담당 해경과 연락처를 주고받는 걸로 상황은 마무리됐다. 재희는 영서의 부축을 받으며 몸을 일으켰다. 그 옆에는 태오가 사색이 된 채로 자신의 시선에서 재희를 놓치지 않으려고 애쓰고 있는 게 보였다.

재희는 괜찮다는 듯 억지로 웃으며 영서의 팔짱을 뺐다. 그도 그럴 것이 학생들의 뒤로 각자의 보호자가 서서 그들을 기다리고 있었기 때문이었다. 재희는 당연히 소라가 없는 줄 알면서도 주변을 둘러보았다.

"누나가 전화를 안 받네. 너 상태 보면 난리칠 것 같아서 문자 남겨놨거든. 연락 오면 바로 집으로 가보라고 할게. 어서 들어가서 쉬어. 고생했다, 진짜."

성환이 우산을 챙겨주며 재희를 안심시켰다.

"아마 무화과밭에 있을 거예요. 제가 잘 말할게요. 걱정해 주셔서 감사합니다."

"그놈의 무화과, 진짜. 내가 힘드니까 처음부터 하지 말라고 했었거든. 너희 엄마 진짜 고집이, 너도 알지? 완전 황소고집이야."

재희는 성환의 짜증스러운 토로 속에 소라를 향한 애정을 엿봤다. 그래서 다른 말을 보태지 않고 그저 웃기만 했다. 학생들은 보호자의 손에 이끌려 하나둘 집으로 돌아갔다. 재희도 닮을 따라 관사에 들어가려 했는데, 닮은 기어이 소라네 골목길 앞에 내려주었다.

재희는 터덜거리며 골목길 사이로 내려갔다. 처음 해본 가출인데 이틀 만에 시시하게 끝났다. 재희는 여전히 비를 퍼부어대는 하늘을 바라보며, 자연재해 탓을 하기로 했다. 그러고 나니 대문을 여는 게 덜 민망해졌다.

파란색 대문을 열어젖히자, 이상할 정도로 휑한 기분이 들었다. 텃밭은 빗물이 차서 엉망이었고, 배수로를 막고 있는 나뭇잎 때문에 마당 전체에 퇴적물이 퍼져 어지러웠다. 이상하게 공기가 한적했다.

재희는 평소처럼 디딤돌을 살폈다. 소라가 매일 신고 다니는 로퍼가 없었다. 재희는 우산을 접어 바닥에 내려두고 조심스럽게 문을 열었다. 잠겨있지 않는 걸 보니, 아직도 무화과밭에서 묘목을 손보고 돌아오지 않은 모양이었다.

재희는 미닫이문을 전부 열고 툇마루에 걸터앉았다. 처마에서 떨어지는 빗방울을 보고 있으니, 마음이 조금씩 차분해졌다. 먹구름 사이로 해가 넘어가고 푸르스름한 기운이 감돌았다. 재희는 조금 전 절벽에 갇혀있던 순간이 떠올라 다시 몸을 부르르 떨었다.

그때, 재희는 몇 번이고 반복해서 시동을 걸었었다. 어떻게든 해변의 끝으로 안전하게 가려면 기동력이 있는 자동차로 이동해야 한다고 판단했었다. 갑자기 켜진 시동에 서둘러 창문을 닫고 무작정 액셀러레이터를 밟았다. 다행히 모래 진창에 빠졌던 바퀴가 물과 만나 떠오르면서 앞으로 발사되듯 나갔다.

재희는 일단 물이 차지 않은 깊숙한 절벽 안쪽까지 차를 갖다 댔다. 그러고 서둘러 밖으로 나왔다. 어떻게든 절벽 안쪽으로 몸을 붙여 구조대를 기다리려고 들어가다 절벽 뒤로 난 만오봉으로 오르는 산책로와 이어지는 샛길을 발견했다. 재희는 더 따져볼 것도 없이 절벽을 타고 넘기로 했다. 파도에 침식된 표면 사이로 어지럽게 자란 풀이 절벽을 잡고 오르는 데 도움이 되었다. 하지만 밑에서 올려다보는 것보다 절벽은 더 가팔

랐고 빗줄기가 굵어지자, 손이 미끄러워 더 위로 올라갈 수 없었다. 그렇게 재희는 차오르는 바닷물을 피해 한참을 폭우 속에서 절벽에 매달려 있었다.

얼마간의 시간이 지나고 정신이 흐려지기 직전, 다행히 닮의 신고로 출동한 해경에게 발견되어 겨우 위로 끌어올려졌다. 재희는 손과 발 전체에 벌겋게 부어오른 긁힌 자국을 쓰다듬으며 안도의 한숨을 내쉬었다.

이제 하늘은 완전히 깜깜해졌다. 재희는 손을 뻗어 내리는 빗줄기와 시간을 번갈아 확인하며 핸드폰을 찾았다. 그러다 닮과 통화를 마치고 자동차 컵홀더에 그대로 끼워두고 온 것이 생각나 허전한 주머니를 아쉬운 듯 쓰다듬었다.

재희는 우산을 들어 대문 밖으로 나섰다. 다시 운전대까지 잡게 되었는데, 소라와 냉랭한 분위기를 이어갈 이유도 없었다. 소라에게 먼저 손을 내미는 게 지는 것 같아서 자존심이 상했지만, 솔직히 그때는 감정에 휩쓸려 일방적인 주장을 쏘아붙였던 것 같았다. 재희는 앞으로의 계획을 조금 더 정돈된 목소리로 소라에게 들려주고 싶었다. 받아들일지 말지는 소라의 선택이지만, 과거의 고리를 끊는 건 자신의 의무였다.

섬이라 배수 환경이 열악해서인지 골목에서부터 큰 길가까지 발등을 덮을 정도로 물이 찰박거렸다. 재희는 문득 소라의 무화과밭이 있는 곳이 언덕배기였던 게 생각나 걸음을 빨리했다. 혹시나 토사가 무너져 발이 묶인 건 아닌지, 쓸데없는 걱정이 앞섰다. 어느새 우산을 쓰는 게 의미 없을 정도로 비가 내렸다.

재희는 보건소 앞에서 우뚝 걸음을 멈췄다. 어두워서 분간이 가질 않았지만, 한 무리가 무화과밭에서 난 길을 따라 걸어 올라오는 게 보였기 때문이었다. 제일 앞선 사람은 성환이었다. 그의 손에는 LED 손전등과 소라가 밭에 나갈 때 챙기던 타포린 백이 들려있었다. 재희는 소라를 찾으며 자연스럽게 고개를 뺐다. 그런데 다음으로 올라오는 사람은 비옷을 입은 태오였다. 태오가 제일 먼저 재희를 알아보고는 성환을 불렀다.

"재희야!"

성환은 재희가 서있는 쪽으로 한달음에 뛰어와 물었다. 재희는 평소와 다른 성환의 엄한 말투에 분위기가 달라진 걸 느꼈다.

"너 왜 이렇게 전화를 안 받아?"

"핸드폰을 차에 두고 내려서……."

"너희 엄마, 집에 있지?"

성환의 다급한 목소리에 재희는 대답 대신 눈동자를 굴렸다. 성환은 더 말하려다 재희의 반응에 입을 다물었다. 뒤따라온 태오도 숨을 죽이고 기다리기만 했다. 정적이 느리게 흘러갔다. 참다못한 재희가 먼저 침묵을 깼다.

"무화과밭에서 엄마 못 보셨어요?"

재희의 물음에도 성환의 굳게 닫힌 입은 쉽게 떨어지지 않았다. 재희의 심장이 미친 듯이 빠르게 뛰기 시작했다.

"저 핸드폰 좀……."

재희는 성환의 옷자락을 뒤지며 정신없이 핸드폰을 찾았다. 성환은 그런 재희의 손을 저지하며 단호하게 말했다.

"전화 안 받아. 어디 갔는지 짐작 가는 곳 있어?"

"그게…… 무화과밭밖에 없어요. 거기랑 만오봉……. 할아버지 산소가 있다고 그랬는데……."

"진정 좀 해. 누나는 만오봉 절대 안 가. 또 생각나는 곳은? 집에 없는 건 확실하지? 방마다 다 확인해 봤어?"

재희는 빗발치는 성환의 날카로운 음성에 정신을 차리기 어려웠다. 우산을 들고 있는 손에 힘이 빠져 들이치는 비에 말랐던 옷이 다시 흠뻑 젖었다. 태오가 우산이 치우치지 않게 바로 잡고 떨리는 목소리로 말했다.

"이건 무화과밭 입구에서 발견한 거예요. 바닥에 엎어져 있더라고요. 소라 이모 정자 앞에서 마지막으로 봤어요. 그때는 분명 가방 없었고, 선생님을 찾으셨어요."

"나를 찾았다고? 나를 왜, 왜 찾았지……."

"일단 집으로 가보자."

성환은 넋이 나간 채로 중얼거리는 재희를 세발오토바이 짐칸에 밀어넣었다. 그러고는 태오에게 자리가 없으니 뛰어오라 하고 곧바로 출발했다.

재희는 덜컹거리는 짐칸에 주저앉아 얼굴을 감쌌다. 왜인지 자꾸만 안 좋은 생각이 들었다. 성환도 비슷한 감정을 느끼는 건지 의미 없는 말을 쏟아냈다. 태오의 전화를 받고 달려온 닭이 소라 집으로 내려가는 골목길 앞에서 기다리고 있었다. 급하게 나온 듯 잠옷 위에 바람막이만 걸친 채였다.

"집에는 안 계셔요? 아니면 자주 가는 곳이나 친구 집 같은 곳도 다 확인해 보셨어요?"

닭은 오토바이가 서기도 전에 재희와 성환을 붙잡고 몇 번이고 반복해서 물었다. 성환이 당황해서 오토바이를 급하게 세우는 바람에 재희는 짐칸 기둥에 얼굴을 세게 부딪쳤다. 어딘가에 찍히거나 긁힌 것처럼 관자놀이 쪽이 얼얼했다. 아까부터 엄습하는 불안감에 자꾸만 숨구멍이 쪼그라들었다. 이 작은 섬에서 소라가 갈 곳은 정해져 있는데, 어째서 아직도 소식이 없는 걸까.

"혹시 배를 타고 나가신 거 아닐까요?"

닭이 조심스럽게 성환에게 물어봤다. 재희도 그 말에 호응하며 다른 가능성을 덧붙여 설명했다.

"서울로 갔을 수도 있어요. 아빠가 거기 계시거든요."

"어제 오후부터 배 한 척도 못 떴다."

성환이 간결하게 대답했다.

"그럼, 가로대교는요? 차로 나갈 수 있잖아요."

"대교는 강풍 때문에 오늘 아침부터 계속 출입 통제였어."

"그럼 다른 곳은 없나요? 가로도도 그렇고 저희 엄마에 대해서도 저보다 더 잘 아시잖아요. 네?"

티 내지 않으려고 했는데, 끝으로 갈수록 재희의 목소리가 애처롭게 떨려왔다.

"일단 너는 들어가 있어. 집에 전화 있지? 엄마 들어오면 나한테 바로 연락하라고 해. 선생님이 옆에 같이 있어주시고, 가는 길에 태오 만나서 보건소랑 무화과밭 다시 둘러보라고 할 거니까 그쪽은 신경 쓰지 마. 난 일단 선착장 쪽부터 훑을게."

재희는 출발하려는 성환의 오토바이를 다급하게 붙잡았다.

"저기, 선착장 쪽은 왜요?"

닭이 성환에게 눈빛을 보내는 게 느껴져서 재희의 두근거림이 빗소리보다 더 크게 들렸다.

"……섬에서 사람 없어지면 더 찾을 곳은 바다뿐이니까."

성환은 말을 끝내기 무섭게 가로고에서 선착장 쪽으로 나있는 골목으로 질주했다. 재희는 성환의 말을 곱씹다 다시 속이 답답해졌다. 느글거리던 속 때문에 그 잠깐 사이에 멀미가 난 것 같았다.

재희는 닭의 부축을 받아 다시 소라의 집으로 돌아왔다. 가로도에서 소라가 없어졌다. 조금 전 느꼈던 공허함이 허상이 아니었다.

닭은 재희가 신발을 벗고 툇마루 안으로 들어갈 때까지 우산을 받쳐주었다. 평소 소라의 성격답게 집 안은 깨끗이 치워져 있었다. 재희는 슬며시 방문을 열어보았다. 재희의 방은 떠나기 전과 별반 다를 게 없었다.

시뮬레이터 장비와 기분 따라 착용하던 장갑이 바닥에 어질러져 있었고, 책상 위에는 먹다 남은 크래커 조각이 봉지째 그대로 올려져 있었다.

재희는 시뮬레이터의 전원을 켰다. 어둑한 방안으로 환한 빛이 내리쬐며 재희의 최근 기록을 한눈에 정렬해 보여주었다.

가장 빨리 달렸던 랩 기록지를 보고 있던 재희는 울컥 감정이 올라왔다. 시뮬레이터의 최근 접속 일자가 어젯밤으로 찍혀 있었기 때문이었다. 어제의 소라가 지금 재희가 보고 있던 화면을 같이 보고 있었다는 뜻이었다.

엄마는 이걸 보고 무슨 생각을 했을까. 발버둥 쳤던 그동안의 기록을 어떤 마음으로 평가했을까.

재희는 볼을 따라 흐르는 눈물을 황급히 닦았다. 소라는 곧 돌아올 텐데 멋대로 흐르는 눈물이 야속하게 느껴졌다. 거실로 나오니 닮은 의자에 앉지 못하고 창밖만 바라보고 있었다. 탁자 위에는 생수가 가득 담긴 컵이 올라가 있었다.

재희는 물을 한 번에 들이켜며 늘 앉던 자리에 앉았다. 빗줄기는 아까보다 더 거세졌고, 바람에 요동치는 창문 소리가 거실을 울렸다. 천둥소리가 크게 들리더니 곧이어 번개가 쳤다. 둘은 동시에 같은 곳을 바라보았다. 밖은 시끄럽고 정신없었지만, 재희의 마음은 이상할 정도로 차분하게 가라앉았다.

“몸은 좀 어때요?”

닭이 먼저 차분한 목소리로 물었다.

“잘 모르겠어요.”

재희는 어색하게 웃으며 대답을 피했다. 요즘은 모르겠다는 말을 입에 달고 사는 것 같았다. 그도 그럴 것이 재희도 알고 있는 게 없었다. 앞으로의 계획도, 다가올 미래도, 소라의 소식도 재희 마음대로 되는 건 없었다. 다만 한 가지는 확실했다.

“그래도 레이싱은 그만둘 거예요.”

하고 싶지 않으니까. 재희는 손을 뻗어 식탁 옆 상부 장 꼭대기에 장식된 헬멧을 끄집어 내렸다. 송골매가 그려진 헬멧이었다. 왼쪽 측면에 찌그러진 사고의 흔적이 그대로 남아있었지만, 여전히 새것처럼 광택이 났다. 소라가 틈이 나는 대로 닦고 관리했던 정성이 묻어있었다.

“왜 그만두고 싶은지 이야기해 주려 했어요. 엄마에게도 이해할 수 있는 시간이 필요하다고 생각했어요. 이건 제 삶이지만 동시에 엄마랑 나누어 쓰던 삶이었으니까요.”

재희는 헬멧을 식탁 가운데로 밀었다. 송골매 위로 사선으로 긁힌 자국에 눈이 갔다. 재희는 손을 뻗어 금이 간 곳을 어루만지며 중얼거렸다.

“날지 못하는 새가 무슨 의미가 있죠?”

닭은 이마를 구기며 한참을 고민하더니 양손을 휘저어 헤엄치는 손동작을 했다.

"음…… 제가 알기로는 펭귄이 있는데, 날지 못한다고 조류가 아닌 건 아니거든요."

재희는 닭의 말을 곱씹으며 울적해졌다. 뒤뚱거리며 느리게 걸어가던 펭귄 무리의 모습이 떠올랐기 때문이었다.

"저는 세상에서 가장 빠른 새가 되고 싶었어요."

닭은 재희의 감정 변화를 눈치챈 건지 아까보다 더 단호한 어조로 말했다.

"근데 남극은 엄청 춥잖아요. 펭귄이 그런 날씨에 날아보겠다고 막 고집부렸으면 다 얼어 죽었을 거예요. 대신 바다로 들어가니까 원하는 곳이 어디든 헤엄쳐서 갈 수 있게 됐잖아요."

닭은 평소처럼 장난기가 담긴 어조로 설명했다. 재희는 어느덧 닭의 시시한 농담에 귀를 기울이고 있었다. 닭은 그런 재희와 눈을 마주치며 속삭였다.

"변하는 건 용기예요."

가만히 생각에 잠겼던 재희는 의자를 소리 나게 밀고 일어나 헬멧을 다시 원래 있던 자리에 가지런히 올려두었다.

"엄마, 금방 돌아오실 거예요. 무화과나무를 100그루나 심었거든요."

닭은 재희의 말에 담긴 뜻을 알아차리고 자리를 정리했다. 밖으로 나가려던 닭은 다시 몸을 돌려 재희를 향해 팔을 벌렸다. 재희는 잠깐 망설이다 닭의 품속으로 들어가 머리를 기댔다. 재희가 닭보다 머리 하나가 더 커서 자세가 어정쩡했지만,

닮은 그리고도 한참 동안 재희의 등을 쓰다듬어 주었다.

재희는 닮이 나가는 문 너머로 하늘을 엿봤다. 그사이 비가 조금씩 그치면서 천둥소리도 잦아들었다. 재희는 식탁을 정리하고 방으로 들어가려다 굳게 닫힌 소라의 방문으로 시선을 보냈다. 소라가 못 들어가게 하는 건 아니었지만, 평소에는 관심도 없던 방이었다.

재희는 살며시 문을 열고 방 안을 살폈다. 소라의 방 구조는 단출했다. 재희 방보다 크기가 절반도 안 되는 구조라 그런 느낌이 들기도 했겠지만, 그 안에서 나름 필요한 건 갖추어 꾸몄다. 문 옆으로 침대를 붙였고 의자를 뺄 수 있는 간격을 두어 그 사이에 나란히 책상을 배치했다. 책상 옆에는 책장 대신으로 쓰이던 트롤리가 있었다. 그리고 붙박이 옷장이 다였다.

재희는 옷장을 열어보았다. 눈에 익은 옷이 듬성듬성 꽂혀있었다. 겨울옷은 서울에 두고 온 건지 전부 사계절 내내 활용하여 입기 좋은 가벼운 재질의 옷뿐이었다. 소라를 아는 사람은 그녀가 스타일이 좋다고 했지만, 언젠가부터 소라가 옷을 사는 걸 본 적이 없었던 것 같다는 생각이 들었다. 영국에서 돌아올 때 32인치 캐리어에 터지도록 담은 건 시뮬레이터 장비와 전략서 그리고 재희가 입을 옷가지가 다였다.

재희는 홀린 듯 의자를 빼고 앉아 트롤리에 빼곡하게 꽂힌 기록지를 하나씩 빼서 읽어보았다. 재희가 처음 레이싱을 시작한 아주 어린 시절부터 영국에서 훈련받던 최근까지 바랜 흔적

없이 깨끗한 상태였다. 소라가 주기적으로 자료를 정리한다는 의미였다. 그 횟수가 벌써 12년이 흘렀다.

열 살이던 재희는 이제 스물두 살이 되었다. 재희는 그 세월 동안 레이싱 드라이버로 살았다. 그렇다면 소라는 무엇이 되었을까. 소라는 엄마였고 매니저였으며 코치이자 후원자였다. 재희는 문득 소라가 자신을 미워하진 않았을까 하는 생각에 사로잡혔다. 소라가 원했던 모든 순간은 전부 다 재희의 것이었다.

재희는 그동안 소라가 당신의 욕심으로 레이싱 복귀에 집착한다고 생각했었다. 그러나 처음부터 소라에게는 드라이버를 레이싱에 돌려놔야 한다는 생각뿐이었다. 소라는 매일 아침 재희가 나가는 체력 훈련 시간에 맞춰서 기상해야 했다. 재희가 돌아오는 시간은 제각각이었지만, 소라가 아침을 준비하는 시간은 언제나 같았다. 재희는 아침 훈련을 마치고 산책할 수도, 음악을 들을 수도, 바다를 구경할 수도, 차에 머물러 잠시 낮잠을 잘 수도 있었지만 소라가 할 수 있는 건 시간에 맞춰 밥을 차리는 것뿐이었다. 그래야 훈련을 마친 재희가 언제든 돌아와 다음 훈련을 진행할 수 있기 때문이었다.

재희는 레이싱을 그만두지 못한 이유를 줄곧 소라 탓으로 돌려왔다. 하지만 사실, 소라에게는 선택권조차 없었다. 그만두는 것도, 다시 시작하는 것도 전부 재희의 것이었다.

힘도, 권한도 없던 소라를 오랫동안 원망해 왔다. 재희는 비겁한 딸이었고, 무능한 선수였다. 그걸 너무 늦게 깨달았다.

밖에서 천둥소리가 크게 나더니 다시 세찬 빗소리가 들렸다. 재희는 기록지를 제자리에 넣어두고 바람막이를 걸쳤다. 이미 비가 축축하게 묻은 우산과 조금 전 성환이 챙겨준 타포린 백을 들고 허겁지겁 밖으로 나섰다. 재희는 가로도에 들어오고 나서부터 매일같이 달렸던 길을 쏟아지는 비를 맞으며 내려갔다. 우산이 바람에 휘청거리다 완전히 뒤집히자, 재희는 길가에 던져두고 아까보다 더 빠른 속도로 달렸다.

소라의 무화과밭으로 내려가는 팽나무 앞 갈림길은 이미 차오른 빗물에 진창이 되어 늪처럼 발이 푹푹 빠졌다. 재희는 아랑곳하지 않고 걸음을 멈추지 않았다. 반바지 때문에 드러난 살 위로 진흙이 얼룩덜룩 튀며 발이 죽 미끄러졌다. 넘어지면서 바지와 손에 엉망으로 진흙이 묻었다. 차갑고 찝찝했지만, 재희는 계속해서 달렸다.

재희는 평상에 타포린 백을 던져두고 무화과밭 앞에 섰다. 얼굴 위로 흐르는 빗물을 닦으며 그 앞을 응시했다. 줄을 맞추어 옹기종기 심은 무화과 묘목이 이제는 제법 자리를 잡아 한 그루의 나무처럼 늠름하게 서있었다.

재희는 나무 사이를 헤치고 들어갔다. 이쯤이라는 생각이 들자, 나뭇잎을 하나하나 헤집으며 살펴보았다. 그때 자신이 새로 자란 여린 잎을 전부 뜯어버린 나무였는데, 언제 그랬냐는 듯 다시 어린싹이 올라와 있었다. 재희는 연둣빛을 띠는 생명의 기운을 하염없이 바라보았다. 하늘은 깜깜했으며 비는 여전히 매섭게 내렸다. 상황이 더 나빠질 수 있을 만큼 삶도 끊임없이 나아질 수 있을 것이다.

"재희야, 채재희!"

보건소 쪽에서부터 번뜩이는 플래시 빛과 함께 재희를 부르는 목소리가 메아리쳐 왔다. 재희는 서둘러 무화과나무를 헤쳐 나가며 대답했다.

"저 여기 있어요!"

재희는 혹시나 안 들릴까 싶어 더 큰 목소리로 외쳤다. 떨어져 있던 플래시 빛이 한군데로 모이더니 점차 무화과밭 쪽으로 가까워져 왔다. 평상 앞으로 나가니 팽나무 아래에 서있는 성환의 모습이 보였다.

"너희 엄마 찾았다."

❖

병실 문이 열리는 소리에 재희의 고개가 자연스럽게 옆으로 돌아갔다. 그곳에는 퇴근하고 바로 내려온 건지 깔끔한 반소매 와이셔츠를 입은 정수가 서있었다. 소식을 듣자마자 급하게 내려온 듯 넥타이가 비딱하게 흐트러져 있었다.

"재희야, 넌 괜찮아? 다친 데 없어?"

재희는 대답 대신 정수의 품에 가만히 안겼다. 어제저녁부터 한숨도 못 자고 꼬박 밤을 새워서 그런지 하루가 너무도 길었다. 아직도 정신이 몽롱했다.

"엄마는?"

"아직 의식이 없어."

"어쩌다 그런 거야?"

"나 찾겠다고 절벽 끝까지 들어갔다 갑자기 파도가 들이쳐서 휘말렸대."

"너도 절벽에 갔었어? 왜, 아니 그보다 어떻게 나온 거야? 엄마가 구해줬어?"

정수의 질문이 빠른 속도로 꼬리를 물었다. 재희는 정수에게서 떨어지며 그만하라는 식으로 고개를 저었다. 그 모습에 정수는 곧바로 입을 닫았지만, 하고 싶은 말을 전부 눈동자 안에 써둔 것처럼 재희를 애처롭게 바라보았다.

"오늘 운전했었어."

"아직도 시뮬레이터 타는 거야? 그것 좀 그만 시키라고 했는데……."

"아니, 가로도 들어갈 때 아빠가 보내준 차 있잖아. 그거 타고 한참을 달렸어. 정신 차려 보니까 바퀴가 끼어서 도저히 나갈 수가 없더라고. 엄마는 그 차 보고 들어간 거야."

정수는 재희의 말에 당황한 듯 말을 끝까지 잇지 못하고 얼버무렸다.

"엄마 저렇게 된 거 나 때문이야."

"그런 거 아니야."

정수가 이번에는 단호하게 대답했다. 그러나 더 보태지는 못하고 아니라는 말만 앵무새처럼 반복했다. 재희는 그의 부정에 씁쓸한 미소를 지었다. 둘은 별다른 말 없이 벽에 붙여둔 간이 의자에 나란히 앉아 소라의 빈자리를 느꼈다.

2인실 병실에 소라의 침대는 창문 쪽에 있었다. 다른 한 자리는 비어있어서 작은 소리에도 신경이 곤두설 만큼 병실 안이 고요했다. 소라는 마치 잠을 자는 사람처럼 평온한 표정이었다.

파도에 휘말린 소라는 불행 중 다행으로 바다가 아닌 절벽 쪽으로 밀려났던 모양이었다. 성환이 파도가 잠잠해진 틈을 타 직접 배를 몰아 수색했고, 발견 당시에는 절벽 내부에 침식된 동굴 깊숙한 곳에 몸이 끼어있었다고 했다. 온몸에는 긁힌 자국이 가득했고, 머리를 세게 부딪히면서 정신을 잃은 건지 물에 반쯤 잠긴 채 저체온증이 와 의식을 잃은 거라고 했다. 머리 내부에 출혈이 없다면 금방 깨어날 거라고 했는데도 소라는 아직 잠들어 있었다.

재희는 손바닥에 얼굴을 묻었다. 피곤한 것보다는 막막했다. 안 좋은 생각을 하고 싶지 않았는데, 셋이 함께하는 공간이 이토록 적막한 건 재희가 레이싱을 시작한 이후로 처음인 것 같았다.

"엄마 이대로 못 깨어나는 건 아니겠지?"

재희는 소라의 이불 끝에 시선을 고정하고 담담한 어투로 말했다. 정수는 단호하게 대답했다.

"너희 엄마 보통 사람 아니잖아. 금방 일어날 거야."

"그동안 내가 엄마 고생만 시켜서 벌받는 걸까."

"그런 거 아니래도."

정수의 엄한 목소리는 화가 난 것처럼 보였다. 가로도로 들어가는 소라를 막지 못한 그날의 망설임에, 이 모든 일을 제 탓인 듯 순순히 받아들이려는 재희의 단호함에. 정수는 자신을 닮은 재희의 눈가를 가만히 닦아주었다. 소라를 닮은 재희의 입가에 자조 섞인 미소가 쓸쓸하게 걸렸다.

"있잖아, 아빠. 나는 트랙에 있었던 모든 순간이 아직도 그리워."

외면하기 힘들 정도로 정수의 시선이 뜨겁게 꽂혀 재희는 그냥 눈을 감고 읊조렸다.

"평생 그리우면 어떻게 하나 싶을 정도로 말이야."

정수는 아무 말 없이 재희에게서 시선을 뗐다. 그가 줄 수 있는 작은 위로였다. 다시 눈을 뜨자, 눈앞이 뿌옇게 흐렸다 밝아지더니 소라의 모습이 한눈에 담겼다.

"그게 내가 받을 벌이겠지. 그러니까…… 걱정하지 말자. 엄마는 괜찮을 거야."

또 한 번의 긴 침묵을 깨며 조금 전 소라의 검사를 담당하던 의사가 들어왔다. 의사의 표정이 어두운 걸 확인한 정수가 서둘러 재희를 복도 밖으로 쫓아냈다. 네모난 유리창 사이로 보이는 정수의 표정이 처음 병실에 들어왔을 때보다 더 심각해

보여서 재희는 서둘러 자리를 떴다. 소라의 상태와 경과를 제대로 들을 용기가 없었다.

재희는 옥외 산책로를 찾아 병원 밖으로 나섰다. 경사가 높은 곳에 있는 병원이라 조경 너머로 월포 외곽 지역의 풍경이 한눈에 들어왔다. 그중 재희의 시선을 사로잡은 것은 해암 서킷이었다. 병원에서 그리 멀지 않은 곳에 서킷이 있었다. 재희에게는 특별한 장소였다. 처음 해암 서킷을 개장할 때 시범 경기 운영을 제안받은 장소이기도 했고, 재희가 다치기 전에 탔던 마지막 서킷이기도 했다.

재희는 무언가에 이끌리듯 택시 승강장까지 한달음에 내려와, 해암 서킷으로 가달라며 택시에 올랐다. 가는 내내 심장이 두근거렸다. 무언가가 자신을 재촉했다. 재희는 이제 그걸 운명이라 부르지 않기로 했다.

평일 아침의 월포 서킷은 한적한 기운이 감돌았다. 수도권에서 거리가 있다 보니 경기가 있는 날이 아니면 텅 빈 공터처럼 인적이 드문 곳이기도 했다. 재희는 기억을 더듬었지만, 선수가 아닌 관람객으로 방문한 적은 처음이라 서킷으로 들어가는 입구를 한참이나 찾아 헤맸다. 관람석으로 올라가는 중앙 출입문에 도착할 때까지 곳곳에서 이번 주 주말 경기를 준비하는 플래카드가 바람에 나부끼고 있었다. 여러 선수의 이름과 얼굴이 속속 보이는 중에 가장 눈에 띄는 자리를 차지한 주성의 얼굴이 보였다. 힘차게 펄럭이는 플래카드 소리가 귀에 거슬렸다. 재희는 더 커다란 플래카드가 걸린 메인 문 쪽으로 걸어가지 않고 발길을 돌렸다.

관람석으로 들어가는 입구는 전부 잠겨있는 듯했다. 하지만 그리드 입구와 가장 가까운 곳에 있는, 관계자가 드나들 법한 문은 다행히 열려있었다. 재희는 최대한 자연스럽게 걸으며 계단 쪽으로 발을 옮겼다.

계단을 끝까지 오르니 서킷의 전경이 한눈에 들어왔다. 재희는 순간 심장이 멎을 것 같은 기분이 들었다. 시꺼먼 뱀이 지나간 듯 굽이치는 트랙 위로 익숙한 냄새가 났다. 흐린 날씨 탓에 아스팔트에 섞여 올라오는 비릿한 연료의 독한 향이었다. 재희는 코를 훌쩍이며 바닥에 표시된 그리드 중 가장 앞쪽으로 걸어갔다.

"저기요."

출입구 쪽에서 들려오는 날 선 음성 때문에 공간에 몰입하던 재희의 감상이 깨졌다.

"여기 막 들어오고 그러시면 안 돼요."

재희는 타이르듯 말하는 남성의 경고에 민망해져서 고개를 깊이 숙이며 빠른 걸음으로 다시 왔던 길을 되돌아갔다. 남자의 곁을 지나치려는데 그가 순간 재희의 팔을 덥석 붙잡았다. 남자는 아무 말 없이 눈만 끔벅이며 재희의 얼굴을 샅샅이 뜯어보았다.

“……여긴 어떻게 알고 오셨어요?”

재희는 귀에 익은 목소리에 남자의 얼굴을 다시 보았다. 그가 주성이라는 것을 알아차린 순간, 그대로 굳어버렸다. 정리 안 된 수염에 모자까지 눌러쓰고 있으니 포스터에서 보던 말끔한 레이싱 드라이버의 모습과 많이 달라보였다. 그럼에도 3년 전보다 훨씬 더 여유로운 분위기가 났다.

주성은 재희보다 더 당혹스러운 표정으로 입만 벙긋거렸다. 서로 안부를 물을 만큼 친한 사이였던 적도 없었고 앞으로도 쭉 그럴 것이라고 생각했었는데. 먼저 정신을 차린 재희가 담백하게 상황을 정리했다.

“그냥 구경이요. 나가려던 참이었어요.”

“아, 그런 뜻으로 한 말은 아니었는데…….”

주성이 의미심장하게 말끝을 흐렸다. 재희는 선의를 베푸는 듯한 주성의 말투에 순간 기분이 나빠졌다.

“주말에 경기 잘 하세요.”

주성은 재희의 냉랭한 반응에도 하고 싶은 말이 남았는지 머뭇거리다 들릴 듯 말 듯 한 작은 목소리로 얼버무렸다.

“그게…… 복귀 건으로 방문하신 건가 해서요.”

재희는 ‘복귀’라는 단어에 표정이 굳었지만 티 내고 싶지는 않아 자연스럽게 대답했다.

“근처에 서킷이 있길래 궁금해서 한번 와본 거예요. 별 뜻 없어요.”

굳이 주성에게 그간의 사정에 관해서 구구절절 털어놓고 싶지 않았다. 그럴 이유도 없었다. 재희는 가볍게 인사하며 주성을 지나쳐 차근차근 계단을 내려갔다. 혹시 긴장해서 오른발을 헛디디는 것은 아닐까 신경 쓰여 최대한 느리게 걸었다. 계단을 다 내려온 재희는 들어왔던 쪽문으로 나가려는데, 다급한 발걸음 소리와 재희의 이름을 반복해서 부르는 주성의 목소리가 계단과 1층 공간을 시끄럽게 울렸다.

"잠시만, 저 드릴 말씀이 있어요. 오해는 안 하셨으면 좋겠는데……."

숨을 헐떡이면서까지 재희를 불러세운 주성은 막상 그녀를 마주하고 나니 입이 쉽게 떨어지지 않는 듯했다.

"그게, 뭐라고 말을 꺼내야 할지……. 계속 만나고 싶었는데 오늘 이렇게 갑작스럽게 뵙게 될 줄 몰라서 준비를 조금 해야 할 것 같은데……."

"그냥 말하세요. 제가 듣고 판단할게요."

재희는 더 기다리지 못하고 채근했다.

"그때 제가 자리를 더 드렸어야 했어요. 그랬으면 차량에 손상 갈 일도 없었을 거고, 그렇게 사고가…… 날 일도 없었을 텐데, 제 잘못이에요. 정말 죄송합니다."

재희는 자신의 눈을 피하려고 허리를 깊게 숙여 용서를 비는 주성의 뒤통수를 바라보았다. 그제야 그가 재희를 볼 때마다 짓던 미묘한 표정의 의미를 알 수 있게 되었다. 그건 죄책감이었다. 전도유망한 선수를 진창에 꼬라박게 하고 자신이 그 자리를 차지했다는 찝찝함. 딱 그 정도의 감정일 것이다.

"정말 그렇게 생각하세요?"

"네?"

주성은 재희의 덤덤한 말투에 고개만 들어 어리둥절한 표정을 지어보였다.

"뭔가 오해를 하고 있는 것 같은데, 그럴 필요 없어요."

재희는 바람에 흩날리는 머리카락을 귀 뒤로 넘겨 오른쪽 얼굴이 잘 보이게 웃어보였다. 주성은 예상하지 못한 반응에 당황해서 설명을 길게 붙였다.

"그게 아니라 저는 지금 사과드리는 겁니다. 선수님을 비방하거나 동정하는 의미로 하는 말 절대 아닙니다."

"그러니까 그쪽이 왜 사과를 하시냐고요. 사고는 제가 낸 건데."

재희는 주성이 끼어들지 못하게 말 사이에 간격을 긴밀하게 붙였다.

"주행 중에 타이어 상태 체크해야 했고, 뒷범퍼 깨져서 주행 안정성 없는 거 알고 속도 올릴 때 신경 써야 했는데, 못 했어요. 아니, 안 했어요. 제가 제일 빨랐잖아요. 그대로 결승선 통과하고 싶다는 생각밖에 안 들더라고요."

그렇게 말하는 재희의 머릿속으로 바로 이곳에서 있었던 그날의 순간이 생생하게 재생되듯 스쳐 지나갔다. 굉장한 레이스였는데. 재희는 씁쓸하게 웃었다.

"그날은 그냥 제가 못한 거예요."

당황한 주성은 흐린 날씨에도 눈에 보일 정도로 땀을 흘렸다. 재희는 주성을 지나쳐 경기장 밖으로 나섰다. 그에게 더 설명할 건 없었다. 그날 레이싱에서 있었던 사고는 온전히 자신의 책임이었다. 나가는 걸음이 홀가분하지는 않았다. 싱숭생숭한 것 같기도 하고 아쉬움이 남아서 허전한 것 같기도 했다.

재희는 떠나기 전 마지막으로 한 번 더 돌아보았다. 눈을 감으니 경기 전 곱씹던 서킷 트랙의 전경이 한눈에 펼쳐지듯 생생하게 그려졌다. 재희는 언제나 그 위를 자유롭게 누볐었는데, 이제는 남의 일인 것처럼 생경했다.

내 집 같던 서킷이 낯설어지고, 다신 발 딛고 싶지 않았던 트랙이 그리워지는 데 고작 3년이었다. 시간이 더 흐르면 어떤 것이 또 변해있을지 이제는 조금씩 궁금해졌다.

재희는 느슨하게 풀어진 신발 끈을 묶고 발을 털듯 자리를 떠났다. 언제나처럼 뒤를 돌아볼 것 같았는데, 이번만큼은 앞만 보고 걸었다. 이제는 등 뒤에 남겨진 게 없다는 걸 알고 있었기 때문이었다.

6장

레∶이∶스

　재희는 접의식 의자를 벽에 붙여 펼치고 등을 기대앉았다. 반쯤 올라간 블라인드 밖으로 먹구름이 가득 낀 흐린 하늘이 보였다. 소라가 병원에 입원하고 4일의 시간이 흘렀다. 정수는 회사에 양해를 구해 잠깐의 휴직 기간을 갖기로 했다. 재희는 닭에게 전화를 걸어 당분간은 드론 수업에 참석하기 어려울 것 같다고 말했다. 이대로 나가지 않으면 자연스럽게 드론부와 애매한 작별을 하게 될 수도 있었지만, 재희는 당분간이라는 단어를 강조했다. 그도 그럴 것이 닭이 다가올 드론 레이싱 경기에 관한 이야기를 쉴 새 없이 늘어놓았기 때문이었다. 당장 재희가 합류해도 무리가 없을 정도로 자세하게 작성된 기록지 스캔본까지 하루도 빠지지 않고 친절하게 메시지로 넣어주었다.

재희는 틈틈이 학생들의 기록지를 열어보았다. 태오는 여전히 더디게 나아졌다. 그에 반해 영서는 실전 레이싱 경기를 준비하면 할수록 기록이 눈에 띌 정도로 좋아졌다. 호윤은 경기장에 설치된 장애물 상태에 따라 기복이 심해서 운이 좋으면 나쁘지 않은 결과를 낼 것 같았다.

이 기록대로라면 영서는 우승을 노려볼 만했고 태오는 예선을 통과하면 감지덕지일 것이다. 호윤은 어쩌면 준결승까지도 가볼 수 있을 것 같았다. 어느 정도 예상이 되는 경기였지만, 그런데도 재희는 드론 레이싱 경기를 직접 관람하러 가고 싶었다.

재희가 아는 한 레이싱에서 정해진 건 없었다. 우승과 최하위권이 정해져 있다지만, 모두가 1위가 될 수 있는 무한한 가능성의 공간이 바로 레이싱이었다. 재희는 언제나 그 점이 좋았다.

재희가 기록지를 살피는 동안 병실 문이 열렸다. 수액걸이를 밀고 들어오는 정수와 눈이 마주친 재희는 의자를 접어 문을 더 활짝 열 수 있게 공간을 확보했다. 그 뒤를 따라 수척해진 얼굴의 소라가 정수의 팔을 잡고 힘없이 들어오는 게 보였다. 재희는 소라가 다 들어오는 걸 확인하고 나서 조용히 문을 닫았다.

정수는 수액을 빼서 침대 옆에 걸어두고는 식사 때문에 펼쳐둔 의자를 침대 아래에 넣고 이불을 치워 소라가 편하게 누울 수 있게 자리를 만들었다. 재희는 뒤에 서서 그 모습을 보고만 있었다. 서로를 비방하느라 바빴던 옛 부부는 습관처럼 서로를 챙겼다. 애정에서 사랑이 빠지고 난 자리에도 정은 남아있었다. 소라는 언제나 감정적인 걸 부정하던 사람이었지만, 동시에 누구보다 더 잘 활용하기도 했다.

재희는 소라가 편한 자세로 침대에 앉을 때까지 가만히 기다렸다. 소라가 안정을 찾고 나면 곧 재희를 부를 것이기 때문이었다. 가출한 이후 처음 마주하는 거라 그간 잔소리가 더 쌓였을 것이다. 아마도 밥을 먹었냐는 질문과 잠은 어디서 잤냐는 일신상의 안부가 먼저 나올 것이고 그다음으로 주행에 관한 질문이 뒤를 이을 것이다. 이 모든 답이 소라가 납득할 수 있는 정도가 되면 본격적으로 미래에 관한 거시적인 계획을 끈질기게 물을 것이라 예상했다. 재희는 소라를 예의주시하며 준비한 답변을 복기했다.

정수는 간이침대에 앉아 옆 호실에서 얻어온 복숭아를 깎았다. 재희의 예상과 다르게 소라는 말이 없었고 병실은 고요하고 잔잔했다. 낯선 평화를 참다못한 재희가 먼저 입을 열었다.

"서울 가서 검사 안 받아봐도 된대?"

"응, 괜찮아. 장거리 이동하면 회복하는 데 더 힘들 수도 있다니까 지금은 여기서 최대한 안정을 취하는 데 집중하는 게 좋겠대."

정수는 가장 예쁘게 깎은 복숭아 조각을 재희에게 건네며 말했다. 그다음으로 소라가 먹을 것을 접시에 담고 자신은 심지에 붙은 과육을 잘게 잘라 먹었다. 소라는 여전히 재희가 같은 공간에 없는 것처럼 행동했다. 재희는 소라의 처음 보는 모습에 낯선 감정을 넘어서 불편한 마음이 들기 시작했다. 잘못을 저지른 어린애처럼 소라의 눈치가 보였다. 정작 진짜 어렸을 때는 한 번도 그런 적이 없었는데 말이다. 둘 사이에 오묘한 분위기를 읽은 정수는 쟁반을 씻어오겠다며 자리를 피해줬다.

재희는 입을 다물었다. 소라가 먼저 말을 거는 것을 해가 질 때까지고 기다릴 수 있었다. 재희는 여기까지 와서도 소라를 이겨 먹고 싶었다. 소라도 분명 그걸 알고 있을 것이다. 오래된 냉장고가 윙윙거리며 돌아가는 소리가 들렸다. 소라가 작게 한숨을 쉬었다. 3년 전까지만 해도 소라는 한숨 쉬는 법도 몰랐었다.

"그냥 엄마가 져줘."

재희는 떨리는 목소리를 들키기 싫어서 입을 가렸다. 소라를 만나면 분명 차분한 목소리로 차근차근 설명해 주려 했었다. 레이싱을 얼마나 사랑했고, 레이싱하면서 얼마나 행복했는지. 그리고 고맙다는 말도 하고 싶었다. 서로를 부둥켜안으며 눈물을 흘리는 감동적인 장면을 기대했던 건 아니지만. 12년을 함께한 선수 생활인 만큼 어떻게든 좋게 마무리하고 싶었다. 그런데 소라에게 들려줘야 할 말은 어차피 하나밖에 없었다.

"난 레이싱 없이도 잘 살 거야."

"……그게 뭐야. 뭐 하나 제대로 정해진 것도 없이 잘 살겠다 하면 끝이야? 레이싱 드라이버가 재희 꿈이었잖아. 다 포기하고도 행복하게 사는 거, 재희가 원하는 삶이 그런 거야?"

목소리에는 힘이 하나도 없었지만, 그 안에 담긴 소라의 의지는 확고했다.

"그렇다기보다는……."

절망을 경험하고도 변하지 않는 소라의 신념에 재희는 대답하기를 주저했다. 레이싱을 그만두는 게 꿈을 포기하는 것이라는 생각은 못 했다. 재희는 머릿속으로 과거의 무수한 순간을 떠올려 보았다. 꿈도 악몽도 모두 서킷 위 레이싱카 안에서 꾸었다. 그러고 나니 자연스럽게 답이 따라 나왔다.

"다음이 있었으면 좋겠다는 뜻이었어."

"엄마가 거기 없어도?"

재희는 소라의 물음에 갑자기 눈물이 날 것 같았다. 재희는 최대한 감정을 추스르며 말하려고 했는데 울먹임을 감출 수 없었다.

"그건 어쩔 수 없지."

소라를 보자 재희는 눈물을 쏟을 것처럼 감정이 끓어올랐다. 그러나 왜인지 마음 한편이 후련했다. 재희는 소라에게 대답을 보채듯 말을 쏟아냈다.

"엄마한테 진짜 미안한데 사과는 못 하겠어. 근데 엄마도 하지 마. 레이싱 드라이버가 아닌 날 평생 용서하지 않아도 돼."

소라는 여전히 대답이 없었다. 그 공백 사이로 부는 바람이 밀려드는 파도 소리처럼 들렸다. 규칙적으로 나는 밀고 당기는 힘이 어디가 시작이고 끝인지 모르게 무한대로 이어졌다.

재희는 잠시 눈을 감고 가로도에서 차를 운전했던 마지막 순간을 떠올려 보았다. 모든 것을 운명이라 여겼던 숱한 영광의 기억이 전부 힘을 잃어버린 지금, 진정으로 원하는 건 딱 하나뿐이었다.

"난 이제 다음으로 가볼게."

재희는 소라의 눈을 피하지 않고 말했다. 소라는 언제나 잘하는 것과 하고 싶은 게 같은 건 축복받은 삶이라고 했었다. 재희가 할 일은 주어진 길을 성실하게 걸어가는 것뿐이라고 했었다.

그러나 재희는 자신의 미래가 축복받은 길 위를 배회하게 내버려두고 싶지 않았다. 헛도는 걸음이라면 직접 멈추어 설 줄 알아야 했다.

❖

재희는 잘 도착했다는 문자 메시지를 정수에게 보내고 다시 핸드폰을 주머니에 넣었다. 소라에 관한 이야기가 없는 걸 보니 또 서로 말다툼을 한 모양이었다. 재희는 오늘만큼은 다른 생각을 하지 않기로 하고 체육관 안으로 들어갔다.

경기장 한편에는 드론 레이싱 전 연습에 쓰일 장애물이 줄을 맞추어 정렬되어 있었고, 정중앙에 드론 레이싱 경기에 사용될 구조물이 설치되고 있었다. 그동안 운동장에서 연습하는 걸 봐서 그런지 체육관에 준비된 드론 레이싱 경기장이 생각보다 더 작게 느껴졌다.

재희는 준비되는 장애물을 하나씩 유심히 살폈다. 경기장을 둘러보는데, 재희의 손에서 길게 진동이 느껴졌다.

"여기요!"

재희가 전화를 받기도 전에 태오의 목소리가 먼 곳에서 울렸다. 입구에서 하나둘 무리 지어 들어오는 사람들 사이에서 닮을 발견한 재희가 손을 흔들어 인사했다. 닮은 재희를 보고도 그냥 지나쳐버릴 정도로 정신이 없어보였다. 태오는 그런 닮을 붙잡아 재희 앞으로 데려왔다.

"늦으셨네요."

"유호윤이 아침부터 배 아프다고 난리 쳐서요."

재희의 물음에 영서가 먼저 선수 쳐서 대답했다. 민망함을 감추려고 장난스럽게 야유하는 호윤에게서는 긴장한 기색을 찾을 수 없었다. 영서도 같이 장난을 치며 깔깔거렸고 태오 역시 평소와 다를 바 없는 덤덤한 표정으로 재희를 바라보고 있었다.

의외로 그들 중 가장 긴장해서 얼어붙어 있는 건 닮이었다. 항상 입가 가득히 번져있던 장난기 가득한 미소는 온데간데없고 억지로 입꼬리에 힘을 주어 숨 쉴 틈도 없이 말했다.

"얘들아, 우리 이럴 때 아니야. 빨리 가서 비행 코스 파악하고, 예선 전에 연습 비행은 못 하려나? 아, 저 옆에 임시 장애물 설치해 둔 거 보니까 절대 허락 안 해주겠네. 그럼 저기서라도 한 번씩 비행해 볼까? 근데 또 그게 도움이 되려나.”

닭은 혼자서 자문자답하며 부산스럽게 경기장을 둘러보았다. 재희는 그런 닭의 모습에 빙그레 웃었다. 그동안 우승에 간절함이 없어보여서 드론부 강사는 취미로 하는 거라 짐작했었는데, 이제 보니 닭은 누구보다 더 드론 레이싱에 진심이었다.

“예선 경기 전에는 경기장 사용 못 하고 저기 설치해 둔 장애물도 곧 철거할 거라고 하는데, 굳이 비좁은 공간에서 연습할 필요는 없어보여요. 애들 그동안 넓은 공간에서 비행해 버릇해서 거리감만 애매해지니까 차라리 밖에 나가서 제자리비행 하는 게 감각 살리는 데 더 도움될 거예요.”

닭은 재희의 말에 공감하듯 고개를 끄덕이면서도 무언가 하고 싶은 말이 있는지 계속 우물쭈물했다. 보다 못한 태오가 다른 애들에게 눈짓해 밖으로 나가자고 신호해 자리를 비켜줬다.

“재희 님은 그냥 편하게 응원만 하다 가셔도 되는데.”

“왜요? 레이싱 때려치웠다니까 이기게 해준다는 말 이젠 신뢰가 안 가요?”

닭은 재희의 편안해진 웃음에 조금씩 표정이 풀리면서 괜한 부담을 주고 싶지 않았다며 서둘러 설명을 덧붙였다.

“아이, 그럴 리가 있나요. 그래도 짧은 시간 동안 너무 많은 일이 있었잖아요. 당장 눈앞에 있는 드론보다는 재희 님이 진짜로 바라는 걸 찾기까지 시간을 더 많이 가졌으면 좋겠다는 마음인 거죠."

재희는 닭의 말을 천천히 곱씹어 보았다.

"저 드론부 코치 되려고 온 거 아니에요. 선생님이 준 제안서 때문은 더더욱 아니고요. 애들 경기도 궁금했는데, 그것보다 끝까지 가보고 싶어요. 그게 제가 원했던 거예요."

이번에는 닭에게서 시작된 침묵이 예상보다 더 길어졌다. 닭은 연달아 울리는 메신저 알림에 핸드폰을 확인하더니 갑자기 심각한 표정으로 시간을 가리키며 허둥거렸다.

"잠깐만요. 지금 이럴 시간이 없는데. 애들 기록지 어제랑 그제 것까지 다 분석하려면 시간 부족할 것 같은데. 여유 부릴 때가 아니거든요. 우리 빨리 가요."

닭이 입가에 다시 장난기 가득한 미소를 피어내며 재희의 손을 잡고 달렸다. 재희는 얼떨결에 닭을 따라 달리다 문득 물어보고 싶었던 질문을 꺼냈다.

"근데 저한테 왜 이렇게 잘해주세요?"

닭은 달리는 것을 멈추지 않고 무슨 그런 질문이 다 있냐는 듯 어리둥절한 표정으로 돌아보며 말했다.

"저번에 말씀드렸잖아요, 팬이라고."

발랄한 웃음소리에 맞춰 닭이 발걸음을 재촉하자 재희도 따라 웃었다. 둘은 경기장이 끝날 때까지 손을 맞잡고 함께 달렸다.

경기장 밖으로 나온 재희는 잠시 숨을 고르며 윙윙거리는 드론 소리로 가득한 하늘을 올려다보았다. 제자리비행을 하는 학생도 많이 보였고, 직접 준비해 온 장애물을 실제 경기장 구조물과 비슷하게 설치해 비행 코스를 연습하는 팀도 있었다.

재희는 가만히 다른 팀이 준비하는 모습을 살펴보았다. 그사이 닮은 애들을 한 곳으로 불러 모으며 말했다.

"드론 상태 점검해 보자. 조종기. 신호 잘 들어가지? 한 번씩 돌려봐야 해. 프로펠러에 이상 없는지 자세히 보고. 그다음으로 배터리 완충되어 있는지 확인, 충전 필요하면 지금 말해줘."

닮의 지시에 다들 자못 진지한 표정으로 드론과 조종기를 점검했다. 재희는 그 옆에 서서 점검하는 학생들의 표정을 한 명씩 살펴보았다. 호윤은 평소처럼 영서에게 장난을 쳤지만, 긴장한 탓인지 손을 가만히 두지 못하고 부산스럽게 움직였다.

재희는 그런 호윤을 옆으로 끌어당겨 다른 학생과 거리를 벌렸다. 대회를 앞둔 선수들에게 불안감을 자극할 요소는 미리 차단해 줄 필요가 있었다. 드론이랑 떨어지고 나니 그제야 호윤의 표정이 편해졌지만, 그는 소외되는 걸 참지 못해서 자꾸만 학생들이 조종하는 드론을 기웃거리며 말을 보탰다. 재희가 힘으로 호윤의 고개를 돌려세우며 말했다.

"호윤아, 너 예선 끝날 때까지 애들이랑 말하지 마."

"네? 제가 뭘 잘못했다고 말을 못 하게 하세요? 저 말실수한 거 없는데."

호윤은 억울하다는 목소리로 칭얼거렸다.

"헤드셋 챙겨줄 테니까 말하지 말고 노래 들으면서 드론 날리라고. 그런 거 있잖아. 막 다 이겨버릴 것 같은 노래로 골라 듣고 네가 이번 레이싱 우승자라고 생각해 봐. 영서 말고 너라니까."

재희는 마지막 말을 작당 모의하는 것처럼 목소리를 낮게 깔고 속삭이듯 말했다. 호윤은 재희가 가방에서 꺼내주는 헤드셋을 받아들며 눈을 반짝였다. 호윤은 평소에도 보이는 걸 중요하게 생각해서 드론을 조종할 때도 옆에서 누가 있는지에 따라 비행 기록이 확연하게 차이 날 정도였다. 그러니 과시보다는 자기 확신 쪽으로 에너지를 발산할 수 있게 자극을 주면 경기 같은 큰 대회에서 오히려 도움이 될 수 있을 것이다.

점검을 끝낸 태오가 호윤과 대화를 마친 재희의 주변을 서성였다. 재희는 태오에게 가까이 오라 손짓하고 닭에게 말했다.

"선생님, 전 태오랑 먼저 가있을게요. 영서랑 호윤이는 한 번씩 날려보게 하고 들어오세요."

"왜 둘만 들어가요? 다 같이 연습해야 하는데."

영서가 당황한 목소리로 태오를 붙잡았다.

"넌 손에 익을수록 더 잘하고, 호윤이는 기복이 심하니까 경기 전에 한 번 만져보는 게 도움이 될 거야. 태오는 안정적으로 비행하는 스타일이라 차라리 쉬면서 마인드컨트롤 하는 게 더 도움이 돼. 그러니까 어서 가서 연습해."

영서는 재희의 설명을 이해하는 것 같다가도 짐을 정리하는 태오를 흘깃거리며 굼뜨게 행동했다. 그러자 재희가 단호한 목소리로 선을 그었다.

"여기까지 와서 예선 떨어져도 괜찮다면 더 말 안 할 건데, 그런 거 아니면 빨리 드론 준비하자."

재희의 단호한 말에 영서는 군말 없이 닭에게 돌아갔다. 재희는 제자리비행 하는 영서의 드론을 빤히 바라보았다. 영서는 회전 비행에 능숙해서 장애물이 많을수록 유리했지만, 급한 성격 때문인지 빠르게만 비행하려는 습관이 나와 제자리에서 일정한 높이를 유지하면서 방향을 바꿔야 하는 장애물에 약했다. 그런데 하필 아까 본 경기장 장애물 중에 터널이 있었다. 재희가 걱정하는 건 그 부분이었다. 예선 때는 설치하지 않을 듯하지만, 준결승이나 결승전에 터널이 나온다면 상대적으로 영서에게 불리할 수 있었다.

재희는 영서에게서 눈을 떼고 호윤에게로 시선을 돌렸다. 재희가 준 헤드셋을 끼고 무아지경으로 몸을 움직이는 호윤 때문에 웃음을 참기가 어려웠다. 감정 표현이 자유분방한 호윤은 다른 애들보다 경기 기복이 심했다. 어느 날은 어제 날린 드론도 다음날이면 전날 했던 걸 다 까먹은 사람처럼 미숙하게 조종하곤 했다. 재희는 호윤의 그런 특성을 미리 파악하고 있었기에 예선 경기 전부터 최대한 조종기를 손에 익히는 과정이 필요하다고 생각했었다.

재희는 조금 전 눈으로 훑었던 경기장 전경을 노트에 복기했다. 각자가 취약한 장애물은 특히나 유심히 체크했다. 이대로라면 영서와 태오의 예선 통과는 걱정 없지만, 호윤이 가장 신경 쓰였다. 호윤은 특히나 높은 구조물 통과에 어려움이 많았는데, 하필 시작부터 높이가 있는 게이트라 더 걱정이 앞섰다.

"호윤아, 게이트 넘을 때 너무 장애물만 보고 가지 마. 네가 생각하는 것보다 한 뼘 높게."

호윤이 한쪽 귀를 열어 다시 반문하자, 재희는 했던 말을 다시 큰 소리로 반복했다. 재희는 다시 노트에 집중하며 경기장 안으로 들어갔다. 그 옆에 서서 나란히 걷던 태오가 무심한 말투로 물었다.

"저한테는 따로 해줄 말 없어요?"

"너? 아까 했잖아. 멘탈 관리하라고."

"그게 끝이에요?"

태오는 재희의 대답에 시시하다는 표정을 지으며 일부러 걸음을 늦췄다. 마음이 급한 자신과 다르게 자꾸만 뒤로 밀리는 태오를 보고, 결국 재희는 짜증 섞인 말투로 물었다.

"무슨 말이 듣고 싶은 거야?"

"그냥 잘할 수 있다는 격려 아니면 응원 정도요."

"넌 그런 거 안 들어도 돼. 내가 말한 마인드컨트롤은 그동안 연습한 거 기록지 보면서 떠올려 보고 또……."

"선생님이 하면 달라요."

태오는 넓은 보폭으로 단번에 재희를 따라잡았다. 오랜만에 본 얼굴에 무언가 말하고 싶은 기색이 스쳤다.

재희는 그 눈빛이 위로인지, 단순한 호기심인지 알 수 없어 놀리듯 건성으로 말했다.

"그럼 잘해봐."

태오는 서운한 눈을 하고서 더 말해달라며 버텼다. 그때, 외부에 설치된 스피커에서 드론 레이싱 참여 선수는 전부 실내로 들어오라는 안내 음성이 들렸다. 재희는 닮이 미리 잡아둔 자리를 찾아 계단을 오르려다 다시 태오 쪽으로 몸을 돌렸다.

"드론 재미있잖아. 진심으로 하는 말이야. 넌 잘할 거야."

재희는 태오의 등을 경기장 쪽으로 힘차게 떠밀었다. 재희는 다시 자리를 찾아 짐을 정리하고 물을 한 모금 마시려는데, 그때부터 심장이 빠르게 뛰기 시작했다. 이제 막을 수도 없고 도망갈 수도 없는 진짜 경기의 시작이었다. 재희는 오래전부터 이 순간을 가장 좋아했었다. 경쟁이 자신을 위협적으로 겨누는 느낌이 좋았다. 경기 참여자가 아닌데도 이렇게 떨릴 수 있다는 게 참 신기하기도 했다.

재희는 문득 경기 날마다 들떠있던 소라의 모습이 떠올랐다. 레이싱하면서 경험했던 순간과 기억이 전부 소라와 연결되어 있던 시절이었다. 함께 승리하고 그 전리품을 나누며 서로를 위해 살았었다.

재희는 이제 자신의 인생을 누군가와 쪼개어 쓰지 않기로 다짐했다. 원하는 삶에 소라가 없어도 그녀는 여전히 자신의 엄마였다. 앞으로의 선택에 소라의 응원과 지지만 있으면 좋겠지만 그건 재희의 몫이 아니었다. 이제 재희는 소라의 것까지 욕심내지 않기로 했다.

조금 전과 다르게 경기장 관중석에 사람들이 제법 많이 찼다. 직접 만든 플래카드를 걸고 응원하는 학생들도 여럿 보였고, 가족 단위나 학교 자체에서 응원을 와서 시끌벅적한 분위기도 연출되었다. 가로고를 응원하는 플래카드 위로 3학년 담임 선생님을 포함한 학교 교직원도 몇 명 따라온 건지 가로도를 오가면서 본 낯익은 얼굴들이 자리하고 있었다.

경기장 내부를 둘러보던 재희는 순간 얼굴이 굳었다. 그동안 훈련 때 연습하지 못한 생소한 장애물이 설치되어 있었기 때문이었다. 낮은 게이트를 두 개로 이어 붙여 세로로 설치한 장애물이었다. 지그재그로 엇갈리게 교차해서 비행하면 되는 거라 예전에 연습했던 것과 비슷해 보였지만, 평소 연습했던 것보다는 게이트 높이가 낮아서 호윤이 걱정되었다. 연습 때도 생소한 장애물을 설치하면 어김없이 장애물에 부딪히거나 바닥에 처박히곤 했기 때문이었다.

재희는 서둘러 계단을 내려가 경기장 풍경을 동영상으로 기록하고 있던 호윤을 다급하게 불렀다.

"호윤아, 이거 봐봐. 기억나지?"

재희는 연달아 세워진 폴을 교차 비행으로 통과했던 당시 작성한 기록지를 보여주며 말했다.

"그때 했던 거랑 똑같아. 대신 더 낮은 고도로 날아야 해. 게이트 앞에서는 아까도 말했잖아. 속도에서 손해 봐도 시야 확보가 먼저라고. 네가 생각하는 것보다 한 뼘만 더."

재희를 위쪽을 가리키는 손짓으로 차분히 설명했다. 호윤은 처음 보는 장애물을 발견하고는 당황해서 제대로 듣지도 못했다. 재희는 그런 호윤을 강하게 끌어당겨 시선을 장애물이 아닌 기록지로 고정하고 반복해서 말했다.

"너 교차 비행 잘해. 기록지가 보여주잖아. 근데 낮은 고도로 교차 비행 안 해본 것도 맞아. 그래서 못 하겠어? 아니지. 지금 느낌으로는 해보면 또 할 수 있을 것 같지?"

재희는 일정한 목소리 톤으로 하고 싶은 말을 또박또박 전달했다. 재희는 자신의 지시 사항에 호윤이 토를 달지 못하게 적당히 빠르고 분명한 발음으로 말했다. 혼란스러워 보이던 호윤도 재희가 보여준 기록지와 연습 영상을 보며 조금씩 안정을 찾아가는 것 같았다.

"경기 시작 전까지 계속 이거 반복해서 봐. 그리고 뭐라고?"

"한 뼘 더 높게요."

"그래, 이제 가. 가서 잘하고 와."

재희는 호윤이 다른 생각을 하지 못하게 퍽 소리가 날 정도로 등을 세게 두들겨 보냈다. 호윤이 뒤를 돌아보자 두 손가락으로 눈동자와 핸드폰을 번갈아 가리키며 반복해서 보라고 수 신호했다.

이제 재희가 할 수 있는 건 없었다. 재희는 계단을 따라 닭이 있는 관중석으로 올라갔다. 경기 시작을 앞두고, 닭은 더 긴장해서 그런지 손을 닦던 물티슈를 갈기갈기 찢어놨다. 재희는 바닥에 널브러진 휴지조각을 주워 쓰레기봉투에 버리며 자리에 앉았다. 닭은 그런 재희에게 눈길 한 번 주지 않고 발을 동동거리며 기도하듯 손을 모았다.

"선생님은 참 신기해요. 충분하다면서요. 다 좋다고 할 때는 언제고 이제 와서……."

"쉿! 조용, 조용. 곧 경기 시작해요."

재희는 자기 말을 단칼에 끊어내는 닭의 모습을 어이없다는 듯 바라보다 의자에 눕듯이 기댔다.

A부터 F까지 각 조에 4명씩 배정된 대진표에 따르면 A조인 영서가 가장 먼저 비행하고 그다음으로 B조인 태오, 마지막은 D조인 호윤의 차례로 가로고 학생들의 경기가 진행되었다.

심판이 주의를 집중시키며 안전과 경기 규정에 관해 설명하는 듯싶더니 A조 선수들을 조종석에 입장시켰다. 세 번째 자리를 배정받은 영서는 곧바로 비행 준비를 마쳤다. 닭은 영서의 모습에 숨 쉬는 법을 잊어버린 사람처럼 온 신경을 곤두선 채 경기장으로 뛰어들 것처럼 난간 앞에 붙어 쪼그려 앉았다.

순식간에 A조의 경기가 시작되면서 관중석에서 환호성이 터졌다. 그 소리에 재희도 정신이 바짝 들었다. 동시에 출발한 네

대의 드론이 매서운 소리를 내며 첫 구조물인 원형 게이트 안으로 날아갔다. 의자에 앉아있던 재희도 제일 앞선 드론에 붙은 핑크 리본 스티커를 발견하고는 난간에 몸을 붙였다. 영서의 드론이 가장 빨랐다.

영서는 높낮이가 다른 원형 게이트 다섯 개를 연달아 통과했다. 곧바로 기체의 고도를 낮춰 아래로 내려갔다가, 장애물 위로 한 바퀴 돌아나왔다. 이어지는 폴 네 개는 좌우로 교차하며 순식간에 빠져나왔다. 그리고 바닥에 닿을 듯 낮게 깔린 원형 게이트 세 개를 깔끔한 하강 비행으로 가로질렀다. 마지막 구간에서 영서는 고도를 빠르게 끌어올린 뒤, 나란히 붙은 직선 게이트 두 개를 교차하며 지나가 그대로 결승선을 향해 날아갔다.

눈 깜빡할 사이에 끝나버린 영서의 경주에 사람들은 열렬한 호응과 박수를 아낌없이 보내주었다. 관중석 사이사이에서 영서의 비행 실력을 칭찬하는 대화가 또렷하게 들렸다. 닮은 무아지경으로 제자리에서 폴짝거리며 연신 영서의 이름을 불러댔다.

재희는 닮이 난간에 걸려 넘어지지 않게 말리며 전광판에 뜬 기록을 확인했다. 2등까지 준결승전으로 나갈 수 있다고 했지만, 영서 다음이 누구인지는 찾아볼 필요도 없었다. 영서가 유의미한 시간 차이를 보이며 압도했기 때문이었다.

재희가 영서의 기록을 정리하기도 전에 태오가 조종석에 앉아 다음 경기를 준비하고 있었다. 닮은 마치 첫 경기를 보는 사람처럼 긴장감에 사로잡힌 채, 재희를 붙잡아 흔들며 소란을 피웠다.

그사이 태오의 드론이 출발했다. 태오는 평소처럼 느긋하게 드론을 몰았다. 스타트가 빠르지도 느리지도 않았지만, 이대로 속도를 올리지 않는다면 세 번째 자리에서 경기를 마무리하게 될 것이다. 닮은 태오의 이름을 부르며 더 빠르게 달리라고 소리쳤다.

재희는 태오의 비행을 유심히 관찰했다. 영서의 비행이 직전에 있어서 그런지 둘의 스타일이 확연히 차이가 났다. 특히나 폴에서 원형 게이트까지 이어지는 구간에서 출렁거릴 정도로 낙차감이 느껴지게 비행하던 영서와는 다르게 태오의 드론은 일정한 높낮이를 지속해서 유지하며 군더더기 없이 날았다. 태오는 자신이 빠르지 않다는 걸 알면서도 성실하게 비행했다.

그러나 이변은 없었다. 태오는 세 번째로 결승선을 통과하며 예선을 통과하지 못했다.

예상했던 결과지만 조금 씁쓸한 기분이 들었다. 그러던 찰나, 앞서 속도 경쟁을 하며 비행하던 드론 중 한 드론이 밖으로 밀리면서 원형 게이트를 통과하지 못한 채로 결승선에 들어왔다는 소식이 전해졌다. 침착하게 따라붙던 태오의 드론이 근소한 차이로 들어온 덕분에 페널티를 받은 2등과 순위가 뒤바뀌며 태오가 극적으로 준결승전에 진출하게 됐다. 영서는 기뻐하며 태오에게 다가가 축하를 건넸다.

재희는 문득 태오와 드론에 관해 이야기를 나눴던 보건소에서 대화가 떠올랐다. 그때는 하기 싫은 걸 왜 하는 거냐며 면박을 줬었다. 그런데 태오는 방과후수업에 한 번도 빠지지 않고 출석했고 결국 레이싱 경기에 참여해 예선 통과까지 해냈다. 그런 태오를 보고 있으니, 무언가를 이뤄낸다는 것은 정해진 방법도 있고 통하는 원칙도 있지만, 어떤 것을 좋아하게 되는 건 이유도 모르며 불분명한 선택지로도 괜찮다는 생각이 들었다.

재희는 태오의 예선 기록지를 작성하지 못하고 멍하니 서있었다. 옆에서 호윤을 응원하는 닭의 쉰 목소리를 듣고 나서야 재희도 서둘러 정신을 차리고 다음 차례를 기다리는 호윤을 찾았다. 호윤은 아까보다 더 상태가 안 좋아 보였다. 긴장으로 얼굴이 하얗게 질려 몸이 굳어있었다.

재희는 호윤에게 전화를 걸었다. 신호가 길게 가는데도 호윤은 넋이 나간 채 받을 생각이 없어보였다. 재희는 호윤이 받을 때까지 계속 전화를 걸었다. 호윤은 다음 차례가 될 때까지 눈치채지 못하다가 대기선으로 이동할 때가 되어서야 허겁지겁 전화를 받았다.

"호윤아, 그동안 내가 했던 말 다 잊고 그냥 멀리만 봐."

"네? 아까는 무조건 한 뼘 더 높게 날라면서요."

"아니, 다 됐으니까 그냥 멀리 날라고. 바다에서 누가 멀리

갔는지 시합했을 때처럼……."

호윤은 진행요원의 지시로 통화를 끊지도 못하고 엉거주춤 주머니에 넣은 채 끌려가듯 조종석에 앉았다. 호윤은 제한 시간 2분을 꽉 채우고 나서야 준비를 겨우 마쳤다. 그는 긴장이 되는지. FPV 고글 밑으로 흐르는 땀을 연신 어깨로 훔쳤다.

출발 신호가 떨어짐과 동시에 호윤의 양옆에서 드론이 튀어 나갔다. 반면 호윤의 드론은 출발선에서 꼼짝도 하지 않았다. 재희는 순간 눈앞이 아찔해졌다. 자체 규정에 따라 10초 이내로 출발하지 못하면 이대로 실격이었다. 재희는 관중석을 넘나들며 호윤의 조종석 쪽으로 다가가 소리쳤다.

"호윤아, 바다 위라고 생각하고 수평으로만 비행해!"

응원 소리에 묻혀 재희의 목소리가 들렸는지 알 수 없지만, 호윤이 혼잣말을 중얼거리는 게 보였다. 발만 동동 구르고 있던 닭도 재희를 따라 다시 한번 우렁차게 바다를 외쳤고, 영서와 태오가 건너편에서 파도 모양을 흉내 내며 손짓했다.

재희는 처음에는 경기 시간을 재며 조종석 쪽으로 달려가고 있었는데 출발선에 붙어있는 드론을 보며 자신도 모르게 계산하는 것도 잊고 '제발'이라고 간청했다.

재희의 바람이 통한 건지, 호윤의 드론이 바닥에 붙은 것처럼 낮은 고도로 비행을 시작했다. 거의 장애물에 부딪힐 것처럼 가려진 상태로 아슬아슬하게 낮은 고도를 유지하며 비행했다. 덕분에 불필요한 움직임을 줄였고, 앞서 나가던 드론 한 대를 겨우 따라잡았다.

재희는 난간에 매달려 다시 한번 '제발'이라고 속으로 외쳤다. 이제 곧 결승선이 코앞인데, 그 전에 교차로 통과해야 하는 게이트가 남아있었다. 호윤의 드론이 앞선 드론의 꽁무니에 붙어 진입하다 다시 한번 고도를 낮춰 거의 바닥에 붙어있다시피 비행했다. 마치 수평선처럼 일직선으로 펼쳐진 바다 위를 기준 삼아 나는 것처럼 말이다.

낮은 고도로 날던 호윤의 드론이 직선 경로로 단번에 진입해 그대로 결승선을 통과했다. 호윤의 옆 조종석에 앉아있던 학생은 자신이 호윤보다 먼저 결승선을 통과했다 확신한 건지 고글을 벗어던지고 환호성을 질렀다.

재희는 곧바로 계단을 내려가 운영본부로 달려갔다.

"영상 판독해 주세요. 저희 드론이 더 빨랐어요."

갑자기 들이닥친 재희의 항의에 본부석은 당황해하며 곧바로 상대 드론 관계자를 호출했다. 본부석으로 하나둘 사람이 모이자, 관중의 관심이 자연스럽게 쏠렸다.

영서와 태오가 달려가 호윤을 위로하자, 상대 드론 선수는 마치 자신의 승리를 과시하는 목소리로 다 들으라는 듯이 환호하며 시끄럽게 굴었다.

"어디서 오셨어요? 아, 가로고."

해양고 명찰을 달고 있는 담당자 무리가 재희의 뒤집힌 명찰에 멋대로 손을 대며 자기들끼리 낄낄거렸다.

"섬 애들이라 예선 통과하는 게 간절할 수도 있지."

"그런 게 아니라 우리 드론이 더 빨랐어요."

"제대로 된 증거도 없이 막무가내로 우긴다고 다 받아주는 거 아닌데."

"뭐래. 내가 봤다니까."

재희는 자신과 키가 비슷해 보이는 선생에게 한 걸음 더 가까이 다가가자, 그가 몸을 움찔하며 어깨를 돌려 접촉을 피했다. 그사이 따라 내려온 닮이 자신이 찍은 영상을 들이밀며 호윤이 더 빨리 들어왔다며 집요하게 늘어졌다. 본부는 마지막 조 경기까지 끝낸 후 회의를 거쳐 판정하겠다고 하고 모두를 돌려보냈다. 아까 재희와 부딪힐 뻔한 선생은 다 들으라는 듯이 투덜거리며 자리를 떴다. 재희는 그에게서 시선을 떼지 않은 채 미소를 띠었다.

마지막 예선 경기를 기다리는 찰나의 순간이 앞선 경기를 전부 다 합친 것보다 더 길게 느껴졌다. 재희는 초조하지 않았다. 분명 호윤이 빨랐기 때문에 그걸 확인해 줄 결과를 기다릴 뿐이었다. 각자의 드론과 소지품을 챙겨 관중석으로 올라온 호윤은 풀이 죽어있었다. 영서와 태오가 아무리 옆에서 위로해 줘도 기분이 나아지지 않아 보였다.

"다들 수고했어. 드론 보관함 위에 올려두고 자리에 앉아서 쉬어. 단거 당긴다고 음료수 마시지 말고, 물 마셔. 그리고 준결승 시작 전에 초콜릿 하나씩 먹고 들어가."

재희의 말에 다들 물병을 드는데, 호윤만 오렌지 주스를 집으려 했다. 재희가 단호하게 음료를 뺏으며 말했다.

"내 말 못 들었어? 물 마셔. 다음 경기 준비해야지."

호윤은 재희의 흔들림 없는 눈빛에 무어라 반박하지도 못하고 어깨를 움츠리며 다른 애들이 서있는 쪽으로 터덜거리며 걸어갔다.

"재희 님, 근데 호윤이가 더 늦었으면……."

"공구 박스는 자리 밑에 있어요. 선생님 먼저 가셔서 기체 점검하고 계세요."

재희는 닭의 걱정 어린 염려를 단칼에 자르며 준결승전 준비를 부추겼다. 마지막 경기가 끝나고도 한참이 흘렀는데, 결과가 나오지 않았다. 해양고 학생은 이미 다음 경기 준비를 마치고 의기양양한 자세로 앉아 호윤을 가리키며 자기들끼리 시끄럽게 떠들어댔다. 재희는 그 모습에 짜증이 나면서도 웃겼다. 결국 준결승에 올라가는 건 호윤인데, 다들 왜 이렇게 성급할까.

재희는 미지근한 물을 마시면서 경기장 전경을 내려다보다 묘한 기분을 느꼈다. 레이싱 경기를 시작하기 전 하늘에서 관망하던 그때의 감정과 비슷한 순간을 경험했기 때문이었다. 어쩌면 다음이 그리 멀지 않은 곳에 있을지도 모른다는 생각이 들었다. 그동안의 레이싱을 정리해서도, 또 다른 레이싱을 준비하고 있기 때문도 아니었다. 다음을 정하는 게 무겁지만은 않게 느껴졌다. 꼬리가 잘린 채 살아가는 도마뱀처럼, 날지 못

하는 펭귄처럼 말이다.

갑자기 호윤이 뒤에서 재희의 어깨를 거세게 잡고 흔들며 소리를 질렀다. 태오가 둘을 떼어내자 그 반동에 호윤은 중심을 잃고 뒤로 나자빠졌다. 그러면서도 웃음을 멈추지 않고 말했다.

"코치님, 제가 평생의 스승님으로 모실게요. 진짜 코치님은 너무 대단하신 분이고 하늘에 사는 매보다 눈이 좋으시고 인공지능보다 똑똑하세요."

"오바한다. 내가 말했지. 우리가 더 빨랐다니까. 걔네 어디 있어? 우리도 가서 환호성 한 번 질러줄까?"

호윤은 대답 대신 해맑게 웃으며 아이처럼 기뻐했다. 그 웃음에 재희도 기분이 좋아졌다. 닭이 호윤의 이름을 연호하며 손뼉을 쳤다. 다 같이 준결승전에 올라갈 수 있어서인지 아침과는 다르게 모두의 얼굴에 기대감과 동시에 긴장감이 서려있었다. 누구 하나 할 거 없이 함께 마주 보고 있는데, 갑자기 닭이 불쑥 주먹을 내밀며 싱그럽게 웃으며 말했다.

"진심을 담아서 가로고 드론부 파이팅 한 번 할까요?"

"이걸 몇 번을 하는 거예요."

재희가 귀찮다는 듯 자리를 털고 일어났다. 영서는 까칠한 반응에도 아랑곳하지 않고 재희가 자주 하던 파이팅 포즈를 취하며 말했다.

"우승 못 하면 응원 안 한 사람 탓."

"야, 재수 없게 왜 그런 말을 해. 코치님 빨리요!"

호윤이 타박하듯 영서의 옆구리를 찌르고 재희를 향해 손짓했다. 간지럼에 약한 영서가 펄쩍 뛰며 옆으로 피하자 빙 둘러모였던 원이 자연스럽게 흐트러지며 한데 엉켰다. 태오는 이제 금방 끝나버릴 시시한 다툼을 말리지 않았고, 재희는 이제 더 해보라는 듯 대놓고 쳐다봤으며 닮은 사진을 하나라도 더 남기려고 핸드폰을 들이밀었다. 고작 예선을 통과했을 뿐이고 아직 뭐 하나 제대로 이룬 것도 없는데 다들 웃기만 했다.

다음 경기를 앞두고 이렇게 웃고만 있어도 되는지 모르겠지만, 재희도 그냥 웃어버리기로 했다. 예선을 통과해서도, 새로운 선택을 경험해서가 아니라 그냥 웃음이 나서 웃었다.

"구급차는?"

재희는 태오의 뒤통수를 지그시 누르며 걱정스럽게 물었다. 지혈하려고 덧댄 수건은 이미 피로 흥건하게 젖어있었다. 재희는 복잡해진 마음에 머리카락을 헝클었다.

태오는 준결승전에서 탈락했다. 기록이 괜찮아서 준결승전까지 노려볼 수 있겠다고 생각했는데, 조 배정을 작년 대회 우승자와 같이 받는 바람에 아쉽게 떨어졌다. 하지만 태오는 홀가분해 보였다. 그는 지금 순간을 즐기고 있는 것 같았다.

문제는 영서와 호윤의 경기였다. 둘이 같은 조를 배정받는 것까지는 어떻게 할 수 없었지만, 예선에서 결승선 통과 기록을 놓고 다퉜던 해양고 중 다른 학생이 경기 도중 노골적으로 영서의 드론을 위협했다. 호윤이 막아서면서 충돌이 일어났고 영서의 드론은 그걸 피하려다 게이트에 부딪혀 우측 프로펠러가 완전히 박살이 났다. 다행히 결승선 부근에서 일어난 사고여서 간신히 균형을 잡아 통과하긴 했는데, 결승전을 치를 예비 드론이 없었다.

호윤의 드론은 영서의 것보다 더 손상이 심했고, 같은 대회 참가자인 태오가 등록한 드론도 사용 불가라고 했다. 결승전이 시작되기 전까지 영서의 드론을 수리하거나 아니면 다른 드론을 구해와야 하는 상황이었다. 설상가상으로 닭과 재희가 본부석에 항의하러 간 사이, 해양고 학생과 호윤의 말다툼이 벌어졌다. 몸싸움으로 번지면서 말리던 태오가 화단 쪽으로 밀려 머리를 찧어 뒤통수가 찢어졌다. 시비를 걸던 해양고 학생들은 이미 달아난 지 오래였다.

일단 태오를 병원으로 옮겨 치료받게 해야 하는데, 최근에 신설한 월포체육관이 워낙 외곽에 지어진 탓에 구급차가 오는 데까지 한참이나 기다려야 했다. 재희는 가만히 자리에 있지 못하고 서성이며 시간을 확인했다. 결승전 시작까지 한 시간도 남지 않았는데 태오를 병원에 데려가고, 영서의 드론도 수리해야 했다.

"전 괜찮으니까 잠깐 앉아 계세요."

고개를 숙이고 있던 태오가 가만히 있지 못하는 재희의 손목을 붙잡아 끌어당기며 말했다. 재희는 못 이기는 척 태오의 옆에 몸을 구겨 앉아 그나마 피가 덜 묻은 부분으로 모양을 바꿔 상처 부위를 덮었다.

"……그동안 운전 안 하시는 줄 몰랐어요."

재희는 태오의 말에 반응 없이 지혈에 집중했다.

"선생님도 저랑 같이 계속 드론 해보시는 건 어때요?"

"내가 진짜 제대로 하면 너 그 말 바로 후회할걸."

태오는 작게 소리 내어 웃다 상처 난 부위가 아픈지 인상을 찌푸렸다. 재희는 그 모습에 힘을 주던 손에 방향을 바꿔 최대한 부드럽게 누르려고 노력했다. 태오가 다시 고개를 숙였다. 그래서인지 태오의 목소리가 불분명하게 들렸다.

"선생님 처음 봤을 때랑 많이 달라진 거 아세요?"

"첫인상이 좋은 게 더 이상하지. 너희가 내 차 문 따려고 했잖아. 벌써 까먹었어?"

"그런 거 말고요."

태오는 재희 손에 포개진 수건을 받아 들고 다시 고개를 들었다. 피를 흘려서 그런지 아침보다 얼굴색이 파리해져 있었지만, 어딘지 모르게 낯선 분위기를 풍겼다. 달라졌다는 건 태오가 들어야 할 말 같았다. 보건소에서 어정쩡하게 서서 좋아하는 걸 하면서 살고 싶다던 태오는 그사이 한 뼘 더 자라있었다.

"그래서 좋아하는 건 찾았어?"

"아직요."

태오의 힘 없는 대답에 재희는 무슨 말이라도 해주고 싶었다. 재희는 고개를 들어 울창하게 자란 나뭇잎을 바라보았다. 흐린 날씨에도 아랑곳하지 않고 세차게 울던 매미가 오늘따라 조용했다. 어디선가 서늘한 바람이 불어왔다. 정말이지 여름이 곧 끝날 것만 같았다.

"그동안 생각을 좀 해봤는데, 너한테 드론부 때려치우라고 한 말 취소하고 싶어. 내가 틀렸더라고. 네가 이렇게 왔잖아. 지금 당장 좋아하는 거 없어도 괜찮아. 앞으로 다가올 모든 순간을 기회라고 생각하면 그게 뭐든 언젠가 널 찾아오지 않을까?"

태오는 재희를 물끄러미 바라보다 빙그레 웃으며 물었다.

"정말 그럴까요?"

재희는 태오의 미소를 보자 묘한 기분이 들었다.

"나는 그렇게 믿기로 했어."

재희는 눈을 피하지 않고 대답하고서 몸을 일으켜 세웠다. 저 멀리서 달려오는 닭과 영서를 발견하고 손을 흔들며 이쪽으로 오라고 신호했다. 금세 도착한 닭이 숨을 헐떡이며 본부에서 있었던 일을 토해내듯 털어놨다.

"학교 전체 실격은 어렵대요. 학생 한 명의 일탈로 생각하나 봐요. 제대로 지도 못 해서 미안하다고 대충 사과하는데 어찌나 열받던지. 진짜 그 선생 한 대 쥐어박아 주고 싶더라니까요."

"맞아요. 딱 봐도 가짜로 말하는 거 보이는데, 걔네들 대회 끝나면 제가 다 고소할 거예요."

영서는 참았던 눈물이 다시 터졌는지 손등으로 훔치며 울먹거렸다. 경기장 밖에서 호윤이 편의점 봉투를 한 아름 끌어안고 달려왔다.

"쌤, 근처에 약국이 없어서 물이랑 티슈랑 이온 음료수밖에 못 사왔어요."

호윤은 피 묻은 수건을 보지 못하겠는지 눈을 질끈 감고 비닐봉지를 건넸다. 닭은 서둘러 물병을 뜯어 흐르는 물로 태오의 피가 번진 주변 머리카락을 닦아내고, 다른 수건에 물을 적셔 다시 상처 부위를 조심히 눌러 지혈했다. 태오는 앓는 소리를 냈다. 그 모습에 영서는 굵은 눈물을 흘리며 태오 곁을 지켰다. 호윤은 보지 못하겠다는 듯 고개를 돌리면서도 차마 곁을 떠날 수 없어 주변을 맴돌았다. 보다 못한 재희가 둘을 경기장 안으로 들여보내려고 했다.

"영서야, 너는 일단 들어가서 결승전 비행 코스 좀 보고 와. 호윤이가 같이 가줘. 괜한 싸움에 휘말리지 않게 조심하고, 만약에 또 시비 걸리면 바로 나한테 전화해."

"어차피 드론도 망가졌는데, 저 여기까지만 할래요."

영서가 최대한 울먹이는 소리를 내지 않으려고 숨을 고르며 말했다.

"그러면 재희 님이 호윤이 데리고 가서 우리 짐 좀 챙겨 와 주실래요?"

재희는 닭의 말에 알겠다며 고개를 끄덕이고 경기장 쪽으로 발길을 돌렸다. 문득 예선을 끝내고 다 같이 모여 결의를 다지던 순간이 떠올랐다. 얼마 지난 것 같지도 않은데 오래전 일처럼 아득했다. 매일 오후에 가로고에 나가 삼각콘을 설치했고, 드론 비행 영상을 촬영해 정리하고, 각자의 비행 특성을 분석한 기록지를 만들던 순간도 남의 일처럼 느껴졌다. 드론부의 끝이 여기까지였다면, 재희는 이제 그때의 추억을 생각하며 편하게 웃을 수 없을 것 같았다.

"선생님, 가로대교 임시 개통한 거 맞죠? 그럼 지금 단기 운전자 보험 좀 들어주세요. 그거 5분이면 되거든요. 저 잠깐 가로도 들어갔다 올게요."

"갑자기 가로도는 왜요?"

닭은 재희의 뜬금없는 요청에 황당하다는 표정을 지었다.

"영서가 예전에 쓰던 드론 다목적 교실 보관함에 넣어뒀어요. 지금 가서 가지고 오려고요."

재희의 제안에 영서가 펄쩍 뛰며 말렸다.

"그렇게까지 안 해도 돼요. 저 다음 대회 때 우승해도 괜찮아요."

"야, 올해 참가할 수 있는 다른 대회 없잖아."

호윤이 아쉬워하는 영서의 표정이 마음에 걸렸는지 조심스럽게 대화에 끼어들었다. 닭은 이미 결심이 선 듯한 재희의 눈빛을 걱정하며 다른 대안을 제시했다.

"그럼, 제가 갔다 올게요. 재희 님이 태오랑 같이 병원 가주시고 호윤이가 영서 챙겨서 결승 경기 참가하면 돼요."

재희는 그 말에 조용히 웃었다. 한 시간 안에 영서의 드론을 가지고 다시 경기장에 돌아올 수 있는 경우의 수는 딱 한 가지뿐이었다.

"선생님, 우리 서로 잘하는 걸 해요. 병원 가면 저보다 선생님이 태오한테 더 도움이 될 거예요. 운전은…… 당연히 제가 더 잘할 거고요."

재희가 닮의 손에 어정쩡하게 들려있던 자동차 키를 가져오며 말했다. 그 모습을 보던 태오는 호윤의 부축을 받고 엉거주춤 몸을 일으켰다. 다행히 피가 멎은 건지 하얗게 질려있던 얼굴빛에 혈색이 돌았다.

"솔직히 여기까지 와서 빈손으로 돌아가는 건 아까워."

"아깝기는 네가 흘린 피가 더 아까워. 곧 구급차 온다니까 좀 앉아있어."

영서가 나무라듯 태오를 다시 화단으로 데려가 손에 이온 음료를 쥐여주었다. 그는 더 저항하지 못하고 떠밀리듯 앉았다. 영서는 차 키를 들고 서있는 재희를 돌아보며 물었다.

"저야 우승 때문에 그렇다고 하지만, 코치님은 왜요? 왜 계속 해보라고 하시는 건데요?"

영서의 물음에 재희는 쓸쓸하게 웃었다. 죽어도 안 되는 포기도 미칠 듯 갈망하던 시작도 이제는 어떻게 해야 하는 건지 어렴풋이 알 것 같았다.

"그냥…… 난 이 레이싱의 끝이 보고 싶을 뿐이야."

태오는 영서의 팔을 부추기듯 밀었다. 호윤 역시 재희를 지지하며 옆에 섰다. 영서는 조금 고민하는 것 같더니, 마음을 굳히고 재희에게 다가갔다.

"그럼 저 결승 나가볼게요."

닮은 서로의 얼굴을 몇 번이고 살폈다. 여러 명이 짓는 표정이 점점 닮아가는 걸 느꼈다.

"재희 님."

닮이 재희를 불러 세우며 차 키를 든 손을 포근하게 감쌌다. 차마 전하지 못한 진심은 포기해도 괜찮다는 말이었다. 닮은 그 대신 다른 말을 건네며 환하게 웃어보였다.

"이번에도 빨리 달리실 거죠?"

재희는 자신을 보고 있는 학생들의 표정을 하나씩 눈에 담으면서 머리를 쓸어 하늘을 향하게 하나로 높이 묶었다.

닮의 차로 향하는 재희의 발걸음은 서툴면서 경쾌했다. 재희는 단박에 운전석에 올랐다. 그때 준공식 테스트 주행을 망치고 도망치듯 탔던 닮의 차에서 레이싱을 그만두겠다며 울며불며 다짐했었는데, 정말 중요한 게 하나 빠져있었다.

재희는 3년 전 통과하지 못한 서킷의 결승선과 파도에 갇혀 허우적거렸던 버려진 절벽을 전부 떠올려 보았다. 그리고 시동을 켰다. 묵직한 진동이 차체를 흔들며 엔진 소리가 시끄럽게 났다. 연료가 타면서 출발하라며 부추기는 음성이 차 안을 가득 울렸다. 재희는 브레이크 페달에 발을 올렸다. 처음 사용해봐서 어색한 자동 변속 기어 버튼도 만지작거렸다. 마치 다른 세상의 문을 여는 기분이었다. 자신의 미래를 궁금해하던 고카트를 탄 열 살의 어린 재희는 상상 못 했을 순간이기도 했다.

숱한 좌절과 원망에서 해방되는 방법은 하나뿐이었다. 실패한 자신을 기꺼이 용서해 주는 것.

재희는 드라이브 기어로 변속하고 핸들을 틀어 부드럽게 주차장을 빠져나왔다. 재희는 자동차를 운전했다. 그게 다였다. 이제는 이 핸들이 재희의 생계를 책임져 주지도 않고 꿈을 이뤄주지도 못하지만, 재희가 가고 싶은 곳까지는 데려다줄 것이다.

재희는 창문을 열고 불어오는 더운 바람을 맞으며 능숙하게 페달을 조작했다. 차 안에서 맞는 습한 공기가 재희를 설레게 했다. 재희는 곧장 가로대교로 빠지는 사 차선으로 차를 몰았다.

도로 폭이 커질수록 차가 점점 많아졌고 그중 빠른 속도로 달려오는 차들도 눈에 띄게 늘었다. 재희는 큰 흐름에 몸을 맡기듯 차선을 차례차례 변경했다. 얼마 지나지 않아 가로대교 시작 지점에 설치된 조형물이 보였다. 재희는 얼마 전 이 대교 위에서 될 것만 같았던 결말이 파도에 떠밀려 멀어져 갔던 순간을 떠올렸다.

재희는 액셀러레이터를 밟아 속도를 높였다. 바다를 등지고 달리니 불어오는 바람에서 짠 기운이 느껴졌다. 가로도를 떠난 게 그리 오래전도 아닌데, 이상하게 그리운 감정이 솟았다. 답답하고 바보 같은 섬이었는데, 재희에게는 꽤 친절했었다.

다시 가로도로 들어가는 대교의 길이 유독 짧게만 느껴졌다. 긴장 때문에, 손에 땀이 나고 머리에는 열이 몰리고 허리도 아팠지만, 가슴은 뻥 뚫린 것처럼 후련했다.

❖

단체 메신저에서는 재희의 소식을 묻는 태오의 연락으로 시끄러웠지만, 호윤은 하나도 답장하지 못하고 경기장 문 앞에서 발만 동동거리고 서있었다. 약속한 시각이 이미 한참이나 지났는데, 차는 보이지 않고 재희에게서 따로 연락도 없었다.

미리 경기장 안에 들어가서 대기하던 영서는 마음을 정리한 것처럼 차분한 표정이었지만, 호윤은 아까부터 눈물이 말라있는 영서의 눈가가 계속 신경 쓰였다. 평소대로라면 자신의 감정을 솔직하게 표현하는 편인 영서가 울며불며 난리를 쳤어야 하는데, 지금은 유난히 조용하고 차분했다. 그건 영서가 감정을 억지로 참아내고 있다는 뜻이었다.

이렇게 끝나는 건가 싶어 호윤이 고개를 무릎 사이로 떨구고 있는데, 어디선가 위협적인 엔진 소리와 동시에 타이어가 마찰하면서 나는 날카로운 제동 소리가 들렸다. 주 경기장으로 들어오는 입구를 향해 속도를 줄이지 않고 코너를 도는 차 한 대가 보였다. 운전석에는 거짓말처럼 재희가 타있었다. 그것도 영서의 드론을 조수석에 태우고 말이다. 호윤은 익숙한 보관함을 알아보고 그제야 긴장이 풀려 웃음을 터트렸다.

"코치님, 난폭 운전자세요? 코너 도는데 차가 옆으로 누워서 오는 줄 알았어요."

재희는 운전석 창문을 열어 호윤에게 보관함을 건네주고는 빨리 가라고 손짓했다. 시간을 확인하니 조금 늦긴 했지만, 아직 경기 시작 전이었다. 재희는 서둘러 여유 공간을 찾아 차를 찔러넣어 주차하고 경기장으로 한달음에 뛰어 들어갔다. 심장을 쥐어짜는 것처럼 호흡이 가빴지만, 눈은 빠르게 호윤을 쫓았다.

호윤은 출발 대기선에 서있는 영서에게 달려가 보관함을 건네주었다. 재희는 그제야 안도의 숨을 내쉬고 바닥에 주저앉았다. 그 모습을 발견한 영서는 짧게 감사 인사를 하고 드론을 꺼내 상태를 체크했다. 재희는 멀리서도 영서의 드론을 알아볼 수 있었다. 자신이 고친 프로펠러가 달린 드론이었기 때문이었다. 재희는 경기장 입구 쪽으로 기어가 벽에 기대 숨을 골랐다.

이제 곧 결승전이 시작된다. 영서는 첫 번째 조종석에 앉았다. 그 옆에는 작년 우승자이자 올해 우승 후보인 해양고 학생이 앉았다. 물을 건네주던 호윤이 터널을 가리키며 걱정스럽게 물었다.

"코치님, 저 터널 너무 긴 거 아니에요?"

"괜찮아. 저기 있는 장애물 중에 영서가 어려워할 건 하나도 없어."

호기롭게 말했지만, 결승전답게 예선과 준결승전에 없던 장애물로 교체되고 새로운 것도 추가해서 한눈에 봐도 비행 코스가 복잡해 보였다. 결승선 앞에는 이 경기에서 가장 빠르게 들어오는 딱 한 명의 사람이 가질 수 있는 우승컵이 놓여있었다. 도금으로 된 플라스틱 컵일 텐데 왜 이렇게 아름답게 빛나는 건지 자꾸만 눈이 갔다.

경기 시작을 알리는 출발 소리와 함께 드론 네 대가 동시에 공중에 날아올랐다. 재희도 바닥에서 튀어오르듯 몸을 일으켜 세웠다. 관중석에서 들을 때보다 더 압도적인 소리와 함께 드론이 총알처럼 빠르게 움직였다. 재희는 몇 번이고 영서의 드론을 놓쳤다. 그럴 때마다 드론 머리에 붙은 분홍 리본을 찾았지만, 그마저도 바래져 잘 보이지 않았다. 그러나 확실한 건 영서의 드론이 작년 우승자의 드론과 비등하게 달리고 있다는 것이었다.

영서는 원형 게이트와 다섯 개의 폴을 순식간에 통과하고 3단으로 쌓은 정사각형 장애물을 소용돌이를 그리듯, 위로 솟아올라 순식간에 빠져나왔다. 재희는 관중석으로 올라가던 계단에 서서 응원하는 것도 비행 코스를 기록하는 것도 잊고 영서의 경기에 빠져들었다. 해양고 학생은 3단 장애물에서 고전

한 듯 둘의 격차가 순식간에 벌어졌다.

재희는 자기도 모르게 손에 땀이 나서 닮이 오늘 종일 했던 것처럼 기도하듯 두 손을 꼭 쥐며 경기를 지켜보았다. 호윤은 아예 제대로 보지 못하겠는지 손가락 사이로만 겨우 흘깃대고 있었다.

영서의 드론은 안정적으로 고도를 낮춰 그대로 터널 속으로 들어갔다. 찰나의 순간이지만, 드론이 다시 밖으로 나오기까지 숨을 참고 입으로 조금만 더 빨리라고 반복해서 되뇌었다. 그 사이 뒤따르던 드론도 터널 속으로 모습을 감췄다. 터널 안에서 헤맸던 건지 영서의 드론과 다른 드론이 동시에 밖으로 튀어나왔다. 관중석에서 일순 감탄이 튀어나왔다.

"영서야, 거의 다 왔어! 조금만 더."

재희는 큰 목소리로 응원했다. 영서는 바짝 붙어 따라오던 드론을 의식해 깃발이 달린 폴을 통과할 때 일부러 상승 비행한 뒤 같은 고도를 유지해 상대 드론보다 높은 위치에서 교차 비행을 했다.

재희는 그다음 구조물을 확인했다. 연속 2단 게이트 다음은 아치, 그다음이 결승선이다. 재희는 발을 구르며 영서를 응원했다. 정말 다 왔다. 이 속도를 유지하면 영서의 강점인, 공중에서 큰 원을 그리는 파워 루프로 게이트를 빠르게 통과할 수 있을 것이다.

팽팽한 결승 경기가 거의 막바지를 향하자 관람하던 관중들의 환호성이 하나둘 커졌다. 재희는 혹시나 응원 소리가 묻혀서 들리지 않을까 봐 목이 터질 것처럼 큰 소리로 외쳤다. 우승이 코앞이었다. 재희의 눈앞에서 영서의 드론이 마치 느린 동작이 걸린 것처럼 정확하게 보였다. 정말 조금만 더.

마지막 폴을 빠져나오는데, 위로 올라갈수록 폭이 넓어지는 깃발 끝에 영서의 드론이 걸려 휘청했다. 사방에서 탄식 소리가 났다. 재희는 너무 놀라서 그대로 몸이 굳었다. 영서는 곧바로 드론이 추락하지 않게 중심을 잡고 다음 장애물로 고도를 낮췄지만, 그사이 우승 경쟁을 하던 상대 드론이 영서를 제치고 결승선을 통과했다. 줄줄이 뒤따라오던 나머지 드론도 빠르게 영서를 따돌리고 결승선을 통과했다.

관중석 여기저기서 환호 소리가 터져 나왔다. 순식간에 벌어진 상황에 당황한 영서가 집중력을 잃은 건지 파워 루프를 시도하다 게이트에 부딪혀 튕겨 나갔다. 조종석에 앉은 학생 중 FPV 고글을 쓰고 있는 건 오직 영서 한 명뿐이었다.

"영서야, 괜찮아. 끝까지 해."

재희는 손뼉을 쳐 영서의 집중을 끌어올리며 말했다. 영서는 재희의 목소리를 들은 건지 다시 드론을 움직여 2단 게이트 앞으로 갔다. 영서가 망설이는 게 보이자, 재희는 자신을 포함한 경기장에 있는 모두에게 들으라는 듯이 크게 소리쳤다.

"끝까지 가봐! 할 수 있어!"

제자리에 떠있던 영서의 드론은 곡예비행을 하듯 공중에서 크고 동그란 원을 그리며 2단 게이트를 넘어섰다. 영서는 그대로 아치 밑으로 질주해 결승선을 통과했다. 관중석에는 영서를 응원하는 박수 소리가 터져 나왔다. 고글을 벗고 드러난 영서의 눈망울은 아쉬움으로 촉촉하게 젖어있었다.

재희는 영서가 있는 조종석으로 뛰어갔다. 해양고 학생과 관계자는 우승컵 주위에서 사진을 찍으며 신나게 떠들어대고 있었다. 가까이에서 본 우승컵은 더 아름답게 빛났다. 비록 저 우승컵은 영서의 것이 아니었지만, 오늘 영서는 자신만의 레이싱을 했다. 그것만으로도 얻은 것은 있었다.

재희는 영서를 다독이며 물었다.

"막상 끝나니까 기분이 어때?"

영서는 보관함을 정리하며 승리를 만끽하는 상대 무리를 흘깃거리더니 최대한 덤덤한 척 대답했다.

"시원섭섭해요."

재희는 우승컵이 보이지 않게 시야를 가로막았다. 영서의 눈앞에는 오늘 자신만의 레이싱을 해낸 또 다른 사람 중 한 명인 재희만 보였다. 재희는 홀가분한 표정을 지으며 말했다.

"그거면 됐어. 이제 집에 가자."

❖

소라는 어젯밤에 널어둔 농업용 비닐을 걷어냈다. 엊그제 비가 오고 나서부터 갑자기 날씨가 추워진 바람에 새벽이면 무화과 나뭇잎에 서리가 내렸다. 가만히 내버려뒀더니 언 가지 끝이 조금씩 썩어가는 것 같아 새벽 일찍부터 비닐을 치고 해가 들면 다시 걷고 있다. 처음에는 연녹색이 돌던 나뭇가지도 조금씩 갈색빛을 띠더니 이제는 제법 단단해졌다.

11월이 되면서부터 하나둘 노랗게 변하던 잎도 거의 다 떨어졌다. 처음에는 병해 때문인 줄 알고 성환을 불러다 놓고 호들갑을 떨었는데, 월동을 준비하는 자연스러운 과정이라는 말에 한숨 돌렸다. 아직도 앙상한 가지를 보고 있으면 어쩐지 마음 한편이 휑했지만, 뿌리가 땅 밑 더 깊숙한 곳까지 뻗어나가고 있다고 믿으며 달래고 있다. 어쩌면 내년 여름에는 꽤 괜찮은 과육을 수확할 수 있을지도 모르겠다.

소라는 비닐을 타포린 백에 구겨넣고, 떨어진 낙엽이 땅에서 썩지 않게 쓸어 담았다. 그리고 나니 금세 아침이 밝았다. 소라는 허리를 펴며 만오봉을 바라보았다. 아직은 용기가 나지 않지만, 내년에 무화과를 수확하면 만오봉에 벌초를 가봐야겠다는 생각이 들었다. 여전히 생각뿐이지만 그것만으로도 마음이 설레었다.

소라는 정자에 앉아 바다를 내려다보았다. 비가 그치고 난 다음 맑은 하늘에서 불어오는 찬 공기 때문인지 오늘은 파도가 잠잠했다. 저 멀리서 배가 들어오는 게 보였다. 소라는 서둘러 짐을 정리하고 종종걸음으로 선착장을 향했다.

전에는 배가 들어왔다 하면 선착장이 짐을 받는 사람과 싣는 사람으로 발 디딜 틈 없이 붐볐었는데, 이마저도 옛날 일이 되어버렸다. 가로대교가 개통되고 나서는 선착장을 이용하는 건 고기잡이배나 인근 섬 구경을 하러 떠나는 관광선이 전부였다. 소라는 익숙한 어선을 찾았다. 조타실에서 내린 성환이 밝게 웃으며 소라에게 인사했다.

"웬일로 일찍 일어났네."

"농사의 기본이지. 일찍 자고 일찍 일어나기."

"어이구, 누가 들으면 아주 대농이셔."

성환은 배를 정박하고 발판을 설치했다. 소라는 고개를 빼며 뒤이어 나올 반가운 얼굴을 기다렸다. 선실에서 부산스러운 소리가 나더니 좁은 문에 커다란 이민 가방이 끼어서 문을 막아버렸다. 성환은 혀를 끌끌 차며 가방 손잡이를 잡고 문밖으로 우악스럽게 당기며 투덜거렸다.

"진짜 적당히 좀 챙겨오시라니까요. 여기도 마트 있고, 이제 길 건너면 월포예요."

소라는 어선에 올라타 최대한 가방 모양이 찌그러지지 않게 문에 끼인 바퀴를 밖으로 꺼내는 걸 도왔다. 그걸 빼고 나니 가방이 무 뽑히듯 끌려왔다. 가방 너머로 장난기 가득한 미소를 띤 닭의 얼굴이 드러났다.

"잘 지내셨죠?"

섬을 떠난 지 벌써 3개월이 다 되어가는데, 닭은 그때와 다른 게 없었다. 그 모습에 소라는 따라 웃으며 말했다.

"선생님은 대교 두고, 왜 굳이 배를 타고 와요?"

"아유. 대교라니요. 저 차멀미 있어요. 진짜 가로도 사람이라면 무조건 바다를 통해서 와야죠."

닮은 발랄하게 웃으며 큼직한 가방과 함께 뛰어내리려다 이번에는 연결 발판에 바퀴가 끼었다.

"진짜는 무슨. 가로도 사람들 다리 생기고 다 밖으로 나간 지가 언젠데요."

성환은 툴툴거리며 가방을 빼려고 힘을 썼다. 체격이 있는 성환 혼자서도 가방을 옮기는 게 역부족이었는지, 결국 소라와 닮의 도움을 받아 겨우 뭍으로 꺼낼 수 있었다. 성환은 가방을 횟집에 두고 오겠다며 떠났고, 소라는 닮과 함께 가로고등학교 쪽으로 같이 걸어 올라갔다. 소라는 한참이나 멀리 떨어진 학교 건물을 바라보며 어색한 침묵을 해소하려고 가로고 학생들 근황으로 운을 띄웠다.

"애들이 선생님 온다고 한 달 전부터 기다렸대요."

"진짜요? 단톡에서는 맨날 수능 망했다는 말밖에 없어서 저 눈치 없이 온 건가 걱정했거든요."

"아마 태오 배려하느라고 다들 티를 많이 못 낸 것 같아요. 호윤이는 학생부 준비를 잘해둬서 대학을 진짜 잘 갔더라고요. 이따 내려갈 때 광명슈퍼 쪽으로 가서서 플래카드 구경하세요."

“호윤이가 자기는 대학 필요 없다고 그랬었는데, 완전히 속 았네요.”

“그러니까요. 저희도 다 깜짝 놀랐어요. 영서는 인서울이 목 표였는데, 수시를 죽 썼거든요. 다행히 추가 합격으로 경기도 권 대학 붙어서 망정이지, 성환이가 월포에 있는 국립대 가라 고 설득해도 곧 죽어도 싫다고 드러눕더니 정작 그 학교 붙고 나서는 왕복 두 시간 반이면 서울이나 다를 바 없다고 신나서 짐 챙기는 중이에요. 마침 태오도 서울에서 재수학원 다니기 로 하고 엊그제 자취방까지 계약했더라고요. 어찌 됐든 셋이 가까이 있어서 서로 의지할 수도 있고, 결과적으로는 다들 잘 풀린 거죠.”

닮은 소라가 여과 없이 들려주는 가로고 학생들의 근황에 가 는 길도 멈춰서고 집중해서 들었다.

“다들 선생님 덕분이라는 이야기 많이 해요. 드론부 방과후 수업이 생활기록부 작성에도 그렇고 면접 때도 큰 도움이 되었 대요.”

“정말이죠? 드론 좋다고 난리칠 때는 언제고 졸업 앞두니까 다 나 몰라라 하는 게 좀 서운하긴 했거든요.”

장난스럽게 말하는 닮의 표정은 진심으로 기뻐보였다. 둘은 다시 가로고등학교를 향해 걸었다. 얼마 가지 못하고 닮은 새 로 생긴 표지판 앞에서 다시 걸음을 멈췄다.

“여기 해수욕장 생겼나요?”

"네, 여름에만 운영해요. 날 추워지면 파도 크게 치니까 위험해서 해수욕은 안 하고 모래 사변은 들어갈 수 있게 조성했어요."

"와, 추억의 장소네요. 잠깐 사진 한 장만 찍어도 될까요?"

닭은 예전에 재희가 차를 정차해 둔 장소였던 곳에 세워진 안남해변 입구 안내판을 뒤로 바다가 한눈에 보이게 찍었다. 그 모습에 소라는 아까부터 계속 묻고 싶었던 말을 망설임 끝에 조심스럽게 꺼냈다.

"재희는 잘 지내죠?"

"그럼요. 너무 잘 지내서 탈이에요."

닭은 사진에 정신이 팔려 건성으로 대답했다. 소라는 더 묻지 않았다.

"다시 가실까요?"

닭은 메시지창을 켜서 아까 찍은 사진 몇 장을 한 번에 선택해 보냈다. 곧바로 답장이 온 건지 혼자 킥킥거리며 빠르게 자판을 누르면서 걸었다. 소라는 그런 닭을 바라보기만 했다. 묻고 싶은 말이 많았는데, 오가는 메시지를 보니 왠지 조심스러워졌다.

"재희 님이, 뭐라고 해야 할까요, 은근히 섬세한 면이 있으시더라고요."

소라는 닭의 입에서 흘러나오는 재희의 이름에 다시 귀를 기울였다.

“그건 제 아빠 닮았어요. 그 사람도 성격이 세심해요.”

“아, 그래서 그러셨구나. 재희 님 평소 스타일은 약간 거칠잖아요. 실습 나갈 때 제일 꼼꼼하게 챙긴다고 해서 좀 의외라고 생각했었어요.”

소라는 묻어나는 웃음을 숨기려고 했다. 재희의 소식만 전해 들어도 자동으로 웃음이 나는데, 그럴 때마다 성환은 주책이라며 타박했다. 아무리 노력해도 감춰지지 않는 게 있었다. 소라는 티 내기 싫어서 황급히 주제를 돌렸다.

“애들 데리고 나가려면 보통 고생 아니실 텐데, 선생님이 또 애쓰시겠어요.”

“벌써 소문이 거기까지 났어요? 큰일이네. 아직 계획 다 못 짰는데.”

“다들 비행기 탄다고 신났던데요. 드디어 가로도 탈출이라면서요.”

“그래서 이번에 재희 님도 같이 갔으면 좋았을 텐데, 시험 때문에 잠깐도 시간을 못 낸다고 그러는 거 있죠? 솔직히 그 정도는 아닌 것 같은데, 재희 님 고집 아시잖아요.”

“그것도 제 아빠 닮았어요. 전 고집 하나도 없거든요.”

그 말에 닮이 정말이냐며 몇 번을 반문하자, 소라는 대답 대신 코끝을 찡그리며 웃었다. 그사이 가로고 정문 앞에 도착했다. 닮은 이만 들어가 보겠다며 손을 흔들고 경쾌한 걸음으로 계단을 올라갔다.

소라도 집 쪽으로 걸음을 옮기려는데, 문득 지금이 아니면 물어보지 못할 말이 떠올랐다.

"저기요, 선생님."

닮은 소라의 부름에 망설임 없이 다시 계단을 내려왔다.

"전에 선생님이 재희한테 운전 면허 학원 차려보라고 그랬다면서요? 맞나요?"

닮은 소라의 굳은 표정을 눈치채고 황급히 변명을 늘어놓았다.

"재희 님이 그렇게까지 자세히 말했어요? 저는 다른 의도로 한 말은 아니고 그냥……."

"결국, 재희 월포에 있는 운전 면허 학원 가서 도로 주행 연수 받았어요. 재미있었대요."

닮은 소라의 말에 담긴 의도를 정확하게 파악하지 못해 머뭇거리며 대답했다.

"네, 뭐. 시내 주행은 또 느낌이 달라서 그럴 수도 있겠네요. 재희 님도 참, 굳이 안 받아도 잘하시면서 왜 그러셨을까요."

"그래서 말인데요. 재희가 또 하고 싶다고 말한 게 있나요?"

횡설수설하던 닮은 눈을 몇 번이고 깜박거리며 소라가 한 말을 머릿속으로 맞춰보며 대답했다.

"글쎄요."

소라는 그 말에 아쉬움 가득한 눈으로 닮을 바라보았다. 닮은 그 눈빛에 담긴 의미를 헤아려 보고 싶었다. 소라는 하고 싶은 말이 많아보였는데도 더 묻지 않고 깔끔하게 돌아섰다.

"아, 잠깐만요. 이거 깜박하고 안 드릴 뻔했어요."

닮은 멀어지는 소라에게 다가가 폴라로이드 사진 세 장을 건네주었다.

첫 번째 사진 속에는 강의실에 어색하게 앉아 딴짓하는 재희의 모습이 찍혀있었다. 소라는 번지는 미소를 숨기지 않고 다음 사진을 넘겨보았다. 다음 사진은 가로고 학생들과 동그란 테이블에 둘러앉아 다 먹은 음료와 케이크 앞에서 브이를 하고 있었다. 가로도를 떠나기 전보다 살이 빠진 듯 볼살이 더 들어가 보였다. 마지막 사진은 피트 안에서 점검받는 레이싱카를 바라보는 모습이었다. 모자에 가려 얼굴도 다 보이지 않고 표정도 읽을 수 없었지만, 소라는 마지막 사진을 하염없이 바라보았다. 레이싱카는 언제나 재희와 잘 어울렸다.

"예전에 재희 님이 그런 말을 한 적이 있어요. 왜 그만두고 싶은지 어머니께 꼭 말해주고 싶었대요."

소라는 의아하다는 듯이 고개를 갸웃거렸다.

"처음 듣는 이야기인데요."

"그러니까요. 그러면서 또 제일 빠른 새가 되고 싶대요. 이 마음은 누굴 닮았을까요?"

"아마도 제가 아닐까요? 저도 포기가 잘 안 되는 성격이라."

"근데 전 재희 님이 용기 있는 사람이라고 생각해요. 그것도 어머님을 닮았겠죠?"

닭은 멋쩍게 웃다 고개를 꾸벅하며 다시 가로고등학교 정문으로 걸음을 재촉했다. 소라는 닭의 모습이 사라지기 전까지 한참을 같은 자리에 서서 생각에 잠기다 서둘러 세 번째 사진을 다시 확인했다.

이제 보니 드라이버 뒤에 서있는 재희는 어색한 듯 몸이 굳어있었지만, 시선은 차량에 고정되어 있었다. 소라는 그 긴장감 속에서 설렘을 엿봤다. 재희는 그런 아이였다. 아주 어렸을 때부터 자신이 좋아하는 곳에 눈을 빛내는 법을 알고 있었다.

문득 소라는 벌트 회사의 레이싱팀 엔지니어 육성 인턴 프로그램에 참여하고 싶다던 재희와 살벌하게 다퉜던 날이 떠올랐다. 재희는 그날로 짐을 챙겨 서울에 있는 정수의 집으로 들어갔다. 뒤이어 들려온 소식은 결국, 프로그램을 수료했다는 것이었다. 정수는 틈틈이 재희를 회사에 데려가 간단한 문서 작업부터 보고서 작성법까지 차근히 알려주고 있다고 했다.

혼자서 자격증 시험을 준비하는 것 같다는 말을 듣고 난 후로 정수에게 재희에 관한 소식은 따로 전해주지 말라고 일러뒀다.

재희에게는 말 못 할 이야기지만, 솔직히 소라는 아직도 레이싱 드라이버가 아닌 재희를 받아들이기 어려웠다. 시간이 얼마나 더 필요할지 모르겠고 어쩌면 평생이 걸릴 수도 있겠지만, 별수 없었다. 재희를 지켜보는 게 소라가 새롭게 정의한 관계의 방식이었고 모두가 그렇게 좋다고 입 모아 말하던 변화였다.

가끔 그런 상상을 한다. 해가 뉘엿뉘엿 지는 저녁놀을 등지고 꽉 막힌 퇴근길을 툴툴거리며 운전하는 재희의 모습 말이다. 그날은 무슨 일을 했는지, 어떤 업무로 힘들었는지, 무엇이 재희를 웃게 했는지 여전히 소라에게는 막연하기만 했다. 재희에게 다음이 있다면 그건 재희의 몫이었다.

대문 앞까지 도착한 소라는 열쇠를 꺼내다 말고 무화과밭으로 다시 걸음을 돌렸다. 사진 속 사람들을 세어보니 재희에게 챙겨줄 무화과 양을 더 늘려야겠다는 생각이 들었다. 그러려면 시금치를 심으려고 남겨둔 땅까지 전부 써야 해서 마음이 분주해졌다. 땅이 더 얼기 전에 퇴비를 섞어 밭을 갈아야 했다. 내년 여름까지 가로도에서 할 일이 산더미였다. 달력을 확인하던 소라는 재희를 보러 언제 올라올 거냐는 정수의 3일 전 문자에 다음 주가 좋겠다는 답장을 보내고 무화과밭으로 향했다. 이제 소라의 무화과밭으로 내려가는 길목에서는 아름드리 팽나무를 볼 수 없다. 가로대교로 이어진 새로 깐 아스팔트 도로가 햇살에 반짝였다. 소라는 끝이 보이지 않을 정도로 길게 뻗은 길을 응시했다. 더 나아질 수 있는 오르막인지, 나빠지는 내리막일지는 알 수 없지만, 소라는 이 길을 따라 재희를 만나러 갈 것이다.

꿈을 이루지 못하는 아이는 어떤 어른이 되는가.

재희의 복귀를 바라면서도 그 끝을 정해두고 썼기에 내심 미안한 마음이 있었다. 그런 재희에게 해주고 싶었던 말은 진부하지만, 나쁜 일도 좋은 일도 다 지나간다는 것이다.

앞으로 재희는 어떤 삶을 살아갈까. 새롭게 시작한 일을 계속할 수도 있고 하루아침에 그만둘 수도 있다. 그러면서 더 방황하기도 하고 의외로 쉽게 정착하기도 한다. 인생은 어떻게 될지 아무도 모른다고 하지 않나?

나는 선택의 갈림길에서 언제나 망설이기만 했다. 미래의 나에게 못 할 짓을 하고 있다는 미안함에 현재의 고통을 조금만 더 참아보자고 다독였다. 이러나저러나 지금보다 더 망해버릴 다음 날이 두렵기만 했다.

요즘은 뭐랄까, 될 대로 되라지 모드로 살아가려고 노력 중이다. 어떻게 모든 순간에 완벽한 선택을 할 수 있는가. 오늘의 결정을 책임지고 다가올 내일을 받아들이기로 한다.

글을 쓰는 내내 재희에게 애정 어린 시선을 한순간도 떼지 않았다. 열심히 노력해도 달라지지 않는 현실에 시달리고, 부서지는 각오에 좌절하며 덧없는 노력에 분노할 때, 곁을 지키는 누군가의 마음으로 이 글을 썼다. 그 과정이 나에게도 작은 위로가 되어주었다. 무수한 다짐에도 나아지지 못하는 나를 인정하며, 실패의 반복에 지지 말길.

마감 기한을 어긴 날에도 못 본 척 다정한 응원을 보내주신 백승민 편집자님과 두 번째 기회를 내어주신 해피북스투유에 감사하다는 말을 전하고 싶다.

모래성 같은 일상이 무너지지 않게 단단한 터전을 마련해 주는 가족들. 불안정한 나에게 무한한 지지를 보내주는 친구들, 그리고 체이스가 나오기까지 폿대가 되어준 동생에게도 특별히 감사와 사랑을 담아 적어본다.

마지막으로, 300페이지가 넘는 글에 시간을 할애해 주신 모든 분들께도 진심으로 감사를 드린다. 과분하게 받기만 하는 마음이다.

그렇다면 다시 꿈을 이루지 못한 아이는 어떤 어른이 되는가. 슬프게도 그냥 어른이 되고 만다. 이 점이 항상 나를 울게 했다. 어쩌면 나의 좌절도 재희의 것과 닮아있다.

내 꿈은 바람처럼 불어왔다가 파도처럼 흩어졌다.

그래도 이제는 괜찮을 거다.

최이도

체이스

초판 1쇄 인쇄 2025년 12월 15일
초판 1쇄 발행 2025년 12월 31일

지은이 최이도
펴낸이 김문식 최민석
편집장 조연수
책임편집 백승민
편집 한수림 이혜미 김민혜 이세정
마케팅 양아람
디자인 배현정

펴낸곳 (주)해피북스투유
출판등록 2016년 12월 12일 제2016-000343호
주소 서울시 서대문구 신촌로 25-1 보고타워 4층
전화 02)336-1203
팩스 02)336-1209

©최이도, 2025
ISBN 979-11-7096-562-6 03810